Fränkisch Schafkopf

Petra Kirsch, im oberbayerischen Wintershof bei Eichstätt geboren, ist promovierte Literaturwissenschaftlerin. Nach ihrem Studium in München war sie zunächst als Lokalreporterin und Redakteurin bei Presse und Funk tätig, schließlich als Textchefin und Pressesprecherin. Heute lebt die Autorin und Dozentin in Nürnberg.

Dieses Buch ist ein Roman. Handlungen und Personen sind frei erfunden. Ähnlichkeiten mit lebenden oder toten Personen sind nicht gewollt und rein zufällig.

PETRA KIRSCH

Fränkisch Schafkopf

FRANKEN KRIMI

emons:

Bibliografische Information der Deutschen Nationalbibliothek
Die Deutsche Nationalbibliothek verzeichnet diese Publikation
in der Deutschen Nationalbibliografie; detaillierte bibliografische
Daten sind im Internet über http://dnb.d-nb.de abrufbar.

MIX
Papier aus verantwortungsvollen Quellen
FSC® C083411
FSC www.fsc.org

Umschlagmotiv: © mauritius images/ib/Norbert Probst
Umschlaggestaltung: Tobias Doetsch
Gestaltung Innenteil: César Satz & Grafik GmbH, Köln
Druck und Bindung: CPI – Clausen & Bosse, Leck
Printed in Germany 2015
Erstausgabe 2014
ISBN 978-3-95451-273-7
Franken Krimi
Originalausgabe

Für Renate, Erich und Daniel (†) Kupfer

Ja, renn nur nach dem Glück
Doch renne nicht zu sehr!
Denn alle rennen nach dem Glück
Das Glück rennt hinterher.

Bertolt Brecht, aus »Die Dreigroschenoper«

1

Paula Steiner, zweiundfünfzig, ledig, saß an ihrem Küchentisch und stierte auf die Nürnberger Kaiserburg. Es war der 29. März, ein lauer, stiller, einsamer Karfreitagabend, die Stadt war menschenleer. So leer, dass sie heute sogar direkt unter ihrer Wohnung einen Parkplatz gefunden hatte.

Ostern stand vor der Tür, und auf die Kriminalhauptkommissarin kamen zehn Tage Urlaub zu. Noch heute Morgen hatte sie sich auf diese freie Zeit gefreut, es war ein Hochgefühl mit Aufbruchsphantasien und Ferienstimmung gewesen; sie hatte Pläne geschmiedet, was sie alles in der Wohnung erledigen wollte. Die Diele musste neu gestrichen werden, dann wollte sie das unansehnliche Waschbecken mit seinem rissigen, stumpfen Porzellan durch ein neues ersetzen lassen, und schließlich sollte auch der schäbige Stragula-Boden in der Küche erneuert werden. All dies und noch mehr stand auf ihrer häuslichen Sanierungsliste.

Doch im jetzigen Augenblick war ihr die Lust darauf gründlich vergangen, schien die ganze Restaurierung nicht mehr so dringend wie noch vor wenigen Stunden. Ja, eigentlich als Zeitverschwendung für so etwas Kostbares wie einen Urlaub. Mit diesen Handwerksarbeiten würden die vor ihr liegenden freien Tage nur hintröpfeln, sich zäh wie Kaugummi ziehen, wegrutschen mit Banalitäten.

Im Augenblick spürte sie keine Freude mehr bei dem Gedanken an eine generalüberholte Wohnung, momentan war ihr nur langweilig, ja regelrecht fad, und es graute ihr auch ein wenig vor so viel freier Zeit. Das lästige und enge Korsett des Arbeitsalltags fehlte ihr schon jetzt.

Sie stand auf, zog endlich ihre Jacke aus, hängte sie an die Garderobe und legte den Schlüsselbund auf das Dielenschränkchen. Noch immer missmutig blickte sie auf die an manchen Stellen lose pockennarbige Raufasertapete in der Diele und entschied genau in dem Moment, als sie die Schuhe abstreifte: Hier wird die nächsten zehn Tage nicht rumgepusselt, hier bleibe ich auf keinen Fall. Also weg, sich ins Auto setzen und für ein paar Tage wegfahren. Aber wohin?

Und vor allem: Was sollte sie an ihrem Urlaubsziel, von dem sie noch nicht einmal wusste, wo es liegen könnte, anstellen? Sich in Kunst und Kultur ergehen? Dafür fehlte ihr das Interesse. Sich am Strand die Sonne auf den Bauch scheinen lassen? Danach stand ihr ebenfalls nicht der Sinn. Sich irgendwie sportlich betätigen? Diese Art Aktivurlaub war in ihren Augen eine so ausgesprochen lächerliche wie ausgesprochen überflüssige Angelegenheit. Nein, das alles auf keinen Fall. Aber was dann?

Zum Donnerwetter, es musste doch auch für sie – eine moderne und berufstätige Frau in den fast noch besten Jahren – etwas geben, womit sie ihren Urlaub rumbringen konnte. Sie bereute, sich nicht schon früher um ein Feriendomizil und das entsprechende Drumherum gekümmert zu haben. Wie das die meisten ihrer Kollegen machten, die ihre Urlaube rechtzeitig, das heißt: ein Jahr im Voraus, planten und buchten.

Sie ging in die Küche zurück, entkorkte die Flasche des Weißburgunders von 2008 aus der Südtiroler Kellerei Kurtatsch, die sie eigens für diesen feierlichen Anlass des Urlaubsbeginns aus dem Keller heraufgeholt hatte, und schenkte sich ein großes Glas davon ein. Als sie den ersten Schluck genommen hatte, klingelte das Telefon. Es war Paul Zankl.

»Servus, Paula. Na, wie fühlt sich die große Freiheit so an?«

»Welche große Freiheit?«

»Die Tatsache, dass du jetzt fast zwei Wochen nicht in die Arbeit musst.«

»Nicht so toll«, antwortete sie wahrheitsgemäß.

»Warum denn nicht?«, fragte Paul erstaunt. »Ich an deiner Stelle würde jubilieren. Jetzt kannst du endlich mal tun und lassen, was du willst. Und nirgendwo sitzt irgend so ein Hanswurst, der dir den ganzen Tag Vorschriften macht.«

»Ich habe in der Arbeit keinen Hanswurst, der mir Vorschriften macht. Der Hanswurst bin ich schon selber.«

»Ja, freust du dich denn gar nicht? Zumindest ein wenig?«

»Nein, im Augenblick noch nicht. Warum auch? Aber ich denke, das sagte ich dir bereits«, fügte sie etwas verkniffen hinzu.

Doch Paul schien ihr aufkeimender Ärger nicht zu beeindrucken. Ungerührt fuhr er fort: »Warum hast du dann überhaupt Urlaub genommen, wenn du keine Lust darauf hast?«

»Weil ich erstens dermaßen viele Überstunden angesammelt habe, die mir verloren gehen, wenn ich sie jetzt nicht nehme. Und zweitens, ja, ich muss auch mal raus aus dem ganzen Trott. Ich brauche auch mal Abstand.«

»Aber hoffentlich nicht Abstand von mir«, versetzte Paul mit einem gutmütigen Lacher. »Wolltest du nicht deine Wohnung nächste Woche auf Vordermann bringen? Ich helf dir dabei.«

»Und wann willst du mir dabei helfen? Du hast wohl auch Urlaub genommen? Das wusste ich ja gar nicht.« Pauls unerschütterlich gute Laune brachte sie mehr und mehr auf die Palme.

»Nein, Urlaub hab ich keinen. Dafür war ich doch über die Weihnachtsfeiertage weg. Und zweimal hintereinander geht nicht.«

»Aha. Also kein Urlaub. Und wie hast du dir dann deine Hilfe bei den Renovierungsarbeiten vorgestellt, wenn die Frage erlaubt ist?«

»Die Frage ist erlaubt. Am Abend, dachte ich halt, nach der Arbeit.«

»Oh toll, ganz toll. Ich soll hier also den ganzen Tag auf dich warten, bis du dann um sieben, halb acht aus Erlangen kommst. Müde und hungrig. Das ist mir aber wirklich eine enorme Hilfe. Danke für dein großzügiges Angebot.«

»Sag mal, Paula, meine allerliebste Paula, kann es sein, dass du momentan sehr schlechte Laune hast? Versuchst du gerade, die bei mir abzuladen?«

»Ich habe keine schlechte Laune!«, schrie sie ins Telefon. »Ich hasse es nur, wenn man mir dumm kommt mit solchen halbherzigen Angeboten. Außerdem hättest du vielleicht vorher schon mal fragen können, ob ...«

Aber da hatte Paul Zankl schon aufgelegt, so abrupt wie grußlos.

Das brachte sie nur noch mehr in Rage, als sie ohnehin schon war. Legt der einfach auf... Sie stand noch eine Weile in der Diele, mit zusammengepressten Lippen und vor Wut verengten Augen, dann marschierte sie zielstrebig ins Wohnzimmer, entnahm dem Bücherregal ihren alten Diercke-Weltatlas aus der Schulzeit und setzte sich damit aufs Sofa.

Dort atmete sie zweimal tief durch und schlug die Deutschland-Karte auf. Südlich von Nürnberg brauchte sie gar nicht zu schauen, dort waren die Autobahnen und Hotels sicher voll. Antizyklisch fahren, darauf kam es jetzt an. Nicht wie alle anderen der Sonne hinterherjagen, sondern vorausschauend Staus aus dem Weg gehen. Jawohl, das schien doch schon mal sehr schlau von ihr zu sein. Der Norden kam nicht in Frage, zu kalt. Sie wanderte mit dem Finger nach Osten. Nein, das auch nicht. Blieb nur mehr der Westen. Sie tippte mit dem Zeigefinger auf das Elsass. Frankreich? Zu weit weg. Schließlich blieb ihr Zeigefinger in der Schwäbischen Alb hängen.

Jawohl, das war es. Blaubeuren, da würde sie die nächsten Tage Urlaub machen. Das wollte sie doch schon seit Langem – dorthin fahren, wo Mörike seine »Historia von der schönen Lau« geschrieben hatte. Dazu gutes Essen, der hochgelobte Wein aus der Region und vielleicht sogar die eine oder andere Wanderung, das würde sicher ganz nett werden. Und keiner sollte davon erfahren, wo sie ihren Urlaub verbracht hatte. Vor allem Heinrich nicht, der ihr sein letztes Urlaubsziel ja auch bis heute hartnäckig verschwiegen hatte. Der auf ihre offenen und versteckten Fragen danach immer nur gesagt hatte: »Mein Privatleben geht dich nichts an, Paula! Du musst nicht alles wissen!« Sie klappte den Atlas zu und legte ihn griffbereit auf das Dielenschränkchen.

Dann ging sie in die Küche zurück und setzte in dem großen Nudeltopf Wasser auf. Mit der Aussicht auf eine gehoben-bodenständige Küche in den nächsten Tagen entfiel heute ein raffiniertes Abendmahl. Spaghetti mit grünem Pesto aus dem Glas, das war ihr Karfreitagsessen.

Sie griff nach der Weinflasche und war erstaunt, dass diese bereits gut zur Hälfte geleert war. Das ging so auch nicht mehr weiter. Ab morgen gäbe es nur mehr ein Glas zum Abendessen, das musste reichen. Hatte ja früher auch gereicht.

Und da sie gerade bei den guten Vorsätzen war: Ab morgen, nahm sie sich vor, wird auch weniger geraucht. Eine Zigarette nach dem Frühstück, eine um die Mittagszeit, abends noch eine oder höchstens zwei. Das muss genügen. Tagsüber die Wanderungen, abends dann die entsprechende Bettschwere, ach, mal so richtig ausschlafen, das wird herrlich.

Und nach Ostern wird das alles beibehalten: früh aufstehen, viel zu Fuß erledigen, früh ins Bett; es war ihr, als hätte sie mit diesen guten Vorsätzen schon den schwersten Teil ihrer selbst auferlegten Pflichten eingelöst. Durchtrainiert und gesund, das war sie in ein paar Wochen.

Man muss bloß wollen, dann ist alles ein Kinderspiel.

Solch enorme Entschlusskraft sollte belohnt werden. Mit einem letzten Schluck, einem ganz kleinen, von diesem süffigen Weißburgunder. Doch die Flasche war leer. So ging das wirklich nicht weiter! Ab morgen war damit Schluss. Nur gut, dass sie jetzt Urlaub hatte. Und wenn sie wieder da war, würde die Wohnung auf Vordermann gebracht werden. Immer schön eins nach dem anderen.

Mit jedem dieser Vorhaben wuchs ihr Hunger auf die Welt, auf die Fremde. Sie zündete sich eine Zigarette an, sah auf die erleuchtete Kaiserstallung und – freute sich. Darauf, ihr mitunter doch recht biederes Nürnberg und das ebenso glanzlose Berufsleben hinter sich zu lassen. Für einen kurzen Moment dachte sie sogar darüber nach, Paul anzurufen, um sich bei ihm zu entschuldigen. Sie beließ es bei dem Gedanken.

Sie wusste jetzt, was sie die nächsten Tage erwartete. Das verlieh ihr Halt und Zufriedenheit. Sie stieg in den Keller hinab, um nach ihren alten Wanderschuhen zu suchen. Die schweren staubigen Lederstiefel stellte sie neben das Dielenschränkchen. Dann ging sie ins Bett.

Als sie am nächsten Morgen ein schriller Wecker aus dem Schlaf riss, überfielen sie Zweifel. Wieso eigentlich musste sie heute schon ihre Reise antreten? In diesem Augenblick erschienen ihr, die sich tief und schlaftrunken ins warme Bett eingrub, die Pläne von gestern Abend als übereilt und unsinnig.

Dagegen half nur eins – sofort aufstehen. Kurz darauf stand sie unter der Dusche. Grübelnd und zweifelnd. Warum diese Einschränkungen, wieso eigentlich der Verzicht auf ihren Wein und ihre HB? Sie war doch nicht krank.

Erst bei der zweiten Tasse Kaffee waren auch diese Anfechtungen niedergekämpft. Nein, nein, das hatte schon seine Richtigkeit so. Und als sie schließlich wahllos Unterhemden und T-Shirts, Slips, Socken und die Trekkinghose in die Reisetasche stopfte, war sie sich ihrer Absichten und Pläne, also ihrer selbst, wieder ganz sicher. So sicher, dass sie sogar die Zigarettenpackungen aus der Reisetasche wieder hervorkramte und sie mit einem selbstzufriedenen Lächeln in die oberste Schublade des Dielenschränkchens legte. In diesem Moment kam sie sich ungemein diszipliniert, ja geradezu erhaben vor.

Kurz nach sieben saß sie in ihrem BMW. Eine halbe Stunde später hatte sie die Stadtgrenze hinter sich gelassen und war auf die Autobahn abgebogen, forsch und zuversichtlich. Wie sie erwartet hatte, war die A 9 Richtung München voll. Doch das würde ja bald besser werden.

Es wurde aber nicht besser. Auch auf der A 6 nach Heilbronn herrschte drangvolle Enge. Doch noch rollte der Verkehr. Hinter Ansbach dann musste sie in den dritten Gang schalten, danach in den zweiten, schließlich Stillstand. Eine halbe Stunde später löste sich die Stauung auf. Wie eine Ziehharmonika zog sie sich auseinander, erst langsam, dann schnell und schneller. Und keine Baustelle, keine Umleitung, kein Unfall, kein plausibler Grund für diese Stockung. Das irritierte sie. Das war doch von ihr klug geplant gewesen, das mit der antizyklischen Anfahrt. Was würde sie erst erwarten, wenn sie auf die Ulmer Autobahn, also doch Richtung Süden, abbiegen musste?

Aber nichts kam. Was kam, waren Wälder, Wiesen, Siedlungen, die am Autofenster vorbeiflogen.

Plötzlich neuer Stau. Kurz vor Langenau, niemand hatte das auf der freien Bahn erwartet. Überall quietschten Bremsen. Ihre Reisetasche flog von der Rückbank nach vorn. Es war nun ganz ruhig auf der Straße, unnatürlich ruhig.

Sie ließ das Fenster herunter, griff nach der Packung im Handschuhfach und zündete sich hastig eine Zigarette an. Viel Wein an den Berghängen. Erst nach einer halben Stunde ging es weiter. An der verbogenen Leitplanke sah sie den Grund für diesen abrupten Stau: ein Kleinwagen, zerfetzt und zerquetscht. Davor auf der Ausfallspur eine junge Frau in einem weißen Kleid, die Beine rot von Blut.

Sie fuhr langsam vorbei. »Rasch tritt der Tod den Menschen an, es ist ihm keine Frist gegeben, es reißt ihn fort vom vollen Leben«, sagte sie leise zu ihrem Lenkrad. Nirgendwo sonst, dachte sie, die mit dem raschen Tod tagtäglich konfrontiert wurde, hatte dieses Schiller-Zitat so sehr seine Gültigkeit wie im Straßenverkehr. Noch ein letzter Blick in den Rückspiegel auf das weiße Kleid und die roten Beine, dann lag diese Tragödie schon hinter ihr.

Am späten Nachmittag erreichte sie Blaubeuren. Misstrauisch beäugte sie den Tankstellenbesitzer, der ihr soeben eröffnet hatte, dass es in der Stadt Mörikes keine Hotels gebe. Zumindest keine, die heute über ein freies Zimmer verfügten. Es sei doch *Oschtern*, sagte er zu ihr. Sie hörte einen leisen Vorwurf in seiner Stimme. Sie solle im Touristen-Center fragen, vielleicht habe man dort etwas für sie. Dann wandte er sich dem Kunden hinter ihr zu.

Schlagartig fühlte sie sich fremd in dieser gefälligen, hübschen Kleinstadt. Tatsächlich, Blaubeuren hatte ein Fremdenverkehrsamt. Doch das war schon seit Stunden geschlossen. An einem Samstagnachmittag! Die Blaubeurer hatten es anscheinend nicht nötig, das lokale Gastgewerbe zu bewerben. Allzumal zu *Oschtern*, wo die Gassen voll waren und alle Pensionen ihr »Belegt«-Schild aushängen konnten.

Sie stand etwas ratlos vor dem winzigen Fachwerkhäuschen. So hatte sich die Städterin Steiner die schwäbische Provinz nicht vorgestellt, so abweisend. Und dann der Dialekt, so breit und behäbig, der sägte bereits jetzt an ihren Nerven. Wie selbstgerecht, ja schon anmaßend, der Tankstellenbesitzer sie zum Schluss noch gefragt hatte: »Ja, hän Sie koi Zimmer vorbestellt? Des müsset Sie …«

Viel später erst fand sie eine Bleibe. Weit weg von ihrem ursprünglichen Ziel. In Meßstetten, in der Nähe von Albstadt-Ebingen. Ein schlichtes Zimmer, das kaum mehr als das Nötigste bot. Ihr war das recht. Sie buchte es für acht Nächte. Ob man sie abends denn mit einem Drei-Gänge-Menü verwöhnen dürfe? Der Wein sei dabei eingeschlossen, ausschließlich Wein aus der Region. Ja, gern, das dürfe man, antwortete sie.

Sie packte ihre Reisetasche aus, stellte den Wecker auf das Nachtkästchen und ging dann in den kleinen Garten, wo sie sich eine Zigarette anzündete. Bis jetzt hatte sie ihr Nikotin-Soll auf den Punkt eingehalten. Sie war überrascht, dass es sie so gut wie keine Mühe gekostet hatte. Wenn man nur wollte, ging es ganz einfach.

In dem kleinen Speisesaal war bis auf einen Zweiertisch jeder Stuhl besetzt. Überall saßen Paare und blickten verwundert auf, als sie den Raum betrat, um dann wie beiläufig und ein wenig verlegen wegzusehen, während sie zu ihrem Tisch ging. Aus der Küche roch es verlockend nach Bratensoße. Eine junge Kellnerin servierte stumm und freundlich. Paula freute sich über die Backerbsensuppe, die sie das letzte Mal vor zig Jahren in einem Schullandheim vorgesetzt bekommen hatte. Danach gab es zwei Rinderrouladen mit Rotkohl und Kroketten. Und zum Schluss eine üppige Portion Crème brulée, die selbst gemacht und hervorragend war. Sie ließ sich Zeit für dieses späte Abendmahl, sodass sie die Letzte war, die den Speisesaal verließ.

Als sie erneut in den gepflegten Garten auf der Rückseite des Hotels hinaustrat, sah sie, wie das Licht im Restaurant gelöscht wurde. Also hatte die stumme Bedienung auf sie, den letzten Gast, warten müssen. Das war ihr im Nachhinein unangenehm, auch wenn die junge Frau es nicht ungern getan zu haben schien, wenn Paula ihr freundliches, aufmunterndes Nicken bei jedem Gang richtig gedeutet hatte.

Draußen nun zündete sie sich eine HB an und kam sich dabei äußerst beherrscht vor. Wenn man die – einfach unumgänglichen – Zigaretten in den Stauphasen während ihrer Anreise abrechnete, war sie noch immer bestens im Plan. Ja, eigentlich konnte sie, bevor sie zu Bett ging, sich noch eine gönnen, ohne rückfällig zu werden. Als sie in die Schachtel sah, registrierte sie, dass sie leer war. Und auf Vorrat hatte sie ja in Nürnberg so großzügig verzichtet. Morgen war Ostersonntag, und da es nicht so aussah, als ob dieses Hotel über einen Zigarettenautomaten verfügte, würde sie morgen früh als Erstes zur Tankstelle fahren müssen, bevor es mit dem Wandern richtig losgehen konnte.

Aus der Hauswand löste sich ein Schatten, von dem sie in der Dunkelheit nur die glimmende Zigarette sah. Es war ihre schweigsame Bedienung.

»Zigarette nach Essen ist gut«, sagte sie in dem harten Idiom der Tschechen.

»Oh ja«, beeilte sich Paula zu erwidern, »sehr gut.«

Sie fragte nach einem Zigarettenautomaten hier im Ort. Und erhielt die Antwort, die sie befürchtet hatte.

»Nix Automat hier.«

Wenn sie die Tschechin richtig verstanden hatte, musste sie morgen eine Stippvisite in das gut zehn Kilometer entfernte Albstadt machen. Mit einem leisen Stöhnen verwünschte sie sich und ihre voreiligen disziplinarischen Maßnahmen.

Da holte die Bedienung aus ihrer Schürze drei Zigaretten und reichte sie ihr. Paula nahm diese Gabe dankbar an. Gemischt mit dem Gefühl, jetzt angekommen zu sein. Nun hielt sie die Provinz fest umschlungen, warm und liebevoll.

Bereits um halb acht polterten am nächsten Morgen fröhliche Wandersleute durchs Treppenhaus. Allesamt Frauen und Männer, die ungeheuer laut waren und ungeheuer tatendurstig schienen. Sie liefen die Treppen rauf und runter, als wenn sie Nagelstiefel trügen, und riefen und lachten laut dabei. Als der letzte Lacher hinter zugeschlagenen Türen versackte, drehte Paula sich in dem ungewohnt harten Bett noch einmal um. Aber es ging nicht, sie war einfach zu wach. Also stellte sie sich unter die Dusche und stieg dann in den Frühstückssaal hinunter.

Dort wurde sie von den Hotelgästen herzlich begrüßt. Nun schien auch sie dazuzugehören, trotz Single-Daseins. Eine Viertelstunde später verabschiedete man sich von ihr mit einem fröhlichen »So, wir müssen. Wir sind heute spät dran«. Auf die Frage, was sie denn heute *Schönes* unternehme, antwortete sie: »Ich werde wandern, ein wenig zumindest. Die Gegend erkunden.« Man wünschte ihr noch einen erlebnisreichen Tag, dann kehrte Ruhe im Speisesaal ein.

Sie ließ sich für das Frühstück viel Zeit. Danach fühlte sie sich so satt, dass ihr die Lust aufs Wandern vergangen war.

Im Hotelgarten zündete sie sich das No-Name-Geschenk der Bedienung an. Die Zigarette stieg ihr dermaßen in den Kopf, dass sie sich an die Mauer lehnen musste, um nicht das Gleichgewicht zu verlieren. Ihr gefiel dieser Morgen-Kick, schon allein deswegen hatte sich die lange Enthaltsamkeit gelohnt. Nachdem auch die zweite Zigarette geraucht war, machte sie sich auf den Weg.

Sie musste ihren Nachschub nicht mit dem Auto besorgen; die Hotelbetreiber hatten ihr verraten, dass es im wenige Kilometer entfernten Tieringen ein Wirtshaus inklusive Zigarettenautomaten gebe, welches zudem den Vorteil habe, dass es über einen hübschen und gut ausgeschilderten Wanderweg bequem zu erreichen sei.

Drei kurzweilige Stunden später war sie an ihrem Ziel angelangt, hatte unterwegs begeistert dem Vogelgezwitscher gelauscht, hatte immer wieder auf die Senken und Anhöhen der Schwäbischen Alb geschaut und sich noch gewundert, wie leicht ihr das Gehen fiel. Kurzum: Sie war in bester Laune, geradezu euphorisch, als sie vor dem Gasthaus stand. Die Euphorie hielt jedoch nur so lange an, bis sie das an der Wirtshaustür angeklebte Schild sah, das in ungelenker Schrift verkündete: »Wegen Trauerfall in der Familie haben wir heute geschlossen. Wir bitten unsere Gäste um Verständnis.« Sie stöhnte laut auf.

Missgelaunt trat sie den Rückweg an, den sie als wesentlich länger empfand als den Hinweg, obwohl sie nun nicht mehr schlenderte, sondern geradezu rannte. Ohne den Vogelgesang zu registrieren oder das Gefällige der Landschaft mit einem Blick zu würdigen. Nun war der Weg nicht mehr das Ziel, denn das Ziel war jetzt ihr BMW, der sie möglichst zügig in die nächste Ortschaft bringen sollte. Dorthin, wo man an einem schwäbischen Ostersonntag Zigaretten kaufen konnte. Sie hätte nicht auf die Hotelbesitzer hören sollen, diese netten Nichtraucher, sondern auf ihre Expertin, die Tschechin.

Als sie ihr Zimmer betrat, hörte sie ihr Handy, das sie mit Absicht nicht mitgenommen hatte, auf dem Nachttischchen brummen. Sie beugte sich darüber und versuchte, die Nummer des Anrufers zu identifizieren. Es war nicht Paul, wie sie vermutet hatte, sondern die Dienstnummer ihres Chefs, Kriminaloberrat Fleischmann. Mit einem bangen Gefühl drückte sie auf den grünen Knopf.

»Ach, schön, Frau Steiner, dass ich Sie doch noch erreiche. Ich versuche es schon den ganzen Vormittag«, sagte er statt einer Begrüßung. Sie spürte keinen Vorwurf, sondern nur seine große Erleichterung, dass er sie endlich am Telefon hatte.

»Sie verbringen Ihren Urlaub wohl nicht daheim, wie Sie den Kollegen gegenüber angedeutet hatten?«

»Nein, ich bin in Meßstetten. Auf der Schwäbischen Alb. Ich mache hier einen Wanderurlaub«, erwiderte sie mit einem Anflug von Trotz. Man wird doch noch ein paar Tage wegfahren dürfen, auch wenn man das vorher nicht so geplant und verkündet hatte.

Nachdem von Fleischmann keine Reaktion auf ihr unüblich sportliches Unternehmen kam, wurde sie unruhig.

»Es ist wohl was passiert? Brauchen Sie mich denn so dringend?«

»Das kann man so sagen, dass etwas passiert ist. Und ja, ich brauche Sie hier. Sie müssen Ihren Urlaub abbrechen und zurückkommen.«

Sie konnte ihr Erstaunen über diesen ungewohnten Befehlston kaum verbergen. Fleischmann brachte seine Order ihr gegenüber sonst immer mit einer angehängten Bitte vor.

»Was?«, fragte sie und setzte sich automatisch auf das frisch gemachte blütenweiße Bett. Irgendwie hatte sie das Gefühl, dass sie das, was nun folgen würde, besser im Sitzen vertragen könne als im Stehen.

Fleischmann eröffnete ihr, die zu einem Tatort herbeigerufene Schutzpolizei habe heute am frühen Ostersonntagmorgen ihren Mitarbeiter Heinrich Bartels »in einer eindeutigen Position« angetroffen. Schwer verletzt und nicht ansprechbar.

»In der rechten Hand hielt Herr Bartels eine Pistole des Typs Heckler & Koch P2000, und mit eben dieser P2000 war Ulrich Jakobsohn, der neben ihm am Boden lag, getötet worden, vermutlich am Abend davor.«

Fleischmann trug seinen Bericht betont sachlich und emotionslos vor. Dennoch hörte sie darin einen ungeheuerlichen Verdacht. Nämlich dass Heinrichs Rolle in dieser Geschichte über die des reinen Beobachters, des zufällig anwesenden Augenzeugen, hinausreichen könnte.

»Heißt das, man unterstellt allen Ernstes Herrn Bartels, er habe diesen Jakobsohn erschossen?«

»Ja«, antwortete Fleischmann. »Das tut man. Sie wissen doch selbst, wir sind gehalten, bei unseren Ermittlungen auch solche Eventualitäten nicht außer Acht zu …«

»Das ist doch lächerlich!«, unterbrach sie ihn laut und erregt. »Sie wissen genau, dass Heinrich zu so etwas nie …«

Nun war es Fleischmann, der ihr ins Wort fiel. »Frau Steiner, bitte. Das vermuten Sie, und ich kann es mir auch nicht vorstellen. Aber das genügt eben nicht. Und wenn es irgendjemand anderes gewesen wäre als Herr Bartels, dann, glauben Sie mir, würde ich Sie auch nicht bitten müssen, Ihren Urlaub abzubrechen. Doch ich denke, die Ermittlungen sollten Sie leiten. Schon allein deswegen, weil Sie Herrn Bartels von allen Kollegen am besten kennen. Und so, wie ich Sie einschätze, wollen Sie das doch sicher auch, in diesem besonders heiklen Fall? Oder wäre es Ihnen lieber, ich beauftrage Herrn Trommen damit?«

»Nein, auf keinen Fall. Das übernehme ich und sonst niemand.«

»Dann kann ich also mit Ihnen rechnen?«, fragte der Kriminaloberrat.

»Ja. Ich mache mich sofort auf den Weg. Wollen wir uns gleich heute noch treffen?«

»Nein, heute nicht mehr«, antwortete Fleischmann. »Die Besprechung zu diesem Fall ist für morgen in der Früh angesetzt, um neun Uhr. Daran wird auch Kriminaldirektor Bauerreiß teilnehmen. Wenn Sie eine halbe Stunde vorher in mein Büro kommen, ja? Wir beide sollten uns auf diese Konferenz vorbereiten und uns absprechen. Ist das möglich?«

»Natürlich.« Warum vorbereiten, warum absprechen?, dachte sie noch, fragte aber nicht nach.

»Gut. Dann sehen wir uns morgen spätestens um halb neun.«

»Herr Fleischmann, in welchem Krankenhaus liegt Herr Bartels denn?«

»Im Nordklinikum.« Dann legte er auf.

Noch lange nachdem das Gespräch beendet war, umklammerte

sie ihr Handy und starrte aus dem Fenster. Vor ihrem Auge zogen die saftig grünen Wiesen der Schwäbischen Alb vorbei, das Bäuerlich-Biedere und Protestantische dieser schönen Landschaft, dann Heinrich, wie er die Waffe in der Hand hielt, gefolgt von einer männlichen Leiche, die am Boden lag.

Schließlich brach sie dieses Durcheinander der Affekte ab und packte ihre Reisetasche, genauso sorglos, wie sie die Kleidungsstücke auch gestern hineingestopft hatte. Ein letzter prüfender Blick durch das Hotelzimmer, dann ging sie hinunter.

Es war zu erwarten gewesen, dass die Wirtin nicht begeistert war, ihren Gast bereits einen Tag nach der Ankunft wieder zu verlieren. Dennoch zeigte sie Verständnis für das wohl Unvermeidliche: »Ja, wenn Se ins Gschäft müsset ...« Und das Angebot von Paula Steiner, das Zimmer für die gebuchten acht Tage zu bezahlen, lehnte die Schwäbin kategorisch ab.

»Noi, des machet mer net. Des is scho recht so.« Sie solle halt mal wiederkommen, Landschaft und Fremdenzimmer würden ihr nicht davonlaufen. Im Sommer sei es hier auch sehr schön.

Überschwänglich bedankte Paula sich für dieses großzügige Entgegenkommen und reichte ihrer Gastgeberin zum Abschied die Hand. Dann verstaute sie ihre Habseligkeiten im Auto, schenkte der zu ihren Füßen liegenden lieblichen Landschaft, wo sich der Himmel auf so angenehme, beschwingte Weise von Anhöhe zu Anhöhe wölbte, noch einen letzten langen Blick und startete den Motor.

Bei der ersten Autobahnraststätte fuhr sie ab. Lief zielstrebig in den Shop, griff mehrmals in das gut sortierte Weinregal und legte sechs Flaschen in den Einkaufskorb. Als sie sich wieder auf die A7 einfädelte, hatte sie drei Flaschen Riesling, einen Kerner, einen Grau- und einen Weißburgunder zusätzlich im Gepäck. Und eine Stange Zigaretten. Der Urlaub war nun vorbei und damit auch die guten Vorsätze. Der Alltag hatte sie wieder, sie spürte schon sein Korsett. Aber es drückte nicht. Im Gegenteil, sie war Fleischmann dankbar, diesen »besonders heiklen Fall« übernehmen zu dürfen.

Nach einer äußerst zügigen Fahrt passierte sie endlich die Stadtgrenze und fuhr die menschenleere Erlenstegenstraße entlang.

Trostlos, diese Sonntage in der Stadt. An der Ampel Sulzbacher Straße Ecke Welserstraße musste sie halten. So öde, geradezu hässlich ist Nürnberg, dachte sie, nur an diesen vermaledeiten Sonntagen.

Als die Ampel auf Grün schaltete, stellte sie dieses trübsinnige Sinnieren ein. Sie gab Gas und bog bei der ersten Gelegenheit rechts ab. Eine halbe Stunde später stand sie vor dem Krankenhaus, in das man Heinrich eingeliefert hatte.

Seit Fleischmanns Anruf hatte sie es nicht eine Sekunde lang in Erwägung gezogen, was anscheinend einige glaubten: dass Heinrich diesen Jakobsohn erschossen hatte. Und vehement auch die Möglichkeit verworfen, ihr Mitarbeiter könnte irgendetwas mit diesem Mord zu tun haben. Nein, das war ganz und gar ausgeschlossen. Heinrich doch nicht, nicht ihr Heinrich, der so sanft wie wurstig und anspruchslos durchs Leben stolperte. Den lediglich seine Großmutter und Richard Wagner aus der Fassung bringen konnten.

Genauso sicher war sie sich, dass dieses Offensichtliche nicht jeder so klar sehen würde wie sie. In dem Moment ahnte sie, dass es diesmal nicht mit der polizeilichen Ermittlungsarbeit getan war – hier würde es auch auf das richtige Taktieren ankommen, das andere so viel besser beherrschten als sie.

2

Sie fragte den Pförtner, wo sie den Patienten Bartels, Heinrich finden könne. Der Mann, grauer Schnauzbart, müde Augen, antwortete, ohne in seine Liste zu sehen.

»14 E, auf der Intensivstation, erster Stock, Zimmer 207.«

Als sie auf das Gebäude zulief, wunderte sie sich, dass der Pförtner Heinrichs Aufenthaltsort aus dem Stegreif wusste. Das war doch ungewöhnlich in einem so großen Krankenhaus. Für sie deutete das darauf hin, dass Heinrich hier bereits eine Berühmtheit erlangt hatte, die nichts Gutes heißen konnte.

Auf der Intensivstation angekommen, suchte sie als Erstes nach dem Schwesternzimmer. Darin saßen drei Pfleger um einen kleinen runden Tisch und tranken Kaffee aus klobigen Bechern. Sie fragte den, der ihr am nächsten war, einen dünnen Mann mittleren Alters mit blonden Locken, ob sie Herrn Bartels besuchen dürfe. Alle drei blickten sie aufmerksam an.

»Sind Sie eine Angehörige?«

»Nein«, sagte sie wahrheitsgemäß. »Seine Vorgesetzte.«

»Also auch jemand von der Polizei. Dann möchte ich jetzt erst mal Ihren Dienstausweis sehen.«

Gott sei Dank hatte sie den bei sich. Sie lobte sich für ihre Umsicht und holte ihre Brieftasche aus der Brusttasche ihrer Wanderjacke, die sie bei der Abfahrt in Meßstetten angelegt und seitdem nicht mehr ausgezogen hatte. Daraus entnahm sie den Dienstausweis und hielt ihn dem blond gelockten Pfleger so hin, dass dieser gezwungen war, den Kopf weit zurückzulegen, um ihn lesen zu können. Er riss ihn an sich und studierte ihn sekundenlang. Nachdem er damit fertig war, gab er ihn ihr mit einem spöttischen Lächeln zurück.

»Sie dürfen ihn ausnahmsweise sehen, aber ich sag es Ihnen gleich: Ansprechbar ist er nicht. Wir mussten ihn sedieren. Als er hier eingeliefert wurde, konnte er sich ja nicht einmal an seinen Namen …«

»Das weiß ich bereits«, unterbrach sie ihn ungehalten. »Also bitte, wo finde ich ihn?«

Der Blondschopf murmelte etwas in seinen Becher, von dem sie nicht hätte sagen können, ob es jetzt die gewünschte Auskunft oder ein »Scher dich zum Teufel« war. Nach seinem Gesichtsausdruck zu schließen, wohl Letzteres. Sie wiederholte ihre Frage, nun schärfer und ohne angehängte Bitte.

Schließlich löste sich eine Schwester mittleren Alters, die sie bis dahin gar nicht wahrgenommen hatte, aus der rechten Zimmerecke und gab ihr zu verstehen, dass sie sie dorthin führen würde.

Paula wollte soeben die Tür hinter sich schließen, da rief ihr der Pfleger hinterher: »Wir haben es übrigens nicht so gern, wenn Mörder auf unserer Station liegen.«

Sie musste nicht überlegen, was sie daraufhin antworten könnte. Es sprudelte einfach aus ihr heraus.

»Eine interessante Feststellung. Ich hoffe für Sie, Sie meinen damit nicht Kriminaloberkommissar Bartels. Denn dann wäre ich ja gezwungen, eine Dienstaufsichtsbeschwerde gegen Sie in die Wege zu leiten. Zum einen wegen übler Nachrede, zum anderen deswegen, weil *wir*«, sie betonte das Personalpronomen, »dann davon ausgehen müssten, dass Sie auf Ihrer Station Kriminaloberkommissar Bartels nicht die umfassende Pflege angedeihen lassen, die er gerade in seinem Zustand so nötig hat.«

Sie sah ihn lange prüfend an. »Welche Mörder liegen denn nun auf Ihrer Station?«

Nachdem er nicht antwortete, fügte sie hinzu: »Und Ihren Namen brauche ich jetzt auch.«

Widerwillig und ohne sie dabei anzusehen, beantwortete er zumindest ihre zweite Frage.

Dann folgte sie der Schwester, die am Ende des Gangs rechts vor dem letzten Zimmer stehen blieb und sich zu ihr umdrehte.

»Mein Kollege hat das nicht so gemeint, da bin ich mir sicher. Bei uns ist heute schon den ganzen Tag der Teufel los. Ständig neue Einlieferungen. Wir müssen dauernd umbelegen. Nicht, dass ich das gut finden würde, was er da vorhin gesagt hat, aber legen Sie das bitte nicht auf die Goldwaage. Selbstverständlich ist Herr Bartels bei uns gut aufgehoben. Da brauchen Sie sich wirklich keine Sorgen zu machen.«

Die Schwester, auf deren Namensschild »Ulrike« stand, nickte ihr zum Abschluss ihrer Rede freundlich zu. Dann öffnete sie die Tür.

Paula hatte sich, bedingt durch die Querelen mit diesem Pfleger, auf den Moment des Wiedersehens mit Heinrich nicht vorbereiten können. Er hatte dieses Zimmer für sich allein. Sie trat an sein Bett und beugte sich über ihn. Die Augen waren geschlossen und die Arme über der Bettdecke ausgestreckt. Ein Venenkatheter in der linken Armbeuge führte zu einer Infusionsflasche. Sie starrte auf seinen Mund, der so ungewohnt ernst wirkte. Jegliches Leben war aus ihm gewichen.

»Sie können ihn gerne an den Händen berühren und mit ihm reden«, sagte die Schwester hinter ihr. »Fast jeder sedierte Patient nimmt seine Umgebung irgendwie wahr, mehr oder weniger. Wir gehen so mit ihm um, als wenn er bei Bewusstsein wäre.«

Da ergriff sie vorsichtig seine linke Hand und murmelte leise: »Heinrich, du machst ja Sachen.«

Eine Träne stahl sich aus ihrem rechten Augenwinkel und tropfte auf das steril weiße Bett. Sie wiederholte: »Heinrich, du machst ja Sachen. Also so was …« Mehr fiel ihr einfach nicht ein.

Schließlich zog sie ihre Hand weg und richtete sich auf. Eine große Ratlosigkeit war in ihr. Aber auch Entsetzen, Ungläubigkeit, Sorge, Wut – das alles zusammen.

Sie zwang sich, noch einmal auf seine geschlossenen Augen zu sehen. »Ich kümmere mich um alles, das versprech ich dir. Und du schaust zu, dass du wieder auf die Beine kommst. Morgen besuche ich dich wieder, Heinrich. Und in der Zwischenzeit passt du gut auf dich auf.«

Dann drehte sie sich abrupt um und eilte aus dem Zimmer. Vor der Tür dankte sie der Schwester und fragte: »Wo finde ich den diensthabenden Arzt? Kann ich ihn sprechen?«

»Heute leider nicht mehr.« Schwester Ulrike schüttelte bedauernd den Kopf. »Aber morgen früh ist Dr. Morgenstern wieder da.«

»Schade. Und Sie können mir wohl nicht sagen, welche Art Verletzungen Herr Bartels hat? Äußerlich wirkt er ja, soweit ich das beurteilen kann, unversehrt, bis auf den Verband am Kopf. Es sind wahrscheinlich innere Verletzungen, oder?«

»Das weiß ich leider nicht. Ich weiß nur: Als man ihn hier eingeliefert hat, war er ohne Bewusstsein, zunächst. Als er kurze Zeit darauf erwachte, im Behandlungsraum, hat er den Arzt und die zwei Schwestern ziemlich rüde tätlich angegriffen, die ihm den Verband fixieren wollten. Da mussten wir ihn sedieren, wie mein Kollege schon erwähnt hat.«

»Warum war er anfangs ohne Bewusstsein?«

Die Schwester zögerte mit der Antwort. Sie überlegte und sagte dann merklich kühler: »Auch das sollten Sie morgen Dr. Morgenstern fragen.«

»Ich verstehe einfach nicht, warum man meinen Kollegen auf die Intensivstation gebracht hat.« Paula vermied bewusst die Frageform. »Es muss doch einen Grund geben, warum er hier ist.«

Doch da hatte sich Schwester Ulrike bereits von ihr abgewandt und lief zügig den Gang zurück. Als sie vor dem Dienstzimmer stand, drehte sie sich noch einmal um und rief über die Schulter zurück: »Dr. Morgenstern hatte Dienst, als Herr Bartels eingeliefert wurde. Er wird Ihre Fragen sicher beantworten können.« Dann war sie fort.

Als Paula wieder in ihrem alten BMW saß, fühlte sie sich plötzlich sehr müde. Und tieftraurig.

Sehr spät abends erreichte sie den Vestnertorgraben. Langsam stieg sie die Stufen zu ihrer Wohnung hinauf, in der linken Hand die Reisetasche, mit der rechten griff sie Stufe um Stufe nach dem Treppengeländer. So als fürchte sie, ohne diese Stütze den Boden unter den Füßen zu verlieren.

In der Diele stellte sie die Tasche achtlos neben sich auf den Boden, riss ihr Adressbüchlein aus der obersten Schublade der kleinen Kommode und blätterte hastig darin. Schnell hatte sie gefunden, was sie suchte – Frieder Müdsams private Telefonnummer. Dann wählte sie die Nummer und wartete. Endlich, nach dem neunten Klingeln, nahm der Gerichtsmediziner ab, leise und schlaftrunken.

»Frieder, ich bin es, Paula. Es tut mir leid, wenn ich dich gestört oder geweckt habe, aber es ist sehr wichtig. Weißt du das von Heinrich schon?«

Er verneinte. Daraufhin erzählte sie ihm von dieser heiklen Angelegenheit das wenige, was sie wusste. Die Sache mit der Tatwaffe in Heinrichs Hand. Der Verdacht, der auf ihm lastete. Und dass sie ihn soeben im Nordklinikum auf der Intensivstation besucht hatte und an ihm rein gar nichts erkennen konnte, was auf schlimme Verletzungen schließen lasse.

Während ihres Berichts schwieg Müdsam, nur ab und zu murmelte er ein erstauntes »Hm, hm, hm«.

»Ich bitte dich also sehr herzlich, Frieder, dass du dir ihn mal ansiehst. Ich glaube nämlich, dass er dort im Nordklinikum nicht die Pflege und die medizinische Versorgung bekommt, die ihn schnell wieder auf die Beine bringen kann.«

»Das mach ich natürlich, wenn dir das so wichtig ist. Aber zu deinen Zweifeln, was das Nordklinikum angeht: Da brauchst du dir keine Sorgen zu machen. Er ist dort gut aufgehoben.«

Sie nannte ihm noch Heinrichs Zimmernummer, dann legte sie auf. *Wenn dir das so wichtig ist*, hatte Frieder gesagt. Das bedeutete für sie: Ihm selbst schien es nicht dringlich zu sein. Dabei hatten sich Heinrich und er doch immer gut verstanden. Warum dann diese Interesselosigkeit gegenüber einem Kollegen, der doch immerhin auf der Intensivstation lag?

Nach einer Weile stellte sie das Grübeln über Frieders Verhalten ein und packte ihre Reisetasche aus. Dabei verspürte sie, die heute Morgen um halb neun Uhr die letzte Mahlzeit zu sich genommen hatte, einen enormen Hunger. Sie zog Nachthemd und Bademantel an und marschierte in die Küche. Holte aus dem Kühlschrank die Butter und die letzten zwei Scheiben rohen Schinken, legte die halb volle Packung Knäckebrot auf den Küchentisch. Entkorkte den Kerner aus der Raststätte und goss sich ein großes Glas ein.

Nach dem kargen Abendmahl sah sie rauchend auf die angestrahlte Kaiserburg, die sich hell und vertraut vor ihrem Küchenfenster erstreckte. In Gedanken kehrte sie zu Heinrich zurück. Nein, die Tatwaffe in seiner Hand hatte nichts zu bedeuten. Zählte für sie nicht als Hinweis auf irgendetwas. Nicht bei Heinrich, bei diesem sanften und geduldigen, chaotischen, durch und durch liebenswürdigen Menschen. Das war eine Falle gewesen. Eine kalkulierte Falle des Mörders.

Sie war aber auch so hellsichtig, zu erkennen, dass sie diese Überzeugung besser für sich behielt. Und stattdessen das Offensichtliche scheinbar akzeptierte und so tat, als würde sie selbstverständlich auch dieser Möglichkeit bei ihren Ermittlungen nachgehen. Schon allein deswegen, damit ihr und nicht etwa Trommen dieser Fall übertragen wurde. Das war ihr grober Plan für den morgigen Tag. Alles Weitere würde sich finden. Sie füllte ihr Glas nach und ging ins Wohnzimmer.

Im Teletext des bayerischen Fernsehens tauchte der Mord an diesem Jakobsohn nicht auf. Damit fehlte auch der Verdacht, ein Polizeibeamter könnte damit etwas zu tun haben. Das war gut. Gut für sie und gut für Heinrich. Denn so war der Druck der Öffentlichkeit, die rasch einen Schuldigen suchte und sich dabei immer auf das Naheliegende konzentrierte, nicht groß. Und sie war in der Wahl ihrer Wege ziemlich frei.

Kurz nach Mitternacht ging sie ins Bett, bereits um halb fünf wachte sie auf. Sie gab sich Mühe, noch einmal einzuschlafen – sie musste ja heute an diesem wichtigen Tag fit und ausgeschlafen sein –, aber es klappte nicht. So wälzte sie sich von einer Seite zur anderen und verließ eine Stunde später ihr warmes Bett.

Nach einer ausgiebigen Dusche begutachtete sie den Inhalt ihres Kleiderschranks. Genauso wichtig wie ihre körperliche Frische war heute ihr Äußeres, die Wahl ihrer Garderobe. Sie musste auf alle, zuvörderst auf Bauerreiß, einen professionellen, taffen, zu allem entschlossenen Eindruck machen.

Sie entschied sich für ihren Hosenanzug, taubenblau, und ein weißes T-Shirt, den langweiligen Einheitslook aller erfolgreichen Politikerinnen. Die würden schon wissen, warum sie in dieser immer gleichen Kombination in die TV-Studios gingen oder vor die Mikrofone traten. Und dabei so unnahbar und von sich überzeugt wirkten. Das wollte sie schließlich heute auch, überlegen und sehr amtlich wirken.

Während sie Kaffee trank und gedankenverloren drei Knäckebrote aß, gab sie sich Mühe, ihr professionelles Outfit nicht zu bekleckern. Als sie die Wohnung verließ, war es noch so früh, dass fast alle Parkbuchten vor dem Haus frei waren.

Am Hauptmarkt zog sie sich das Boulevardblatt »Bild« aus dem

Zeitungsständer und überflog sie noch an Ort und Stelle. Zwar stand darin die Nachricht über den Mord an dem vierundfünfzigjährigen Ulrich J., aber die Beteiligung eines Polizeibeamten wurde darin nicht erwähnt. Es fand sich nur der Hinweis, dass neben dem Toten ein Schwerverletzter männlichen Geschlechts mit einer Waffe in der Hand aufgefunden wurde, und der versteckte Tadel, dass die Polizei erst demnächst ihre Arbeit aufnehmen würde. Und es wurde betont, dass der Sprecher der Staatsanwaltschaft Einzelheiten zu dem Tathergang »aus ermittlungstaktischen Gründen« vorerst nicht nennen wollte.

Als sie das Präsidium betrat, war es sieben Uhr dreißig. Sie entschied sich dagegen, in ihr Büro zu gehen, und machte sich stattdessen auf direktem Weg zu Fleischmann. Da ihr Klopfen an der Tür seines Vorzimmers ohne Ergebnis blieb und diese verschlossen war, versuchte sie es an seiner Bürotür. Nach einer Weile hörte sie, wie jemand den Schlüssel umdrehte, dann stand auch schon der Kriminaloberrat vor ihr.

»Guten Morgen, Frau Steiner. Schön, dass Sie es so früh einrichten konnten«, sagte er und streckte ihr die Hand entgegen. Sie konnte sich nicht erinnern, wann Fleischmann ihr jemals die Hand gegeben hatte. Wahrscheinlich hielt er diese Geste dem Ernst der Lage angemessen. Er schloss hinter ihr die Tür und bedeutete ihr mit einem Fingerzeig, in der kleinen Sitzgruppe Platz zu nehmen. Nachdem sie dieser Aufforderung gefolgt war, setzte auch er sich. Auch dies war ungewöhnlich. Sonst saß er immer, wenn es mit ihr etwas zu besprechen gab, auf dem großen Drehsessel hinter seinem Schreibtisch.

Nachdem er sie eine Weile angesehen und diese Observation mit einem kleinen anerkennenden Kopfnicken beendet hatte, eröffnete er das Gespräch.

»Ich sehe, Sie wissen, wie wichtig diese Konferenz heute für uns beide ist. Ich gehe davon aus, dass Sie nach wie vor, wie Sie bereits gestern am Telefon betonten, die Ermittlungen leiten möchten?«

Als sie auf seine Frage nicht sofort antwortete, wiederholte er: »Das ist doch richtig, oder?«

Ihr zog sich das Herz zusammen bei der Vorstellung, Fleischmann könnte Trommen mit diesem Fall betrauen. So beeilte sie sich, ihm zu versichern: »Ja, natürlich. Unter anderem auch deswegen, weil ich, bei aller Bescheidenheit, dafür am besten geeignet bin. Ich stehe Herrn Bartels am nächsten, kenne ihn wie kein Zweiter, bin auch …«

»Das weiß ich alles, Frau Steiner, aber das Argumentieren heben wir uns für die Sitzung auf. Und reiten Sie nicht zu sehr auf der privaten Nähe zu Bartels herum, sonst sind wir ganz schnell bei einer persönlichen Befangenheit, und anderen, die sich bereits jetzt als Leiter dieser SOKO sehen, wird der Vorzug bei der Fallübergabe gegeben. Betonen Sie mindestens in gleichem Maße Ihre Professionalität und Erfahrung bei dieser Art Ermittlung.«

Sie musste ihn nicht fragen, wer diese anderen waren, die sich »bereits jetzt als Leiter der SOKO« sahen. Trommen, der so zackige wie aufgeblasene Wichtigtuer mit seiner sieben Mann starken Kommission; Trommen, der, wenn er nicht gerade seine Leute publikumswirksam herumkommandierte, mit größter Sorgfalt an seiner Karriere feilte; Trommen, das Quadratarschloch, wie ihn Heinrich nach einem Vorfall vor zwei Jahren nur noch nannte, der auch diesen Fall ausschließlich dazu benutzen würde, um sich hausintern als Fleischmanns Nachfolger zu profilieren. Ohne Rücksicht und ohne jedes Mitgefühl für Heinrich und dessen verzwickte Lage. Leider aber hatte der Kollege im Gegensatz zu ihr reichlich Erfahrung mit der Aufstellung von SOKOs und – noch bedauerlicher in diesem Zusammenhang – auch fast immer Erfolg damit gehabt.

Sie schwiegen eine Weile, dann fragte sie: »Muss es denn unbedingt eine SOKO sein? Wollen wir das wirklich so groß aufhängen? In den Zeitungen stand heute noch nichts davon, dass ein Polizist mit einer Waffe in der Hand neben dem Ermordeten gefunden wurde. Also fehlt doch der Druck der Öffentlichkeit vollständig, und wir könnten …«

»Ich fürchte, da kommen Sie nicht drum herum«, unterbrach Fleischmann sie. »Bauerreiß scheint sich, wenn ich ihn gestern richtig verstanden habe, schon festgelegt zu haben. Lehnen Sie das bloß nicht ab. In Ihrem eigenen Interesse.«

Nach einer Pause setzte er noch hinzu: »Na, dann wissen Sie ja jetzt, was in etwa auf Sie zukommt. Einen Rat möchte ich Ihnen zum Abschluss noch geben, auch wenn er Ihnen sicher überflüssig erscheint: Ermitteln Sie in alle Richtungen. Schließen Sie nichts aus.«

Auf dem Weg zu ihrem Büro ließ sie sich seine sicher gut gemeinten Ratschläge noch einmal durch den Kopf gehen. »Betonen Sie Ihre Erfahrung bei dieser Art Ermittlung«, hatte Fleischmann gesagt. Was hatte er damit gemeint? Sie hatte noch nie einen Fall gehabt, in dem ein Kollege beteiligt gewesen war. Welche Erfahrung sollte sie, der man fast immer die unauffälligen Fälle, die mit dem kleinstmöglichen Aufmerksamkeitswert in den Medien, übertragen hatte, da also vor den anderen groß herausstellen? Ihre Fähigkeit, diese in den Augen der Kollegen uninteressanten, bedeutungslosen Fälle aus den Nachrichten herauszuhalten? Das taten sie schon von sich aus, ohne jedes Zutun von ihrer Seite.

Kurz vor neun Uhr machte sie sich auf den Weg in den Konferenzsaal, nachdem sie viel Mühe und Zeit darauf verwendet hatte, den korrekten Sitz ihrer Anzugjacke penibel und wiederholt zu überprüfen.

Als sie das Zimmer betrat, musste sie zu ihrem Bedauern feststellen, dass es bis auf einen einzigen freien Sitz bereits komplett besetzt war. Und dieser einzige freie Stuhl befand sich ausgerechnet rechts neben Trommen.

Während sie sich setzte, flüsterte ihr Trommen zu: »Was machst du denn hier, Paula? Mit dir hab ich gar nicht gerechnet. Du hast doch derzeit Urlaub, oder? Den hättest du wegen dieser Geschichte nicht unterbrechen müssen, das war völlig überflüssig.«

Statt einer Erwiderung lächelte sie ihn nur an, süß und falsch, und sah auf das vor ihm liegende handbeschriebene Blatt. Als Trommen bemerkte, dass sie das Papier las, drehte er es rasch um und legte seine gefalteten Hände auf die leere Rückseite.

»Gut, nachdem nun alle da sind«, eröffnete Kriminaldirektor Bauerreiß die Besprechung, »fangen wir gleich an. Jeder von Ihnen weiß, worum es heute vordringlich geht. Es geht darum, dass ein Kollege von uns, und zwar Herr Bartels, an einem Tatort neben dem erschossenen Opfer schwer verletzt aufgefunden wurde, und das mit der Tatwaffe in der Hand. Gottlob steht in der Zeitung darüber nichts – noch nicht. Und das sollte auch so bleiben. Das heißt: Wir müssen diesen Fall so zügig wie möglich und gleichzeitig so sensibel wie nötig aufklären.«

Nun legte Bauerreiß eine Pause ein, die von Trommen offenbar als Chance, sich ins Spiel bringen zu können, gesehen wurde.

»Genauso sehe ich das auch, Herr Kriminaldirektor, genauso wie Sie. Zügig und sensibel, das muss unsere Devise sein.«

Er drehte sein Blatt um und fuhr fort: »Ich habe bereits eine Strategie erarbeitet, wie wir das handhaben werden. Die SOKO muss eine Mannschaftsstärke von zehn Leuten haben, mindestens. Es empfiehlt sich also, dass ich das übernehme. Denn meine Kommission ist die mit Abstand personalstärkste«, Trommen rutschte ganz nach vorn auf die Stuhlkante, »und auch die mit der größten Erfahrung auf dem Sektor Sonderkommissionen. Nur wir können uns mit diesem Fall derart intensiv befassen, wie die prekäre Lage es erfordert. Nur wir können es uns leisten, auch sämtliche Fälle unter die Lupe zu nehmen, an denen Kollege Bartels derzeit arbeitet und in der Vergangenheit gearbeitet hat.«

Seine Stimme war mit jedem Satz heller und dringender, fast flehentlich geworden.

»Desgleichen sind für mich und meine Leute Umfeldbefragungen, um nur ein Beispiel von vielen zu nennen, im großen, sogar im denkbar größten Stil möglich. Und zwar alles unter der Maßgabe eines zügigen und gleichzeitig sensiblen«, zitierte er Bauerreiß mit einem knappen devoten Kopfnicken in dessen Richtung, »Fallabschlusses.«

Während Trommens Rede hatte Paula gelegentlich zu Bauerreiß gesehen und in dessen Gesicht zu ihrer großen Verwunderung eine wachsende Verärgerung wahrgenommen, galt doch hausintern der Leiter der Kommission 1 als der heimliche Liebling des Chefs. Als sein erklärter Kronprinz.

»Insofern werden wir auch nicht darum herumkommen, uns in die Kommissionsbefugnisse der geschätzten Kollegin Steiner einzuklinken, das heißt: uns mit ihr großflächig zu vernetzen. Zumindest ein Stück weit.«

»Ein Stück weit«, das sagte Trommen in letzter Zeit gern. Bei allen passenden und vor allem auch bei den unpassenden Gelegenheiten. Wenn sie Bauerreiß' nun an den Wangen ungesund gerötetes Gesicht richtig deutete, dann schien es sich hier um ein Paradebeispiel der letzteren Gattung zu handeln. Denn nach Trommens Rede beugte sich der Kriminaldirektor weit nach vorn, kniff die Augen unheilvoll zusammen und schaute frustriert. Und zwar nicht nur ein Stück weit. Dann polterte er los.

»Bei allem Respekt, Herr Trommen, glauben Sie nicht, es ist immer noch meine Aufgabe, die anfallende Arbeit an die einzelnen Kommissionen zu verteilen? Ich kann mich auch nicht erinnern, dass ich Sie darum gebeten hätte, mir diese Aufgabe hier und heute abzunehmen. Desgleichen ist Ihre Kommission derzeit zwar noch die personalintensivste, da haben Sie recht, aber nur aus dem einzigen Grund, weil Herr Fleischmann und ich das als für richtig und passend für unsere interne Aufstellung erachten. Ich betone: noch! Das alles kann sich schnell ändern.«

Als er die abschließende rhetorische wie unnötige Frage stellte »Oder sehen Sie das anders?«, hatte sich Bauerreiß wieder entspannt in seinen Stuhl zurückgelehnt. Seine Stimme war wieder so ruhig, wie sein Blick fest war.

Paula blickte kurz zu Trommen und sah in dessen Gesicht die gleiche ungesunde Röte, die sie erst vor wenigen Momenten bei Bauerreiß wahrgenommen hatte. Der Kronprinz hatte sich in seinem Übereifer überschätzt und einen Fehler gemacht. Einen hier und heute irreparabel großen Fehler. Da war in Zukunft viel Antichambrieren nötig, um das wieder auszubügeln. Ihr erster Gedanke dazu war, dass sie auf der Stelle Heinrich in allen Einzelheiten davon erzählen müsste. Doch schon eine Nanosekunde später, noch bevor sie Gefallen an diesem Plan gefunden hatte, fiel ihr ein, dass das ja derzeit nicht möglich war.

»Nein, auf keinen Fall«, antwortete Trommen, »das war auch nicht meine Absicht. In keinster Weise.« Seine Stimme klang jetzt heiser und fragil.

Bauerreiß' gebrummtes »Hm!« konnte man als ein Zeichen seiner Zustimmung deuten. Aber auch als den letzten Ausläufer seiner Verärgerung.

Er schloss kurz die Augen und sagte dann in Richtung Trommen: »Die Sonderkommission Bartels wird Frau Steiner leiten.

Und sie wird dabei jegliche Unterstützung aus allen anderen Kommissionen erfahren, die dafür nötig ist. Falls irgendwer sich an diese Vorgabe nicht halten sollte, dann werden Sie mir, Frau Steiner, sofort davon berichten. Ich erwarte täglich einen Bericht von Ihnen. Die Sitzung ist geschlossen.«

Sie war überzeugt, dass Bauerreiß ursprünglich vorgehabt hatte, Trommen mit dieser Sache zu betreuen. Nur so war auch Fleischmanns Appell an sie vor der Konferenz zu verstehen. Ebenso wie dessen Ratschlag, ihr gutes persönlichen Verhältnis zu Heinrich vorerst unter den Tisch fallen zu lassen und mehr auf ihre nicht vorhandene Erfahrung auf dem Sektor dieser Art Ermittlung zu setzen. Bauerreiß' Sinnesänderung, die ihr nur recht sein konnte, war also nicht ihr Verdienst und auch nicht das ihres tadellos passgenauen taubenblauen Hosenanzugs; die hatte sie einzig und allein Trommen zu verdanken. Seiner Profilierungssucht, seinem Übereifer, seiner Ungeduld.

Als sie ihr Büro heute nun zum zweiten Mal betrat, wartete eine ganz und gar gedrückte Eva Brunner auf sie. Rote hektische Flecken bedeckten das hübsche Gesicht der Jungpolizistin, die wie alle Rotblonden sonst einen makellosen Teint vorweisen konnte. Paula trat auf sie zu und reichte ihr wortlos die Hand. Händeschütteln gehörte sonst nicht zu den Gepflogenheiten in ihrer Kommission. Aber heute ergab es sich von selbst. Diese instinktive Reaktion schien wohl der dramatischen Lage, in der sich ihre komplette Kommission befand, angemessen. Ja, mehr noch: Sie schien erforderlich.

Auch Eva Brunner verhielt sich anders als sonst. Sie, die sich sonst durch eine manchmal bis ins Geschwätzige ausufernde Redseligkeit auszeichnete, sagte nämlich nichts. Keinen Ton.

»Ich gehe davon aus, dass Sie bereits wissen, was am Wochenende passiert ist, Frau Brunner?«

Als Antwort erhielt Paula nur ein kaum wahrnehmbares Kopfnicken.

»Das einzig Gute daran ist: Wir haben den Fall. Es gibt ab sofort eine Sonderkommission Bartels, die Sie und ich leiten. Falls wir Unterstützung brauchen, können wir aus allen anderen Kommissionen Hilfe anfordern. Aber ich denke, das brauchen wir vorerst nicht.«

Nach einer Weile setzte sie aufmunternd hinzu: »Wir zwei schaffen das auch so.«

Nachdem auch zu dieser immerhin erfreulichen Nachricht noch immer keine Reaktion ihres Gegenübers erfolgte, schob sie nach: »Oder wie sehen Sie das, Frau Brunner?«

»Vielleicht, vielleicht auch nicht«, lautete die knappe und sibyllinische Antwort. Es war auf jeden Fall eine Antwort, die Paula Steiner nicht hören wollte. Sie beschloss, jetzt nicht nachzuhaken. Ihre Mitarbeiterin schien von der ganzen Sache doch sehr mitgenommen zu sein. Sie wechselte das Thema.

»Von wem und wann haben Sie es eigentlich erfahren?«

»Von Herrn Trommen. Heute früh.«

»Aha. Und was hat er zu Ihnen gesagt?«, fragte Paula, nun doch neugierig geworden.

»Dass man Heinrich an dem Tatort in der Südstadt vorgefunden hat.«

»Ist das alles, was Trommen Ihnen sagte?«

»Nein«, antwortete Eva Brunner nach einiger Zeit. »Und dass er die Tatwaffe in der Hand hielt.« Angestrengt vermied sie es, ihre Vorgesetzte anzusehen.

»Hat das irgendeine Bedeutung für Sie?«

Erstaunt blickte die Anwärterin ihr jetzt offen in die Augen. »Bedeutung«, wiederholte sie und dehnte dabei das Wort, »ich weiß nicht.«

»Sie wissen heute überhaupt recht wenig, scheint mir«, versetzte Paula gereizt. »Hoffentlich ändert sich das bald, sonst sehe ich für einen schnellen Abschluss schwarz. Allein werde ich das nämlich nicht schaffen können.«

Heinrich fehlte ihr. Er und seine immense Vorstellungskraft. Er und sein Charme, seine Liebenswürdigkeit, seine Verschmitztheit. Und vor allem seine Rücksichtnahme ihr gegenüber. Er an Eva Brunners Stelle hätte ihr genau die Antworten gegeben, die sie hören wollte. Nicht weil er davon überzeugt gewesen wäre, sondern ihr zuliebe, einfach deswegen, um ihr einen Gefallen zu tun. Weil er sie kannte und einschätzen konnte, dass dies in dem Moment wichtig für sie war.

»Ich bin momentan auch überfragt, Frau Steiner«, meldete sich ihre andere SOKO-Hälfte zaghaft zu Wort, »ich weiß einfach nicht, was ich von dem … von der Geschichte halten soll. Zuerst, als ich das hörte, hab ich noch gedacht: Da hat jemand dem Heinrich eine Falle gestellt. Aber dann ist mir der Mord in Gibitzenhof mit den zwei Frauen eingefallen, erinnern Sie sich?«

»Natürlich erinnere ich mich. Ja, und weiter?«

»Hm, da haben wir ja auch zuerst alle gedacht, die Wirtin von der Pilskneipe kann es unmöglich gewesen sein, das ist doch nicht möglich, so eine herzliche Frau, die überall beliebt war, alle haben von ihr geschwärmt, und ihre Kundschaft konnte sogar anschreiben lassen, was ja heutzutage nicht mehr üblich ist, und dann ihr Engagement für die Nach…«

»Wer, wir alle?«, unterbrach sie Paula, die bereits ahnte, worauf Eva Brunners Erzählung hinauslaufen sollte. Und der dies missfiel.

»Na, Trommen und seine Leute.«

»Trommen ist nicht alle. Ich hab das damals nicht ausgeschlossen. Wollen Sie damit sagen, dass das bei Heinrich auch gilt?«, fragte sie. Sie musste schließlich wissen, woran sie war. Ob sie sich auf ihre Mitarbeiterin verlassen konnte oder ob sie künftig ganz auf sich allein gestellt war.

»Na ja, natürlich nicht so direkt«, wand sich die Anwärterin.

»Und indirekt?«, fragte Paula, die immer noch neben ihrem Schreibtisch stand, mit einem übertrieben höflichen Lächeln.

»Also ganz von der Hand zu weisen ist es auch nicht, dass er seine Finger bei dem Mord mit im Spiel hatte. Wenn auch nur am Rande.« Schließlich überwand Eva Brunner sämtliche sprachlichen Skrupel und ihre bisherige bemühte Behutsamkeit. »Oder, dass er tatsächlich der Mörder ist. Wir sollten auf jeden Fall auch in diese Richtung ermitteln. Das erwartet man schließlich von uns«, fügte sie noch etwas altklug hinzu.

Ach, so läuft das hier, dachte Paula und war bodenlos enttäuscht. Sie fühlte ihr Herz so rasen, dass sie sich erst einmal hinsetzen musste. Eine lange Weile verharrte sie regungslos auf ihrem Stuhl und starrte aus dem Fenster. So lange, bis sich ihr Atem beruhigt hatte und sie wieder Herrin ihrer selbst war.

Dann sprach sie, ohne nachzudenken. »Wenn *man* das von irgendjemandem hier erwartet, dann einzig und allein von mir als der Ermittlungsführerin, Frau Brunner. Und ich werde natürlich diese Möglichkeit bei *meinen* Ermittlungen nicht außer Acht lassen. So, ich bin jetzt auf Außendienst. Und Sie werden sich in der Zwischenzeit um die Akte Jakobsohn, falls es schon eine gibt, kümmern. Wenn ich wiederkomme, möchte ich die auf meinem Schreibtisch sehen. Desgleichen besorgen Sie mir die Fotos vom Tatort und die Obduktionsergebnisse aus der Rechtsmedizin. Falls sie noch nicht im Haus sind, wovon ich ausgehe, dann holen Sie sich die aus der Tetzelgasse. Persönlich! Vielleicht sollten Sie sich Notizen machen, damit Sie nichts vergessen«, fügte sie hinzu, nachdem ihre Mitarbeiterin bislang keine Anstalten gemacht hatte, sich ihre Order aufzuschreiben, sie nur erschrocken angesehen hatte.

Sie wartete, bis Eva Brunner ihren Block aufgeschlagen hatte und zu schreiben begann. Dann fuhr sie fort.

»Außerdem will ich wissen, wer den Mord gemeldet und wer den Fall aufgenommen hat und wann. Sowohl bei uns im Haus als auch welche Polizeistation inklusive der Namen der Beamten. Dann beantragen Sie die Konteneinsicht. Ach ja, wer hat Heinrich ins Krankenhaus eingeliefert? Von den Sanitätern brauche ich auch die Namen. Und Sie sollten natürlich unbedingt den Toten durchchecken, gründlich durchchecken. Auch diese Ergebnisse will ich schriftlich.«

Sie überlegte, ob sie etwas vergessen hatte. »Und machen Sie sich schlau, ob man die Angehörigen schon benachrichtigt hat. Auch davon will ich das Protokoll, falls es eines gibt. Und von jedem Telefonat, das Sie in meiner Abwesenheit führen, möchte ich auch eine ausführliche Notiz. Haben Sie dazu irgendwelche Fragen?«, sagte sie in einem Ton, der weder zum Widerspruch noch zu einer Nachfrage einlud. »Gut«, sagte sie abschließend, »wie gesagt, ich bin jetzt unterwegs. Sollte etwas Dringendes sein, geben Sie mir augenblicklich auf dem Handy Bescheid. Aber nur, wenn es wirklich wichtig ist.«

Sie nahm ihre Tasche und verließ grußlos das Zimmer. Unten auf dem Innenhof des Präsidiums ließ sie sich von dem Leiter des Fuhrparks den erstbesten Wagen aushändigen und fuhr damit in Richtung St. Johannis.

Als sie auf den Haupteingang des Nordklinikums zuschritt, gingen ihr die Reaktionen in diesem »besonders heiklen Fall« durch den Kopf. Sie wusste nun, was sie bereits geahnt hatte: dass sie die Einzige war, die eine wie auch immer geartete Beteiligung Heinrichs an dem Mord ausschloss. Selbstverständlich ausschloss. Brunner, Fleischmann und natürlich Trommen – sie alle hielten es für möglich, dass Heinrichs Rolle dabei weiter ging als die eines Opfers beziehungsweise die des Beobachters. Jeder hielt das Unmögliche für möglich, sie selbst ausgenommen.

Das hieß: Sie würde die nächsten Tage den anderen etwas vorspielen, heucheln müssen. Eine Vorstellung, die ihr nicht gefiel. Es war wie ein Kampf gegen alle anderen, und sie würde sämtliche Schläue und Umsicht aus sich herauspressen müssen, um ihn zu bestehen. Denn das war der einzige Fehler, den sie machen konnte. Und – sie würde ihn nicht machen.

Kurz nachdem sie den Eingang passiert hatte, kam ihr Frieder Müdsam entgegen. Er hatte also Wort gehalten und nach Heinrich geschaut. Dafür war sie ihm dankbar. So dankbar, dass sie sich zurückhalten musste, um nicht auch ihm, als sie ihm gegenüberstand, die Hand zu schütteln.

»Du warst bei ihm, Frieder?«, stellte sie die unnötige Frage.

»Ja, soeben. Ich habe auch mit dem behandelnden Arzt gesprochen. Es scheint mir, dass er dort in guten Händen ist. Das Nordklinikum ist besser als sein Ruf, in manchen Stationen sogar besser als das Südklinikum.«

»Und welchen Eindruck hattest du von ihm? Ganz ehrlich, bitte!«

Frieder beugte sich vor und berührte sie leicht und kurz am Arm. »Keinen schlechten, Paula, wirklich nicht. Du musst halt jetzt ein wenig Geduld haben. Auch wenn das nicht unbedingt eine von deinen zahlreichen Stärken ist«, versuchte er einen leichteren Ton anzuschlagen, bevor er fortfuhr: »Heinrich war ohne Bewusstsein, als man ihn am Sonntagvormittag eingeliefert hatte. Als er dann hier aufwachte, hat er richtig randaliert. Und er konnte sich auch nicht daran erinnern, was in der Spenglerstraße vorgefallen ist. Morgenstern meint, er leidet unter kongrader psychogener Amnesie, einer vorübergehenden Form von Gedächtnisverlust.«

»Aber so eine Amnesie hat doch immer einen Auslöser?«, fragte sie. »Weiß man darüber etwas Genaueres?«

»Das kann im Prinzip zwei Ursachen haben. Entweder die Schläge auf den Hinterkopf, man hat bei Heinrich nämlich zwei epidurale Hämatome im Kopfbereich festgestellt. Oder, und davon ist Morgenstern überzeugt, Heinrich hat dort am Tatort etwas so Schreckliches gesehen, dass …«

»Dass er das Gedächtnis verloren hat«, sprach Paula den Satz zu Ende. »Also eine Art von Verdrängung, um sich selbst zu schützen, oder?«

»Ja, wenn du so willst«, wand sich Frieder bei der Zustimmung zu dieser laienhaften Diagnose. »Sie haben Heinrich dann, wie du ja weißt, sediert. Und, glaub mir, das war das Beste, was man machen konnte. Du musst dir das so vorstellen: Das Bewusstsein wird zur Förderung der Heilung vorübergehend und überwacht ausgeschaltet. Denn die Kopfverletzungen sind anscheinend nicht so gravierend, schlimmer ist der Schock, unter dem Heinrich stand. Ich fürchte, wenn er wieder aufwacht, wird er dir keine große Hilfe sein. Er wird sich zunächst an diese Sache nicht erinnern können. Wenn er sich überhaupt an etwas erinnern kann.«

»Das ist doch jetzt ganz egal. Aber das andere, was du gesagt hast, das freut mich, Frieder, wirklich. Nicht, dass er sich an nichts erinnern kann, sondern … ach, du weißt schon, wie ich es meine. Das ist gut, wirklich gut. Ich danke dir dafür ganz, ganz herzlich.«

Als sie sich schon nach rechts gewandt hatte, rief ihr Frieder hinterher: »Eins noch, Paula. Schau dir mal, wenn du ihn jetzt besuchst, seine Handgelenke an.«

Sie lief zu ihm zurück. »Warum, was ist da?«

»Es muss vielleicht nichts bedeuten, aber mir ist aufgefallen, dass er am unteren Unterarm, an beiden, auffällig wenige Haare hat. Wesentlich weniger als weiter oben.«

»Du meinst also …?«

»Wie gesagt, es hat vielleicht nichts zu bedeuten, aber denkbar ist, dass man ihn mit Klebeband an den Handgelenken gefesselt und ihm dann, nachdem man ihm die Pistole in die Hand gedrückt hatte, das Klebeband wieder abgerissen hat. Das wäre zumindest eine Möglichkeit.«

»Und vorher hat man ihn betäubt?«

»Nicht unbedingt. Vielleicht stand er sowieso unter Schock, sodass das nicht nötig war. Aber derjenige oder diejenigen wollten halt auf Nummer sicher gehen. Noch mal, Paula, eventuell gibt es dafür auch eine andere Erklärung, eine ganz harmlose.«

Da holte sie nach, was sie vorhin so sorgsam vermieden hatte – sie reichte ihm die Hand und drückte sie lang und fest.

»Frieder, du weißt gar nicht, was für einen Riesengefallen du mir mit alldem getan hast. Du hast dir die Mühe gemacht, bist hierhergefahren, wahrscheinlich noch in deiner Freizeit, hast mit dem Arzt gesprochen, hast dir Heinrich angesehen und, und, und. Ich bin dir dafür unendlich dankbar. Für alles.«

»Das brauchst du nicht, also mir dankbar sein, in keinster Weise. Schließlich ist Heinrich auch mein Kollege. Insofern ist das doch eine Selbstverständlichkeit.«

Dann nickte er ihr noch einmal zu, drehte sich um und eilte Richtung Hauptausgang.

Paula sah ihm versonnen nach. Sie blieb noch eine Weile stehen und bedachte dabei jeden, der an ihr vorbeilief, mit einem freundlichen Lächeln. Schließlich setzte auch sie sich wieder in Bewegung. Dabei spiegelte ihre Miene jene wohlverdiente Zufriedenheit wider, die sich bei ihr immer dann einstellte, wenn sie – und nicht die anderen – recht behalten hatte.

3

Ihr Besuch an Heinrichs Krankenbett war kurz. Sie erzählte ihm von den beruflichen Ereignissen des Tages, wobei sie die Verdächtigungen ihm gegenüber natürlich ausklammerte. Dafür mehr Wert und viel Zeit auf die Schilderung von Trommens Blamage legte. Sie wusste, das würde ihm gefallen, mehr noch als ihr selbst. Währenddessen tätschelte sie immer wieder seine linke Hand. Am Schluss wiederholte sie ihre Bitte von gestern Abend, gut auf sich aufzupassen.

»Wir brauchen dich doch. Du fehlst uns sehr, vor allem mir. Aber das weißt du ja eh.«

Dann löste sie ihre Hand von seiner und sah ihn prüfend an. Nein, sie konnte keine Reaktion, keine noch so winzige Bewegung an ihm erkennen. Dennoch war sie darüber nicht beunruhigt. Er schien tief und fest zu schlafen. Sie vertraute den Apparaten um ihn herum. Die würden sicher sofort Alarm auslösen, sollte sich sein Zustand verschlechtern.

Sie war bereits auf dem Weg nach draußen, da kehrte sie noch einmal um. Griff nach seinem linken Arm und schob den Ärmel des weißen Nachthemds zurück. Tatsächlich, keine Haare auf dem Handgelenk, wie nach einer kosmetischen Epilation. Das gleiche Bild bei dem rechten Gelenk. Vorsichtig legte sie beide Hände wieder auf die dünne Bettdecke und verließ das Zimmer.

Als sie vor dem schmucklosen Bau stand, zündete sie sich eine Zigarette an. Vor ihrem inneren Auge stiegen einzelne Bildfetzen empor – Heinrich, wie auf ihn eingeschlagen wird, Heinrich gefesselt und geknebelt, der um sein Leben bettelt, Heinrich, der hilflos mitanschauen muss, wie dieser Jakobsohn erschossen wird … Hässliche Szenarien voller Dramatik und Gewalt. Sie versuchte, diese grausamen Bilder beiseitezuschieben, nicht mehr daran zu denken. Es gelang ihr nicht. Der Film lief weiter und weiter.

Dann endlich riss dieser Film. Ein neuer tauchte auf. Das totenstille Krankenzimmer mit dem regungslosen Kollegen. War Heinrich dort wirklich gut aufgehoben? Würden ihn die Geräte vor allem Übel beschützen, wovon sie noch vor wenigen Minuten überzeugt war? Was, wenn man ihn nicht mehr ins Leben zurückholen könnte? Oder wenn ihm etwas bleiben würde und er nicht mehr derselbe wäre wie vorher?

Sie musste Klarheit haben. Jetzt. Sofort. Auf der Stelle. Sie wählte Frieders Nummer im Institut.

»Frieder, bist du dir ganz sicher, dass die im Krankenhaus Heinrichs Zustand wirklich unter Kontrolle haben? Ich bin es nämlich nicht.«

»Ja, Paula«, antwortete er mit sanfter Stimme, »da bin ich mir ganz sicher. Diese Sedierung kann jederzeit beendet werden. Das ist ja der Vorteil gegenüber dem natürlichen Koma. Du musst dir das vorstellen wie einen …«

»Heilschlaf«, fiel sie ihm ins Wort. »Ja, das sagtest du bereits.«

»Ja, das auch. Aber auch wie eine Art Medikamentenschlaf. Heinrich schläft, weil man ihm Schlafmittel verabreicht. Und wenn man die peu à peu reduziert, dann wacht er wieder auf. Zuverlässig.«

»So, aha.«

Frieder schien ihre Restzweifel zu spüren. »Ich würde es dir sagen, wenn es anders wäre. Das einzige Problem, das er eventuell haben wird, ist, dass er sich vorübergehend an nichts erinnern kann. Und ein Tatzeuge wäre ja in dem Fall für dich auch wichtig, oder?«

»Natürlich, das wäre ideal.«

»Wenn es so ist, wie ich befürchte, musst du halt nach Dingen suchen, die ihm bekannt vorkommen. Das können ganz banale Sachen sein. Ein kleiner Schnipsel kann in so einem Fall eine ganze Welle der Erinnerung in Gang setzen. Mehr oder Genaueres kann ich dir dazu leider nicht sagen, weil das bei jedem anders gelagert ist. Da gibt's kein Passepartout.« Damit verabschiedete er sich.

Ein kleiner Schnipsel? Und wo sollte sie den finden? Sie wunderte sich noch, dass sie von Heinrich, immerhin der Mensch, den sie von allen Kollegen am meisten schätzte, privat so wenig wusste. Sie kannte weder seine Freunde, Bekannten oder gar eine Freundin, sofern es eine gab, noch seine Vorgeschichte, musste sie sich eingestehen. Sie wusste lediglich, dass er in ihren Augen zu viel Geld für seine Stereoanlage ausgab und vorzugsweise Wagner hörte. Hatte sie so wenig Interesse an ihm? Nein, nein, bestimmt nicht. Oder doch? Was sie aber noch mehr verwunderte, war, dass sie im Moment auch nicht die leiseste Ahnung hatte, wen sie fragen könnte, um mehr von dieser seiner privaten Seite zu erfahren.

Auf einmal war ihr Elan, der sie den Vormittag über auf Trab gehalten hatte, verflogen. Sie wusste schlicht nicht, was sie nun tun sollte. In ihr Büro zurückkehren und mit der Recherchearbeit, der Akteneinsicht, beginnen? Dazu hatte sie keine Lust. Zumal Eva Brunner, davon war sie überzeugt, sich derzeit noch darum kümmern würde, alle erforderlichen Unterlagen zusammenzutragen. Sie sollte also besser noch ein wenig warten, bis sie sicher sein konnte, dass die Kollegin jeden ihrer Aufträge abgearbeitet haben würde.

Sie startete den Motor und lenkte den Wagen Richtung Süden. Über eine Stunde brauchte sie, bis sie endlich nahe dem Budapester Platz einen halbwegs legalen Parkplatz gefunden hatte. Sie hatte sich entschieden, dem für Heinrich wichtigsten Menschen, die Person, die ihm am nächsten stand, einen Besuch abzustatten – seiner neunundachtzigjährigen Großmutter.

Sie überquerte den Platz und blieb dann vor dem alten Sandsteinhaus aus der Gründerzeit stehen, klingelte, wartete einen Augenblick, klingelte wieder, wartete und klingelte ein drittes Mal. Eine gute Minute nach dem letzten Klingeln sprang endlich die Haustür auf.

Als sie die Stufen hinaufstieg, hörte sie Anna Bartels mit ihrer knarzenden, dabei erstaunlich jugendlichen Stimme von oben fragen: »Hallo, wer ist denn da?«

»Ich bin es, Frau Bartels, Paula Steiner«, rief sie so laut zurück, dass ihr Name im ganzen Haus ertönte.

Die alte Frau erwartete sie vor ihrer Wohnungstür. Als Paula ihr gegenüberstand, konnte sie in ihrem Gesicht eine Abfolge widerstreitender Gefühle lesen. Zuerst kam das Erkennen und mit ihm ein breites Lächeln, dann der Anflug von Sorge, dass ihrem einzigen, ihrem geliebten Enkel etwas Schlimmes passiert sein könnte, worauf das Lächeln erstarb, und schließlich blitzte die Hoffnung darin auf. Heinrichs Chefin würde, hätte sie ihr etwas

Furchtbares mitzuteilen, doch dann sicher nicht so freundlich und harmlos dreinschauen. Die Züge des kleinen Gesichts voller Falten und Runzeln glätteten sich und zeigten wieder das anfängliche breite Lächeln, untermalt mit Wiedersehensfreude.

»Kommen Sie, Frau Steiner, kommen Sie herein«, drängte Frau Bartels, nahm Paula an der Hand und zog sie in die kleine Wohnung mit den drei winzigen Zimmern, die umso winziger wirkten, als alle mit schweren wuchtigen Möbeln vollgestellt waren.

Im Wohnzimmer, vor dem riesigen Nussholztisch mit seinen vier Stühlen, blieb Anna Bartels stehen und ließ die Kommissarin endlich los.

»Sie sind bestimmt gekommen, um mir persönlich zu sagen, wie es um Heinrich bestellt ist. Das will ich mir aber in Ruhe anhören, dafür will ich mir Zeit lassen. Also setzen Sie sich doch erst mal«, kommandierte sie, »ich mach uns einen Kamillentee. Den haben Sie das letzte Mal ja auch so gern getrunken.« Dann federte sie leichtfüßig und beschwingt aus dem Raum.

Paula war das nur recht. Wobei es nicht der Kamillentee war, der sie zum gemütlichen Beisammensein einlud. Sondern schon eher die Vorstellung, sie würde jetzt mit der einzigen Person sprechen, die eine Beteiligung Heinrichs an diesem Mord genau wie sie kategorisch ausschloss.

Während sie das Klappern von Geschirr und das kurze Entzünden des Gasherds aus der Küche hörte, ließ sie ihren Blick durch das Wohnzimmer schweifen. Nein, hier hatte sich seit ihrem letzten Besuch, an den sie sich noch gut erinnern konnte, nichts verändert. Lediglich eine Postkarte war hinzugekommen. Sie stand in dem dunkelbraunen Büfett aus glänzendem Nussbaumholz, dem wuchtigen Pendant zu dem riesigen Esstisch, hinter Glas, vor einer Reihe von CDs. Da sie ihre Brille nicht aufsetzen wollte, stand sie auf und betrachtete die Karte, die einen langen Sandstrand mit tiefblauem Meer zeigte, aus der Nähe.

Frau Bartels, die nun mit einem Tablett in den Händen den Raum betrat, sagte zu ihr: »Gell, das ist doch eine wunderschöne Karte. So ein herrliches Wetter, so ein schöner Strand. Die hat mir der Heinrich geschickt, aus seinem Urlaub. Sie wissen ja, er war Anfang dieses Jahres in Thailand.«

Nein, das wusste sie nicht. Und sie konnte es auch nicht recht glauben. Ihren verwunderten Blick deutete Anna Bartels jedoch falsch, denn sie nickte ihr aufmunternd zu, während sie Teller und Unterteller, Löffel und Tassen auf dem Tisch verteilte.

»Nehmen Sie die Karte nur heraus, Sie dürfen sie gerne lesen.«

Doch Paula Steiner, die hemmungslos und immer wieder mit großem Vergnügen auch in den intimsten Privatsachen ihrer Opfer wühlte, widerstrebte es, die Post ihres Kollegen zu lesen, und schüttelte verneinend den Kopf. Zumal sie ahnte, dass er damit ganz und gar nicht einverstanden gewesen wäre. Auch deswegen, weil er schon allein die Tatsache selbst, dass er in Thailand gewesen war, ihr gegenüber verheimlicht hatte.

»Danke, aber ich sehe es ja auch so: Das muss wirklich ein Traumurlaub gewesen sein.«

Als sie sich wieder an den Tisch setzte, erschien Frau Bartels mit der Teekanne. Nachdem sie die hellgelbe Flüssigkeit in die Tassen gefüllt und ihr die Zuckerdose rübergeschoben hatte, fragte sie: »So, jetzt erzählen Sie mal, wie es Heinrich geht. Ich weiß nämlich gar nichts, nur dass er im Krankenhaus liegt und es wohl nicht so schlimm ist, wie es anfangs ausgesehen hat.«

Statt einer Antwort stellte Paula eine Gegenfrage, um Zeit zu gewinnen. »Von wem haben Sie es denn erfahren, das mit dem Krankenhaus?«

»Na, von der Zentrale des Präsidiums«, sagte Heinrichs Großmutter.

»Dann hat man Sie also angerufen?«

»Nein, ich hab bei denen angerufen. Nachdem Heinrich am Samstagabend nicht heimgekehrt ist und Sonntagfrüh immer noch nicht da war, habe ich gedacht, ihm sei was passiert. Weil, sonst ruft er, wenn er mal länger ausbleibt, von unterwegs mit dem Handy an und gibt mir Bescheid, damit ich mir keine Sorgen mach. Aber diesmal hatte er sich nicht gemeldet. Da war ich dann schon beunruhigt, sehr beunruhigt. Aber der Mann von der Zentrale hat gesagt, ich soll mir keine Sorgen machen, Heinrich ist da in eine Situation hineingeraten und hat ein paar Prellungen abbekommen. Und dann haben sie ihn sicherheitshalber, also zur reinen Beobachtung, ins Krankenhaus gefahren.«

Diesen Mann von der Zentrale kannte sie – das war Matthias Breitkopf vom KDD, der, soviel sie wusste, am Ostersonntag Dienst gehabt hatte. Nur Breitkopf traute sie diese rücksichtsvolle Unaufrichtigkeit zu, Heinrichs alter Großmutter die Wahrheit zu verschweigen und ihr stattdessen dieses Lügengespinst von den »paar Prellungen« und der »reinen Beobachtung« aufzutischen.

Nach einer kleinen Pause fügte Anna Bartels, jetzt schon nachdenklicher und mit aufkeimendem Vorwurf in der Stimme, hinzu: »Aber bis jetzt hat er immer noch nicht angerufen. Wo er doch bloß ein paar Schürfwunden oder so was hat ... Da kann man doch mal seine Oma anrufen. Das ist doch nicht zu viel verlangt. Oder meinen Sie, der Mann in der Zentrale hat mich angelogen, und es ist ärger, als er mir gesagt hat?«

Darauf fiel ihr aus dem Stegreif keine passende Antwort ein. Also keine, die auf der einen Seite der Wahrheit irgendwie nahekam, aber nicht zu nahe, also harmlos genug klang, damit sie ihre Gastgeberin nicht in Angst und Schrecken versetzte. So begnügte sie sich damit, mit den Achseln zu zucken und zu schweigen.

»Aber Sie haben doch sicher nach ihm gesehen, Sie müssen doch wissen, wie es um ihn steht«, sagte Frau Bartels, nun mit einem grimmigen Blick. »Morgen besuche ich ihn. Ich will mir selbst ein Bild machen und ...«

Auch das noch. Das musste sie verhindern. »Vielleicht ist das gar nicht nötig, Frau Bartels. Mit Sicherheit ist es das nicht. Ich an Ihrer Stelle würde noch ein paar Tage ...«

»Und dann soll er mir mal sagen, warum er seine alte Großmutter so ganz und gar vergessen hat«, fuhr Heinrichs Großmutter fort. »Das kann er sich doch denken, dass ich mir Sorgen mache. Was hat er denn zu Ihnen gesagt?«

»Was er zu mir gesagt hat«, wiederholte Paula langsam, als hätte sie den Sinn dieser Frage nicht verstanden.

Sie spürte, dass die Zeit gekommen war, um der Wahrheit die Ehre zu geben, zumindest ein ganz klein wenig. Schließlich sollte die alte Frau, würde sie ihren verwegenen Besuchsplan tatsächlich in die Tat umsetzen, nicht aus allen Wolken fallen. Sie gab sich einen Ruck.

»Hm, eigentlich nicht viel. Schauen Sie, Frau Bartels, Heinrich ist da in eine blöde Situation hineingeraten, da hat der Kollege schon recht, man kann auch sagen: Man hat ihn arglistig in eine Falle gelockt. Und im Verlauf davon hat er wohl ein paar ordentliche Schläge auf den Kopf bekommen, sodass er das Bewusstsein verloren hat. Jetzt haben die vom Krankenhaus ihn sediert, also ganz bewusst ruhiggestellt, damit er sich so richtig erholen kann. Das klingt jetzt für Sie wahrscheinlich ärger, als es ist. Auf jeden Fall kann er zwar momentan nicht sprechen, aber das dauert sicher nicht mehr lang, dann holen die ihn wieder aus dieser Sedierung raus, und es wird dann so sein, als sei ihm nie etwas passiert.« Sie erinnerte sich an Frieders tröstende Worte. »Sie müssen sich das als eine Art Heilschlaf vorstellen.«

Paula ließ der alten Frau Zeit, das Gehörte zu verarbeiten. Sie fand, ihre gewagte medizinische Diagnose hatte ehrlich und gleichzeitig beruhigend geklungen. Hoffentlich fand das Frau Bartels auch.

»Also ist es nichts Arges?«

Sie schüttelte entschieden den Kopf. »Nein. Das hätte ich Ihnen doch erzählt. Sie brauchen sich wirklich keine Sorgen zu machen.«

»Trotzdem fahre ich morgen ins Krankenhaus. Irgendwie lässt mir das keine Ruhe.«

Sie wartete, bis sie sicher war, dass Heinrichs Großmutter nichts weiter hinzufügen wollte, dann fuhr sie fort: »Eine Frage habe ich noch. Was hatte Heinrich eigentlich am Ostersamstag vor? Wissen Sie etwas darüber?«

»Freilich weiß ich darüber Bescheid. Mit seinen Kumpels wollte er Karten spielen, so wie sie das jeden Samstagabend machen. Einmal in der Woche trifft er sich mit denen zum Schafkopfen. Immer samstags, immer zur selben Zeit, immer bei diesem Ulli.«

»Aha. Das ist doch eine nette Sache. Haben Sie von seinen Bekannten auch schon welche persönlich kennengelernt?«

»Nein, Frau Steiner. Noch nie. Bloß den Ulli …«

»Ulrich Jakobsohn?«, unterbrach Paula sie.

»Ja, ich glaube, so heißt er mit Nachnamen. Also nur mit dem Ulli habe ich ein paarmal telefoniert. Aber die anderen kenne ich nicht. Nur vom Namen her.«

»Und wie heißen die?« Sie gab sich Mühe, diese Frage beiläufig klingen zu lassen.

»Also, einer heißt Karl. Und der Nachname … irgendetwas mit einem Tier. Jetzt hab ich's: Karl Weberknecht. Und dann der dritte. Ja mei, wie heißt jetzt der? Das fällt mir bestimmt noch ein.«

»Heinrich hat doch sicher ein Adressbuch, wo ich diese Namen finden könnte.«

Da sah Frau Bartels sie fragend an. »Brauchen Sie denn die Namen so dringend?«

»Na ja, er hat immerhin einen ganz schönen Schlag auf den Kopf bekommen, weshalb er auch im Krankenhaus ist. Da muss ich schon mit möglichen Zeugen reden. Schließlich ist ein Polizeibeamter zu Schaden gekommen. Das können wir nicht auf sich beruhen lassen«, sagte sie so offiziell wie möglich.

»Nein, ein richtiges Adressbuch hat er nicht. Heinrich schreibt solche Dinge alle in seinen Computer rein. Damit spart man Papier, das ist ganz umweltbewusst, hat er mir mal erklärt. Und es hat noch einen Vorteil, man kann nämlich leicht Änderungen eintippen oder etwas löschen.«

»Da hat er auch recht, praktisch ist das schon.«

Aber in dem speziellen Fall auch wieder nicht, dachte sie bedauernd. Denn eins dieser altmodischen Adressbüchlein hätte ihr die Suche nach privaten Kontakten sehr erleichtert. Irgendwann, befürchtete sie, würde sie in Heinrichs intimste Privatsphäre eindringen und diesen Computer durchsuchen lassen müssen. Doch vorerst wollte sie darauf verzichten.

Sie wusste nicht, was sie Frau Bartels noch hätte fragen können. Also bat sie sie, sich umgehend bei ihr zu melden, falls ihr doch noch der Name des dritten Kartenspielers einfalle. Dann verabschiedete sie sich.

Als sie schon im Erdgeschoss angelangt war, hörte sie wieder diese jugendliche Stimme, wie sie ihr nachrief: »Vielen Dank für Ihren Besuch, Frau Steiner. Das habe ich jetzt ganz vergessen. Und schauen Sie doch mal wieder bei mir vorbei, wenn es Ihre Zeit zulässt. Ich freue mich immer, wenn Sie kommen!«

Sie revanchierte sich mit einem lauten Dank für den Kamillentee.

Noch auf dem Weg zu ihrem Wagen rief sie Eva Brunner an. Schon beim ersten Läuten nahm diese ab.

»Frau Brunner, wie weit sind Sie denn mit den Aufträgen, die ich Ihnen erteilt habe, in der Zwischenzeit vorangekommen?«

»Weit, Frau Steiner, ich bin schon sehr weit damit gekommen. Ich hab schon fast alles. Die Fotos vom Tatort, dann den Jakobsohn durchgecheckt, die Namen von den Polizisten, die vor Ort waren, und auch von den Rettungssanitätern, nur die Obduktionsergebnisse fehlen mir noch. Dr. Grath, der diesmal den Fall bearbeitet, braucht noch ein wenig Zeit, hat er mir am Telefon gesagt, bis er mit der Niederschrift fertig ist.«

»Und wann wird das sein?«

»In knapp zwei Stunden, meinte er. Er ruft mich an, wenn er fertig ist, und dann hole ich es mir aus der Tetzelgasse.«

»Prima. Jetzt was anderes. Sie haben doch von Dennerlein bestimmt auch schon die Schlüssel für die Wohnung ...«

»Dennerlein ist in Urlaub, das hat diesmal Klaus Zwo übernommen.«

»Aber die Schlüssel haben Sie schon?«

»Nein, die Technik ist noch vor Ort. Und die haben auch die Schlüssel.«

»Und wo genau ist das – vor Ort? Sagen Sie mir mal die Adresse von dem Opfer.«

Sie hörte Papiergeraschel. Dann die Antwort: »In der Spenglerstraße 13, das ist in Gostenhof.«

»Gut. Ich fahre jetzt dahin. Und Sie rufen gleich Klaus Zwo an und sagen ihm das. Er soll dort auf mich warten. Morgen sehen wir weiter. Ach nein, halt, noch was. Hat man die Angehörigen schon benachrichtigt?«

»Nein. Als Familienstand ist hier ledig angegeben. Und in der Akte steht auch nichts von irgendwelchen Verwandten. Aber das kriege ich schon noch raus.«

Auf dem Weg Richtung Plärrer wunderte sie sich, wie voll die Straßen waren. Es waren doch Schulferien. Noch vor ein paar Jahren war da der Nürnberger Verkehr noch nicht zum Erliegen gekommen, und man hatte auch in solchen Vierteln der Innenstadt wie Galgenhof und Gostenhof freie Fahrt. Doch die Zeiten schienen endgültig vorbei zu sein. Sie quälte sich von Ampel zu Ampel, brauchte allein für den Weg vom Budapester Platz bis zum Südausgang des Hauptbahnhofs eine gute Dreiviertelstunde. Da sie wusste, dass Klaus Zwo seine Arbeit um sechs Uhr in der Früh aufnahm, dafür aber gern schon am frühen Nachmittag in den Feierabend ging, schaltete sie Blaulicht und Martinshorn ein. So schaffte sie den Weg zur Spenglerstraße in nicht einmal zehn Minuten.

Und auch die Zeiten, in denen man in Gostenhof jederzeit einen Parkplatz fand, schienen vorbei zu sein. In ihrer Kindheit galt dieses Viertel als das verrufenste in Nürnberg, auch als das mit der höchsten Kriminalitätsrate. Bis zur Jahrtausendwende war Gostenhof eine nicht immer friedliche Enklave gewesen. Früher wohnten hier Arbeitslose und Menschen, die auch an Wochentagen ihr Bier bis fünf Uhr morgens tranken. Leute also mit zu viel freier Zeit auf der einen und zu wenig Geld auf der anderen Seite. Autos waren selten, und wenn doch mal jemand zu bescheidenem Wohlstand gekommen war, dann parkte er sein Statussymbol nicht auf der Straße. Zu gefährlich.

Sie erinnerte sich, während sie im Schritttempo die schmalen Straßen nach einer Parkmöglichkeit abfuhr, an ihre Schulfreundin Jutta, die hier gewohnt hatte. Wenn sie die besuchen wollte, bestand ihre Mutter jedes Mal darauf, sie dort persönlich abzuliefern und nach ein paar Stunden wieder abzuholen. Bei ihrer Freundin musste sie, auch daran erinnerte sie sich in diesem Augenblick, das Klo im Hausflur benutzen, und im Winter war es Juttas Aufgabe, zweimal am Tag Kohle und Holz aus dem Keller in den dritten Stock zu schleppen.

Doch in den vergangenen Jahren hatte das Glasscherbenviertel eine sprunghafte Statusverbesserung erfahren. Fast alle Wohnungen waren von Grund auf saniert worden, mit Schallschutzfenstern und modernen sanitären Anlagen, der Sandstein strahlte. Dort, wo es möglich war, waren Bäume gepflanzt und hübsche Plätze angelegt worden. Gostenhof mit seinen Altbauten war nun auf dem besten Weg, ein In-Viertel zu werden. Ein auch für Immobilienmakler interessanter Stadtteil mit gewinnbringendem Potenzial, wenn sie das schicke Maklerbüro, das sie jetzt bereits das zweite Mal passierte, richtig deutete.

Als sie schließlich das dritte Mal in die Spenglerstraße einbog, erkannte sie Klaus Zwo auf der rechten Seite, der ihr lebhaft zuwinkte. Zu seinen Füßen stand der graue abgeschabte Metallkoffer, in dem er seine Gerätschaften für gewöhnlich mit sich herumschleppte. Sie hielt auf seiner Höhe an und ließ das Beifahrerfenster herunterfahren.

»Verrätst du mir ein Geheimnis, Klaus? Wen hast du bestochen, damit du hier einen Parkplatz gefunden hast?«

Belustigt und wortlos wies er mit dem Finger auf die hinter ihm liegende Hofeinfahrt.

»Oh prima, da stell ich meinen gleich dahinter.«

»Das wird nicht möglich sein, liebe Frau Steiner. Denn darin ist nur für ein Auto Platz. Du wirst dich also gedulden müssen, bis wir weg sind. Hier, ich geb dir schon mal die Schlüssel. Oder sollen wir noch bleiben?«

Sie schüttelte den Kopf. »Wir können uns ja morgen früh unterhalten. Du möchtest doch bestimmt jetzt Feierabend machen?«

Er nickte erleichtert, und sie setzte ihren Wagen ein paar Meter zurück. Kurze Zeit später parkte sie in den winzigen Innenhof ein. Da es von da keinen Zutritt ins Haus gab, ging sie zurück auf die Straße.

Während sie die Haustür aufschloss, sah sie auf die Klingelleiste. Im Vorder- und Rückgebäude wohnten vierzehn Parteien, unter ihnen eine mit einem türkischen Namen. Das Haus hatte schmale glänzende Holzstufen und ein frisch gestrichenes Geländer mit einem hölzernen Handlauf. Im Erdgeschoss hörte sie türkische Musik, im ersten Stock die Abendschau aus einem eingeschalteten Fernsehgerät und im zweiten Geschirrgeklapper. Es war die Zeit, zu der die Leute mit den Vorbereitungen für das Abendessen beschäftigt waren.

Auf dem Treppenabsatz der dritten Etage gab es zwei Türen. Die rechte war über und über mit »Atomkraft? Nein danke!«-Stickern beklebt, die linke wies ein vergittertes Fensterchen auf, darunter ein Schild in geschwungener Schönschrift: »U. Jakobsohn«. Sie zog ihre Schutzhandschuhe über, sperrte dann auf, stieß die Tür nach innen, suchte nach dem Schalter und machte Licht.

Vorsichtig schritt sie den langen Flur ab. Rechter Hand ein Schlafzimmer, die Küche mit einem kleinen Balkon, ein Klo.

Linker Hand ein Bad und schließlich das Wohnzimmer. Hier, im Türrahmen, blieb sie stehen. Alles war ordentlich, sauber und blitzblank. Für einen alleinstehenden Mann und für ihren Geschmack zu ordentlich, zu sauber.

Selbst durch die schallisolierten Fenster hörte sie den Verkehrslärm von unten, nicht aber irgendwelche Musik- und TV-Geräusche der Nachbarn. Das kleine Wohnzimmer wirkte noch winziger, als es war, da alle Wände mit Ausnahme der Fensterseite mit Regalen vollgestellt waren. Regale, in denen sich Schallplatten, CDs, Receiver, Lautsprecher, CD-Player, Plattenspieler, Kassettenrekorder und ein uralter kubusförmiger Fernseher bis unter die Decke stapelten. Über dem Fenster eine schmiedeeiserne Vorhangstange mit dunkelblauen Gardinen aus Nessel, genau wie im Schlafzimmer.

Aber sonst fanden sich kein Nippes, kein Telefon oder andere gängige Apparate der modernen Kommunikationstechnologie wie Laptop oder Computer darin. Und kein einziges Buch. Auch auf dem lasierten krümel- und staubfreien Holzboden fehlte jeder Schmuck wie Zimmerpflanzen oder Teppiche. In der Mitte stand ein großer Tisch aus Kiefernholz, leer und gewachst, der seine Herkunft, so vermutete sie, einem marktführenden schwedischen Möbelhaus zu verdanken hatte.

Sie ging auf die rechte Regalreihe zu und besah sich mit schief gelegtem Kopf die Plattenreihen. Tatsächlich, sie waren penibel genau nach dem Alphabet geordnet, das Gleiche war bei der CD-Sammlung der Fall. Und sie enthielten solche antiquarischen Schätze wie die Live-Doppel-LP »At The Fillmore East« der Allman Brothers von 1971, die Doppel-LP »Wow« von Moby Grape aus dem Jahr 1968, Calvin Russells »The Characters – Act I«. Und sogar »Happy Trails« von Quicksilver Messenger Service mit John Cipollina. Platten, auf die auch sie damals Jagd gemacht hatte – allerdings erfolglos – und für die man heute ein kleines Vermögen bezahlen musste.

Die Neugierde der Vinylliebhaberin Steiner war geweckt. Tatsächlich, die Kategorien Jazz, Blues oder gar Klassik fanden sich hier nicht einmal ansatzweise. Nur Rock von A bis Z, das aber, so schien es, vollständig. Sogar »Rubber Soul« von den Beatles und die weiße

Rolling-Stones-LP »Beggars Banquet« in der Originalfassung hatte dieser Sammler. Letztere sogar zweifach. Sie zog beide mit spitzen Fingern aus der Reihe heraus und fand ihre Vermutung bestätigt. Eine Platte wies auf der Hülle deutliche Gebrauchsspuren auf, während die andere, die in eine dicke Zellophanhülle eingebettet war, nagelneu und ungespielt aussah. Vorsichtig und auch ein wenig ehrfürchtig stellte sie die beiden LPs wieder zurück an ihren Platz.

Sie richtete sich wieder auf und verordnete ihrem steifen Hals ein paar Lockerungsübungen. Je länger sie sinnierend vor den Regalen stand, desto stärker wuchs ihre Überzeugung: Ulrich Jakobsohn hatte allein hier gelebt, trotz des glänzenden Holzfußbodens und der blütenweißen gebügelten Bettwäsche. Wer sein Leben so ganz und gar in den Dienst eines Mediums stellt und auch bei der Inneneinrichtung so offensichtlich und so konsequent diese Mission verfolgt, verträgt keine Partnerin oder keinen Partner an seiner Seite. In dieser Wohnung lebte keine Frau.

Und seine Nachbarn? Wie waren sie mit ihm ausgekommen, der seinem Hobby sicher Tag und Nacht frönte? Und dabei auch bestimmt dem Credo jedes passiven Rockmusikers huldigte, das da lautete: Rockmusik macht nur dann einen Sinn, wenn man sie laut hört. Sie würde als Erstes den Atomkraftgegner von nebenan dazu befragen.

Sie ging ins Bad. Glänzende Kacheln, blinkende Wasserhähne, eine Wanne, die unbenutzt aussah, auf einem Holzbrett nur das Notwendigste. Rasierschaum und Rasierapparat, Zahnpasta und Zahnbürste. Kein Kamm, keine Gesichtscreme, nur eine kleine vorne abgerundete Schere für das Stutzen der Nasenhaare.

Das gleiche saubere und übersichtliche Bild erwartete sie in der schmalen Küche. Sie zog die Tür des Kühlschranks auf und fühlte sich augenblicklich an ihren eigenen erinnert. Eine Dauerwurst, ein Stück Butter, Milch, ein Päckchen Kaffee, sorgfältig mit einem Gummiband gegen das Ausrauchen verschlossen – das war alles. Aber im Tiefkühlfach lagerten vier, acht, elf Schalen Bihun-Suppe.

Auch das Schlafzimmer war frei von den subtilen Tricks gängiger Einrichtungsstrategien, die Behaglichkeit oder zumindest die Anmutung von Wohnlichkeit verströmen sollten. Der gleiche glänzende Holzfußboden wie im Wohnzimmer und in der Ecke ein abgebeizter alter, einfacher Holzschrank, wie er in Studentenkreisen früher einmal Mode gewesen war. Sie öffnete die Schranktür. Auf den Bügeln ein paar akkurat gebügelte Hemden, fünf Jeans, zwei Jeansjacken und ein dunkelgrau kariertes Wollsakko. In den Schubladen, die mit Pergamentpapier ausgelegt waren, T-Shirts, Pullover, Unterwäsche und Socken. Keine Kleidung, die einen Hinweis auf eine bestimmte berufliche Tätigkeit gab.

Als sie bereits mit dem Wohnungsschlüssel in der Hand vor der Tür stand, kehrte sie noch einmal um. Ging ins Wohnzimmer zurück, legte den Schlüssel auf den Tisch und begab sich auf die Suche vor dem Plattenregal mit dem Buchstaben D. D wie Dylan, Bob. Wie erwartet, hatte dieser gewissenhafte Sammler auch die Rarität »The Times They Are A-Changin'« von 1964. In der Originalfassung also. Sie nahm die Platte aus dem Cover und legte sie auf den Tisch. Jetzt erst bemerkte sie, dass der Linn LP 12 noch lief, der Plattenteller drehte seine Runden, als wäre in dieser Wohnung seit dem Mord nichts passiert. Hatte Klaus Zwo das übersehen? Auch der Verstärker war noch eingeschaltet. Das bekräftigte ihre Vermutung, dass Jakobsohn einer von diesen Dauerdudlern war, bei denen den ganzen Tag die Musik spielte, jene aus der Mode gekommene Spezies, zu der sie auch einmal gehört hatte. Aber ging das überhaupt hier in diesem Mehrparteienhaus ohne größere Reibereien ab, also ohne handfesten Nachbarschaftsstreit?, fragte sie sich erneut.

Schließlich legte sie die Platte auf den rotierenden Teller und senkte die Nadel behutsam mit dem rechten Finger ab. Schon bei den ersten Klängen von »The Lonesome Death Of Hattie Carroll« fühlte sie sich dahin zurückversetzt, wo sie lange nicht mehr gewesen war: in ihre Jugendzeit. Nostalgische Lebensfreude zog in der Herzgegend, dass es fast wehtat, und drückte auf den Magen vor Trotz und emotionalem Aufgewühltsein. Ihr Zimmer in der Münchner Studentenstadt schwebte als Erscheinung auf dem Plattenteller, mitsamt seiner rot-schwarz gesprenkelten Auslegeware, dem hässlichen Kastenbett, dem allzu kleinen einfachen Einbauschreibtisch voller Hefte, Bücher und Papiere. Und mitsamt den wechselnden Besuchern.

Diese sofortige Verfügbarkeit von lange zurückliegenden Stimmungen und Empfindungen ließ sie vergessen, warum sie hier war. Sie war nun nicht mehr die Kriminalhauptkommissarin Steiner, die den Tatort in Augenschein nahm und dazu gehalten war, darin nichts zu verändern. Und auch nicht Heinrichs Kollegin, die ihm so zugetan war, dass sie es noch vor wenigen Stunden als Affront gegen ihre eigene Person empfunden hatte, dass man ihm einen Mord zutraute. Nein, in dem Moment war sie die Studentin Paula in ihren mittleren Zwanzigern, ungebunden, unbekümmert und voller Zuversicht auf ihr späteres Leben. Sie setzte sich an den Esstisch, fischte Feuerzeug und Zigarettenschachtel aus der Tasche und zündete sich eine HB an. Genüsslich zog sie an der Zigarette, die Asche stippte sie in die hohle Hand.

Als sie mit dem Rauchen fertig war, stand sie auf, drückte die Zigarette in dem spiegelblanken Spülbecken in der Küche aus, öffnete die Balkontür und schnipste die Kippe in den Hinterhof. Danach fiel ihr Blick auf eine Reihe von Aschenbechern, sauber abgespült und alle mit der Öffnung nach unten gekehrt, die in einem kleinen Hängeschränkchen oberhalb des Beckens standen.

Es waren aber nicht die akkurat aufgereihten Utensilien eines Rauchers, die ihr das Gefühl gaben, in dem Raum stimmte etwas nicht. Irgendetwas fehlte.

Sie sah sich aufmerksam um, nein, nichts, alles schien an seinem Platz. Erst als sie die Balkontür wieder schloss, wusste sie, was sie vermisst hatte. Es waren die Gardinen, Nessel, dunkelblau, mit der Jakobsohn jedes Zimmer, sogar das winzige Bad, ausgestattet hatte. Und mit Sicherheit auch seine Küche, denn oberhalb der Balkontür waren links und rechts zwei offene schmiedeeiserne Träger befestigt. Doch die Vorhangstange mit verdrehtem Vierkantrohr fehlte – und mit ihr die Gardinen. Sie rückte den Küchenstuhl vor die Tür, stieg darauf und strich vorsichtig über die Träger. Lediglich die halbkreisförmigen Rundungen waren staubfrei – also musste die Gardinenstange erst vor Kurzem abgenommen worden sein.

Zurück im Wohnzimmer, setzte sie sich wieder an den Esstisch und hörte die Platte zu Ende an. Dylans nuschelndes Genöle war so herzergreifend und überwältigend in seiner Dringlichkeit, dass die beruflichen Anforderungen an sie daneben noch mehr verblassten. Und zwar so fern in den Hintergrund traten, dass sie mittlerweile die Schutzhandschuhe abgestreift und beide Hände auf den Tisch gelegt hatte, dazwischen die Plattenhülle.

So saß sie reglos da und lauschte, bis sie nur mehr das rhythmische Schrammen des kreisenden Plattentellers hörte. Sie stand auf und schaltete den Plattenspieler aus. Steckte die Scheibe in die Hülle und stellte sie zurück ins Regal. Den Verstärker ließ sie eingeschaltet.

Nachdem sie die Wohnungstür sorgsam verschlossen hatte, klingelte sie nebenan. Keine Reaktion. Aber es musste jemand da sein, sie hörte, wie ein Mann und eine Frau redeten. Sie hörte aus der Unterhaltung die gute Laune der beiden, ja den Übermut heraus, unterbrochen durch kurzes Lachen. Sie presste ihre rechte Hand erneut auf den Klingelknopf und ließ sie dort so lange liegen, bis die Tür aufgerissen wurde und ein junger, höchstens fünfundzwanzigjähriger Mann vor ihr stand. Groß, schlaksig, barfuß, eine Reihe von Freundschaftsbändern um das linke Handgelenk verknotet. Ein labbriges T-Shirt mit dem Aufdruck »Für eine strahlende Zukunft« hing ihm bis auf die Knie herab. Er hatte ein schmales, hübsches Gesicht, das durch den Dreitagebart noch schmaler wirkte, und schulterlange hellblonde Rastalocken.

»Was ist los? Was gibt's?«, fragte er und gab sich dabei sichtlich Mühe, abweisend und unfreundlich zu klingen. Es gelang ihm nicht sehr überzeugend.

»Mein Name ist Steiner«, sie holte den Dienstausweis aus ihrer Tasche und hielt ihn ihm entgegen, »Mordkommission, Kripo Nürnberg. Und es ist los, dass Ihr Nachbar, Herr Jakobsohn, ermordet wurde. Dazu hätte ich …«

»Das wissen wir schon.«

»Woher wissen Sie das?«

»Es sind ja genug Bullen«, dabei sah er sie herausfordernd an, »hier im Haus rumgehupft, das war nicht zu übersehen.«

»Und hat man Sie schon dazu befragt?«

»Nein. Von euch war noch keiner da. Braucht's auch nicht, weil ich nichts gesehen habe oder weiß, was ich den Vertretern der Staatsgewalt«, er bedachte sie mit einem ironischen Grinsen, »sagen könnte.«

Schließlich fügte er noch hinzu, sichtlich stolz auf seine Formulierung: »Nichts, was der Wahrheitsfindung irgendwie dienlich sein könnte.«

Wider Willen musste sie lächeln. »Das bezweifle ich, dass Sie nichts wissen, Herr …?«

»Brandner, Kaspar Brandner ist mein Name.« Wieder dieses angestrengte Grinsen, das eine Mischung aus Überlegenheit und Gewitztheit darstellen sollte.

Jetzt erst nahm sie den eigenartig süßlichen, wohlbekannten Duft wahr, der in dünnen Schwaden an ihrer Nase vorbei aus der Wohnung drang. Sie entschied, sich auf sein Spiel einzulassen – und sich nicht provoziert zu fühlen. So ließ sie ihm die sicher falsche Namensangabe durchgehen, vorerst zumindest. Schon allein deswegen, weil sie ahnte, dass wenn die Wirkung dieser unerlaubten bewusstseinserweiternden Hilfsmittel nachlassen würde, ein sanft versponnener Kindmann zum Vorschein käme. Der sich ihr gegenüber als Repräsentantin der verhassten Staatsgewalt dann ganz und gar in Schweigen hüllen, sie noch mehr auflaufen lassen würde als ohnehin schon. Oder, was in ihren Augen genauso wahrscheinlich war, es würde hinter der aufgekratzten übermütigen Laune ein maulfauler und schlichter Denker zutage treten, der auf sie dann vielleicht enttäuschend wirkte. Noch war er ihr durchaus sympathisch, genau wie sein toter Nachbar, und diese Sympathie wollte sie noch eine Weile konservieren.

Darum wiederholte sie lächelnd: »Das glaube ich nicht, dass Sie nichts wissen, Herr Brandner. Sie werden mir doch sicher sagen können, welches Verhältnis Sie zu Herrn Jakobsohn hatten? Sie waren ja immerhin Nachbarn.«

»Ich hatte ein gutes, nein, ein sehr gutes«, korrigierte er sich, und jetzt wirkte sein Mienenspiel ernsthaft, frei von jeder Attitüde, »Verhältnis zum Ulli, wirklich wahr. Wir waren zwar nicht direkt Freunde, aber gute Kumpel. Der Typ war okay.«

»Ah ja. Und – wie war er denn so?«

Der Barfüßige ließ sich Zeit für seine Antwort. »Er wusste, was wichtig war und was unwichtig. Er konnte beides gut voneinander unterscheiden.«

»Und was war unwichtig in Jakobsohns und in Ihren Augen?«

»Das Geld, das System, oben und unten, sich anzupassen, so Zeug halt.«

»Und wichtig?«

»Wichtig war ihm seine Musik, die stand an erster Stelle. Aber auch sonst wusste er Bescheid, was ablief. Wir haben uns oft darüber unterhalten.«

»Zum Beispiel worüber?«

»Das Leben, die Menschen, das Miteinander. Die Geselligkeit.«

Bei dem letzten Wort, das in ihren Ohren für so einen jungen Mann antiquiert, ja seltsam klang, horchte sie auf. Sie forschte in seinem Gesicht nach einem sarkastischen oder doch zumindest ironischen Zug, wurde aber nicht fündig.

»Wissen Sie, ob er Verwandte hatte?«

»Ich weiß bloß von einer Schwester. Die war aber ganz anders als er. Die war nur aufs Geld aus. Hat auch reich geheiratet. Aber zwischen den beiden war in den letzten Jahren kein Kontakt mehr.«

»Und sonst, hatte Herr Jakobsohn eine Freundin oder einen Freund? Wissen Sie auch darüber etwas?«

Aus der Wohnung hörte sie nun eine helle junge Frauenstimme rufen: »Julian, hallo! Lass mich doch nicht so lang allein!«

»Nein, da weiß ich nichts«, sagte er schnell und zog die Tür bis auf einen schmalen Spalt zu. Zu schnell, als dass seine Antwort ihr glaubwürdig erschien.

»Herr Jakobsohn hat ja viel Musik gehört und auch laut. Hat Sie das gestört?«

»Wer sagt das?«

»Jetzt gerade habe ich es gesagt. Also, hat es Sie gestört?«

Selbst durch die halb geschlossene Tür konnte sie erkennen, wie sich seine Lippen zu einer verächtlichen Miene kräuselten. »Hier in diesem Haus hört man nichts, das ist eine gute Bausubstanz. Und selbst wenn man etwas hören würde, es hätte mich nicht gestört. Wo sind wir denn, dass man nicht einmal mehr Musik machen darf, wie man will?«

Sie merkte, wie er ungeduldig und ärgerlich wurde. Außerdem fiel ihr nichts mehr ein, was sie ihn noch fragen könnte. So sagte sie zum Schluss nur noch, und sie gab sich Mühe, es beiläufig und liebenswert zugleich klingen zu lassen: »Dann danke ich Ihnen im

Namen des Polizeipräsidiums Nürnberg für Ihre Auskunft recht herzlich, Herr Brandner. Sie haben uns, also der Staatsmacht im Allgemeinen, damit wirklich sehr geholfen. Sich vorbildlich als echter Staatsbürger verhalten.«

Sie erkannte in seinen aufgerissenen Augen Erstaunen und den Ansatz zum Widerspruch. Darum setzte sie eilig und gut gelaunt hinzu: »Aber Sie wissen ja, wir sind wie der Boandlkramer im Brandner Kaspar – wenn die Zeit abgelaufen ist, kommen wir wieder. Und das kann schon morgen sein.«

Sie schenkte ihm zum Abschied noch ein breites Lächeln, machte kehrt und lief die Stiegen hinunter. Die Woge der Sympathie, die sie für den Rastalocken-Träger empfand, begleitete sie bis unten vor die Haustür. Aber als sie in dem kleinen Innenhof vor ihrem Wagen stand, ebbte diese Woge abrupt ab.

Quer über den Kofferraumdeckel des Polizei-BMW bis über die Ränder des Heckfensters hatte jemand in großen roten Lettern gepinselt: »Haut ab! Hier bullenfreie Zone!«.

4

Ein wenig ärgerte sie sich über diesen Anschlag aus dem Hinterhalt. Über diese Attacke auch auf ihre Person, sogar wenn damit, glaubte sie zumindest, mehr die Polizei im Allgemeinen, der *Apparat*, als sie selbst gemeint war. Wie sie sich stets peinlich berührt fühlte, wenn jemand in ihrer Gegenwart herablassend oder gar aggressiv über die Polizei herzog. Doch dann schüttelte sie diesen aufkeimenden Verdruss einfach weg. Das war nicht wichtig. Wichtig waren jetzt nur Heinrich und der tote Jakobsohn.

Auf der Rückfahrt gelang es ihr sogar, diesen Angriff als das zu sehen, was er im Grunde war – als die Fortführung eines albernen Spiels, dessen Regeln ihrer Meinung nach ein barfüßiger Rastalocken-Träger aufgestellt hatte. Oder seine Freundin. Die mit der hellen Stimme. Auf jeden Fall war das nicht die Tat eines dummen, unreifen Jungen. Das sagte ihr neben der Wortwahl auch die fehlerfreie Interpunktion.

Als sie in den Vestnertorgraben einbog, klingelte das Handy. In Sorge, es könnte das Krankenhaus sein, hielt sie rechts an und griff in ihre Handtasche, die auf dem Beifahrersitz lag. Ohne auf das Display zu sehen, meldete sie sich mit Namen, Dienstrang und Kommission. Es war Paul Zankl.

»Schön, dass ich dich gleich erreiche, Paula. Wo bist du denn derzeit?«

»Derzeit? In meinem Dienstwagen, im Vestnertorgraben, fast vor meiner Wohnung.«

»Ach. Dann warst du über Ostern gar nicht weg?«

»Doch, schon. Einen Tag war ich fort.«

»Dann hat es dir dort, wo du warst, also nicht gefallen?«

»Doch, sehr gut sogar. Beziehungsweise, es hätte mir gefallen, wenn ich noch länger dort geblieben wäre. Aber Paul, ich sitz, wie gesagt, gerade im Auto. Hast du was dagegen, wenn ich dich gleich zurückrufe? So in etwa zehn, fünfzehn Minuten?«

Sie stellte den Wagen, nachdem alle Anliegerparkplätze wieder mal belegt waren, auf dem großen Busparkplatz ab, wohl wissend, dass sie dort morgen in der Früh spätestens um sieben Uhr wegfahren musste. Dann rannte sie nach oben, sperrte auf und wählte noch in der Diele Pauls Nummer. Während sie darauf wartete, dass er abnahm, streifte sie ihre Schuhe ab und sah auf die Uhr, die Viertel nach acht zeigte.

»So, da bin ich wieder. Ging doch ganz flott, oder?«

»Jetzt erzähl mir mal, wo du warst und warum du es da nur so kurz ausgehalten hast.«

Sie suchte in seiner Stimme nach einem Anzeichen von Reserviertheit, doch er klang wie immer. Das hieß: Er schien ihr den Anpfiff vom letzten Freitag nicht weiter übel zu nehmen. Das verstärkte ihre Überzeugung, dass die Oberpfälzer – und Paul war ein Musterexemplar dieses ansonsten durchaus rustikal und hemdsärmelig auftretenden Menschenschlags – den unschätzbaren Vorteil hatten, nicht nachtragend zu sein. Kein bisschen. Ganz im Gegensatz zu den Franken im Allgemeinen und den Mittelfranken im Besonderen.

Gerne und ausführlich berichtete sie von ihrem Urlaub auf der Schwäbischen Alb und den Gründen, warum sie diesen nach so kurzer Zeit wieder abgebrochen hatte. Lediglich Heinrichs Rolle sparte sie dabei aus. Je länger sie erzählte, umso einmaliger erschien ihr selbst dieser Aufenthalt in dem nun *reizenden* Meßstetten, desto mehr gewannen die Menschen dort an Herzenswärme und Liebenswürdigkeit, desto herrlicher, reiner, unvergleichlicher wurde die Landschaft.

»Es ist ein kleines Wunder, dass da nicht mehr los ist. Eigentlich müssten sich die Touristen dort gegenseitig auf den Füßen rumtreten, so schön ist es da.«

Doch Paul zeigte sich von ihrer Schwärmerei unbeeindruckt. »Ja, toll. Jetzt erzähl doch mal von dem Mordopfer in Gostenhof. Vier Mal hat der das ›White Album‹ von den Beatles, sagst du? Mensch, eine von diesen vier Platten, wenn ich die hätte, die würde mir vollkommen genügen. Ich wäre wunschlos glücklich. Meinst du, du kannst mich da mal mitnehmen? Nur dass das klar ist: Ich will nichts haben, aber sehen möchte ich es gern mal. Und vielleicht hören.«

»Nein, leider nicht, so gern ich dir diesen Gefallen tun würde.

Das ist völlig ausgeschlossen. Das wäre ja gegen sämtliche Vorschriften.«

»Da kümmerst du dich doch sonst auch nicht drum. Schade. Jetzt, nachdem du wieder da bist, könnten wir ja gemeinsam deine Wohnung auf Vordermann bringen?«

»Ach, lieber später. Ich finde, dazu braucht man Ruhe und Zeit. Ich hab im Moment weder das eine noch das andere. Ich habe doch jetzt diesen ausgesprochen wichtigen Fall, da geht so etwas nicht. Aber danke für dein Angebot, Paul. Ich weiß das zu schätzen, dass du dir diesen Stress nach der Arbeit noch antun würdest.«

»Du und deine immer ausgesprochen wichtigen Fälle«, war alles, was Paul zu dem Thema Generalsanierung sagte. Dann verlegte er sich auf ein anderes Thema – »Was machen wir nächstes Wochenende?« –, um sich auch da prompt eine Abfuhr einzuhandeln.

»Paul, der Fall derzeit ist schon anders. Da geht es um einen Polizisten, um einen Kollegen, den sie des Mordes verdächtigen, weil er die Tatwaffe in der Hand hielt, als man ihn gefunden hat. Und der sich jetzt nicht wehren kann, weil er dabei schwer verletzt wurde. Ich fürchte, mit einem netten Wochenende zu zweit wird es vorerst nichts. Da muss ich schon ran. Und ich will es im Übrigen auch.«

»Ist es jemand, den ich kenne?«, fragte er nach.

»Ich glaube nicht«, lautete die ausweichende Antwort. Die ihrer Meinung nach aber gar nicht so falsch war, weil Paul zwar Heinrich hin und wieder am Telefon gesprochen, ihn jedoch noch nie gesehen hatte.

»Ich schau mal in den nächsten Tagen abends bei dir vorbei. Auch wenn du derzeit einen so ausgesprochen wichtigen Fall hast. Wäre dir das recht?«

»Natürlich, was fragst du da? Ich würde mich darüber sehr freuen.« Das war ernst gemeint.

Nachdem sie aufgelegt hatte, schenkte sie sich den Rest vom Kerner, Spätlese, trocken, 2012, in ein sauberes Wasserglas ein und ging damit ins Wohnzimmer. Leicht schmeckte er, dieser preiswerte Württemberger aus der Autobahnraststätte. Nach Sonne und Urlaub, mit einer Spur von frischen Früchten.

Eine halbe Stunde saß sie regungslos auf ihrem Sofa und dachte über diesen Tag nach. Über Heinrich, der so still und unnahbar war. Über Jakobsohn, der dieses Leben führte, wie auch sie es vor vielen Jahren geführt hatte – mit exzessivem Musikhören unter Ausschluss solch störender Begleiterscheinungen wie Kochen oder irgendwelchen angesagten Hobbys. Über dessen Nachbarn, der sich ihr gegenüber so forsch und überlegen gebärdet hatte. Und über Paul, den Oberpfälzer, der ihre patzigen Anwürfe einfach abbeutelte. Danach herrschte in ihrem Kopf ein Vakuum.

Schließlich stand sie auf und trug das leere Glas in die Küche. Hoffnungsfroh öffnete sie das Gefrierfach ihres Kühlschranks. Tatsächlich, dort lagerte noch eine Tiefkühlpizza Quattro Stagioni. Sie riss die Verpackung auf, schaltete den Backofen ein und ging in den Keller. Italien und Württemberg, das passte nicht zusammen. Außerdem lagerte in ihrem Weinregal noch eine Flasche des in den Fachzeitschriften hochgelobten Sacchetto Pinot Grigio doc aus dem Jahr 2010.

Während die Pizza im Ofen garte, probierte sie den »milden, frischen und unkomplizierten« Italiener. Bereits nach dem zweiten Schluck bereute sie ihre Wahl. Der Pinot Grigio erwies sich für ihren Geschmack als zu mild und als zu unkompliziert. In Zukunft würde sie mehr auf solche Euphemismen achten und sie als das sehen, was sie waren: eine beschönigende Mixtur aus Fadheit und Oberflächlichkeit.

Während des Abendessens war sie in Gedanken bei Jakobsohns Musiksammlung und seiner aufgeräumten, blitzsauberen Wohnung. Kein Bild, kein Foto, nichts, was auf irgendwelche persönlichen Beziehungen deutete. Auf eine Familie oder eine Freundin. Nichts lag herum, keine Zeitung, kein Fernsehprogramm, kein Geschirr, alles war weggeräumt oder in Regale verbannt. Sogar die sauberen Aschenbecher. Der in jeder Beziehung untalentierten Hausfrau Paula Steiner erschien eine dermaßen ausgeprägte Ordnungsliebe und Sauberkeit skurril, fast ungeheuer, auf jeden Fall zwanghaft.

Dazu kam noch etwas. Etwas beinahe Moralisches. Eine solch exquisite Plattensammlung konnte nur jemand haben, davon war Paula überzeugt, der frei von Falschheit und Oberflächlichkeiten war. Ja, diese Vinyl-Veteranen machten in ihren Augen aus Ulrich Jakobsohn einen anständigen, einen uneigennützigen Menschen.

Und einen Menschen, der zu viel allein war und der diese Einsamkeit mit dem Sammeln und Hören von Musik therapierte.

In dem Moment empfand sie Mitleid mit dem Opfer. Fast genauso großes Mitleid wie mit Heinrich, der jetzt im Krankenhaus vor sich hin dämmerte. Beiden, Heinrich und diesem Jakobsohn, hatte man übel mitgespielt. Irgendjemand hatte diese Schafkopfrunde gewaltsam halbiert. Aber warum? Was hatten die zwei getan, dass man ihnen nach dem Leben trachtete?

Nach einer kurzen Nacht wurde sie am nächsten Morgen bereits um kurz vor fünf Uhr wach. Obwohl sie ahnte, dass ihr ein langer Arbeitstag bevorstand, verzichtete sie darauf, liegen zu bleiben, und stand sofort auf. Nach einer Katzenwäsche und einem kalorienreichen Frühstück – Fünf-Minuten-Ei, Knäckebrot mit Butter, Fertigmüsli mit zwei zusätzlichen Esslöffeln Zucker – verließ sie das Haus.

Der Pförtner des Nordklinikums wollte ihr zunächst mit dem Hinweis auf die frühe Tageszeit den Zutritt verwehren. Erst als sie ihm ihren Dienstausweis entgegenhielt, durfte sie passieren. Auf der Intensivstation herrschte schon geschäftiges Treiben. Überall brannte Licht und huschten Putzfrauen von Zimmer zu Zimmer.

Heinrich lag noch genauso in seinem Bett, wie sie ihn gestern verlassen hatte. Ohne jedes erkennbare Leben, die Augen geschlossen. Sie gab sich Mühe, sich davon nicht beeindrucken zu lassen, und erzählte ihm von ihrem gestrigen Besuch in Gostenhof. Fragte ihn nach seinem Verhältnis zu Ulrich Jakobsohn und mit leisem Vorwurf in der Stimme auch danach, warum er sie nicht in seine Urlaubspläne eingeweiht habe. Dann versuchte sie, einen leicht scherzhaften Ton anzuschlagen.

»Ich kann mir beim besten Willen nicht vorstellen, dass Ullis Musikauswahl nach deinem Geschmack war – ich habe von Wagner, Richard nämlich nichts entdeckt. Wie hast du es da überhaupt all die Abende ausgehalten?«

Da ihre Konversation ohne Reaktion blieb, stellte sie die bemühte Plauderei schließlich ein. Sie besah sich Heinrichs Arme. An beiden Handgelenken waren millimeterkurze blonde Haarstoppeln erkennbar. Sie deutete das als gutes Zeichen. Zum Abschied schenkte sie ihm noch ein Lächeln und das Versprechen: »Ich komme bald wieder, so schnell wirst du mich nicht los.«

Dann fuhr sie zum Präsidium. Stellte den Wagen mitten in die Hofeinfahrt und winkte einen der beiden wachhabenden Schutzmänner zu sich heran.

»Wo ist das denn passiert? Wer hat diese Schmiererei zu verantworten? Haben Sie eine Ahnung, Frau Steiner?«

»Nein, leider nicht«, log sie. »Aber wo es passiert ist, das kann ich Ihnen sagen: in einem Hinterhof in der Spenglerstraße.«

»Ach, in der Spenglerstraße, in Gostenhof«, wiederholte der Kollege mit einem kleinen Seufzer. »Wo auch sonst?«

Die Gentrifizierung von Gostenhof zum schicken, angesagten In-Viertel würde wohl doch noch eine Weile auf sich warten lassen.

»Ich kümmere mich drum, dass der Wagen in die Reinigung kommt«, war alles, was der Polizist zu diesem Vorfall noch anmerkte.

Als sie die Stufen zu ihrem Büro hochstieg, traf sie auf halber Treppe Jörg Trommen.

»Na, wie weit bist du denn schon mit deiner personalstarken SOKO gekommen?«, fragte er in süffisantem Ton.

»Danke der Nachfrage, lieber Jörg«, antwortete sie ruhig. »Weit, sehr weit.«

Dann ging sie weiter. Als sie den obersten Treppenabsatz erreicht hatte, drehte sie sich noch einmal um. »Demnächst werde ich auch deine Leute einsetzen. Sie sollen sich schon mal bereithalten. Ach ja, und mit dir werde ich mich auch in Zukunft vernetzen müssen. Zumindest ein Stück weit.«

Hoffentlich hatte er ihren letzten Halbsatz so verstanden, wie er gemeint war – als ironische Spitze gegen ihn und sein wichtigtuerisches Gehabe. Doch sie ahnte, dass er damit schlichtweg überfordert war.

Jetzt eilte sie in ihr Büro. Eva Brunner, die geschäftig über einen Stapel Papiere gebeugt saß, sah kurz auf.

»Guten Morgen, Frau Steiner. Ich habe fast alles erledigt, was Sie mir gestern aufgetragen haben. Alles, bis auf die Verwandtschaftsverhältnisse. Aber die kriege ich auch noch heraus.«

»Anscheinend hatte er nur eine Schwester. Sagte mir zumindest ein Nachbar gestern. Und diese Schwester wird über das Einwohnermeldeamt leicht zu finden sein.«

»Gut, da werde ich mich gleich schlaumachen.«

Paula setzte sich an ihren Schreibtisch, der mit etlichen Papieren bedeckt war. Sie griff nach der dicksten Akte. Zog die Fotos heraus und legte sie der Reihe nach vor sich hin. Für einen Moment schloss sie die Augen und richtete dann den Blick auf die Bilder. Die üblichen Fotos von einem Tatort, das, was sie schon tausendfach gesehen hatte. Und doch, das hier war neu. Und verwirrend. So als würde sie zum ersten Mal in ihrem Leben einen Toten sehen.

Heinrich saß auf einem der Stühle in Jakobsohns Wohnzimmer, aufrecht; seine rechte Hand, die die Waffe umklammerte, ruhte auf dem großen Holztisch. Eine surreale Szene, die auf Paula pathetisch und zugleich unecht, gekünstelt wirkte. Als sei sie vom Regisseur eines bäuerlichen Laientheaters arrangiert worden.

Jakobsohn lag mit dem Rücken auf dem Boden, seine abgewinkelten Füße berührten den Stuhl, auf dem Heinrich saß. Das Erste, was ihr bei dem Toten auffiel, waren seine feinen Gesichtszüge. Dann seine fast vollständige Glatze; nur ein spärlicher Ring von blonden Haarkringeln bedeckte den Kopf. Sie erinnerte sich an das Badezimmer des Opfers, in dem sie einen Kamm oder eine Haarbürste vermisst hatte.

Sie sah lange mit zusammengekniffenen Augen auf das Foto. Irgendwie kam ihr dieses Gesicht bekannt vor. Sie wusste aber nicht, woher. Nur so viel konnte sie mit Bestimmtheit sagen: Es war keiner von ihrer Kundschaft. Egal, es würde ihr schon wieder einfallen.

Ein kreisrundes Loch mitten in der Stirn des Toten, er hatte die Augen weit geöffnet, sonst konnte sie keine Schussverletzungen entdecken. Der Autopsiebericht bestätigte ihre Vermutung. »… bei der tödlichen Schussverletzung handelt es sich um die deutlich sichtbare Einschusswunde am Kopf … Schuss aus kurzer Distanz, wahrscheinlich durch direktes Aufsetzen der Waffe auf die Stirnpartie … Todeszeitpunkt: etwa 19.45 Uhr …« Dahinter der Waffentyp: Es war eine Heckler & Koch P2000.

Der Tote trug eine Jeans und ein weißes Hemd, das frisch gebügelt wirkte. Ein massiver, in den Hüften etwas dicklicher Mann, kein Bierbauch. Blaue Augen, schmales Gesicht, dünne Lippen, fahler Teint. Heinrich hatte seine üblichen schwarzen Jeans an, darüber ein schwarzes langärmeliges T-Shirt. Er wirkte im Vergleich zu dem stattlichen Jakobsohn noch schmaler und verletzlicher als ohnehin.

Paula holte ihren Fadenzähler aus der Schreibtischschublade und besah sich seine Handgelenke auf den Fotos. Sie war sich nicht ganz sicher, aber ihr schien, als seien diese auf dem schmalen Streifen, den das T-Shirt frei ließ, glatt und ohne Haaransatz.

Lange sah sie auf die Fotos, die vor ihr lagen, dann wählte sie fünf davon aus und heftete sie sorgfältig an die leere Pinnwand, die hinter ihrem Schreibtisch hing. Eine Arbeitstechnik, die sie fast nie anwendete, die ihr aber heute als unvermeidlich erschien. Nur so hatte sie – und auch die ihr gegenübersitzende Eva Brunner – Heinrich immer bei sich. Sie musste sich nur umdrehen, dann konnte sie ihn sehen. Es war fast so, als würde er ihr zur Seite stehen. Oder zumindest über die Schultern blicken.

Während Eva Brunner telefonierte, machte sie sich über die restlichen Unterlagen her. Der Mord war von einer anonymen Anruferin gemeldet worden, die offenbar in der Nachbarschaft Jakobsohns wohnte. Sie gab an, »so etwas wie Schüsse« gehört zu haben.

Dann las sie die Namenslisten mit den an diesem Fall beteiligten Schutzpolizisten und Rettungssanitätern durch. Namen, die ihr nichts sagten. Was ungewöhnlich war, denn in der Mehrzahl der Fälle traf sie bei ihren Ermittlungen immer wieder auf Kollegen, die sie bereits von früher kannte.

Sie griff sich die Akte des ursprünglichen Ermittlungsführers und überflog dessen kurzen Bericht. Schon auf der ersten Seite fiel ihr dessen bürokratisch erfrorene Sprache auf, deren Gefühllosigkeit und Formelhaftigkeit: »… wurde Bartels, H. (ein uns persönlich bekannter Mitarbeiter des Polizeipräsidiums Mittelfranken, Dienstrang: Oberkommissar) sitzend vorgefunden, die Tatwaffe rechtshändig greifend …«. Darunter stand in einem Nebensatz »der dringend der Tat verdächtige Bartels, H. zeigte sich beim Eintreffen der Polizei jedoch nicht vernehmungsbereit bzw. nicht vernehmungswillig«. Nicht vernehmungswillig? Sie blätterte rasch um und fand bestätigt, was sie befürchtet hatte: Unterschrieben hatte den Bericht ein gewisser Winkler, Manfred. Trommens willfährigster Mitarbeiter. Und auch der mit dem größten Blamagepotenzial.

Mit zusammengekniffenen Augen starrte sie ihre Mitarbeiterin an, die nur auf diesen Moment der Aufmerksamkeit gewartet zu haben schien.

»Also, die Schwester dieses Jakobsohn hab ich gefunden«, fing sie an. »Es ist eine gewisse Monika Harrer, Mädchenname Jakobsohn. Geboren in Nürnberg am …«

Der Rest ihrer Recherche ging in der geistigen Abwesenheit ihrer Chefin unter. So antwortete Paula nur gedankenverloren »Schön, schön«, griff sich die zwei Namenslisten samt Winklers Bericht und verließ ohne ein weiteres Wort das Zimmer.

Vor Trommens Büro atmete sie einmal tief durch, klopfte und trat zeitgleich ein. »So, Jörg, jetzt ist die Zeit zum Vernetzen gekommen. Mit dir und deinem Winkler. Und zwar nicht nur ein Stück weit.« Dann nahm sie unaufgefordert vor seinem Schreibtisch Platz.

Trommen sah sie mit einem herablassenden Lächeln an. »Ich und meine Leute helfen dir natürlich gern. Sehr gern, Paula. Das weißt du ja. Wenn es die Zeit erlaubt. Nur fürchte ich, im Augenblick erlaubt es unsere Zeit so gar nicht.«

»Dafür habe ich Verständnis. Viel Verständnis, Jörg. Dann reiche ich die Dienstaufsichtsbeschwerde«, sie tippte auf das Aktenbündel, das sie noch immer vor ihrer Brust umklammert hielt, »halt gleich ein. Meine Zeit erlaubt es nämlich auch nicht, damit noch länger zu warten.« Sie schenkte ihm ein kurzes Lächeln und erhob sich.

»Beschwerde?«, fragte Trommen. »Aber doch wohl nicht über mich?«

»Nein«, antwortete sie, die die Tür schon mit Schwung geöffnet hatte, »über dich nicht. Aber über deinen Winkler.«

»Halt, wart doch mal. Was hast denn gegen ihn in der Hand?«

»Er hat in einem besonders schweren Fall gegen die Dienstvorschriften verstoßen, und da sind wir ja, wie du weißt, gehalten, das nach oben zu melden. Aber wenn du keine Zeit hast …«

Sie drehte sich von ihm ab, aber so langsam, dass dem Kollegen noch genügend Zeit blieb, sie aufzuhalten. Was er dann auch tat.

»Bitte, Paula, setz dich doch wieder. Das besprechen wir jetzt in aller Ruhe. Und freilich habe ich für so etwas Wichtiges Zeit. Da müssen die anderen Arbeiten eben warten. Das hat Priorität. Erzähl doch mal, was Winkler nun verbrochen haben soll. Vielleicht können wir das auf dem kleinen Dienstweg unter uns regeln.«

»Gern. Zusammen mit Winkler«, betonte sie.

Trommen griff zum Hörer und beorderte seinen Mitarbeiter zu sich. Nach nicht einmal einer Minute stand dieser stramm vor ihm.

Nachdem er sich einen Stuhl geholt, im rechten Winkel zu ihr und seinem Chef Platz genommen hatte und es dabei bewusst vermied, sie anzublicken, sagte Trommen: »Paula hat schwere Vorwürfe gegen dich erhoben. Du hättest, behauptet sie, gegen die Dienstvorschriften verstoßen. Wohl im Zuge der Ermittlungen im Mordfall Jakobsohn, Paula?«

»Ja«, erwiderte sie und schlug ihre Akte auf, »so ist es. Leider.«

Als sie den Kopf hob, sah sie gerade noch den komplizenhaften Blick, den Trommen und Winkler austauschten. Also schienen sich beide sehr sicher zu fühlen. Das machte ihr die Sache leichter. Da durfte sie etwas riskieren.

»Ich habe hier die verifizierten Aussagen sowohl der beiden Kollegen vor Ort als auch die der Rettungssanitäter, dass du dich«, dabei wandte sie sich Winkler zu, »bereits am Tatort auf Heinrich als Mörder Jakobsohns festgelegt hast. Das geht natürlich nicht. Oder gilt die Unschuldsvermutung in eurer Kommission nicht mehr?«

Trommen sah seinen Mitarbeiter mit ernstem und gleichzeitig verständnisvoll-erleichtertem Blick an, der Winkler signalisieren sollte, dass es hier lediglich um die persönliche Empfindsamkeit einer kleinen Kommissarin ging, die für den hausinternen Ruf der Kommission 1 ohne jeden Belang war. Ein schneller Blick zwischen Männern. Nicken. Dann die strenge Frage: »Stimmt das, Manfred?«

»Nein, das stimmt so nicht. Aber ich habe diese Möglichkeit unter anderem in Erwägung gezogen, das natürlich. Du weißt ja«, noch immer sah er seinen Vorgesetzten an, »Bartels hatte die Tatwaffe in der Hand.«

»Und woher warst du dir so sicher«, fragte sie, »dass es die Tatwaffe ist? Hast du vor Ort eine ballistische Untersuchung durchführen lassen? Davon steht nichts in der Akte.«

»Nein, natürlich nicht«, antwortete Winkler ungehalten. »Aber das ist doch naheliegend.«

»Für mich ist das nicht naheliegend. Es könnte genauso gut sein, dass man unserem Kollegen eine Falle gestellt hat. Dass man ihm die Waffe in die Hand gedrückt hat, um den Verdacht auf ihn zu lenken. Der Gedanke ist dir wohl noch nicht gekommen?«

»Doch. Aber dem wäre ich schon noch nachgegangen, wenn man uns diesen Fall nicht entzogen hätte.«

»Andere Frage: Ist dir an Heinrich eigentlich sonst, außer dass er die Waffe in der Hand hielt, nichts aufgefallen?«

»Warum, was hätte mir da auffallen sollen?«, fragte Winkler verwundert.

»Also nicht. Genau so habe ich mir das auch vorgestellt. Er hatte an beiden Unterarmen auffallend wenige Haare, wie nach einer kosmetischen Epilation. Da besteht doch durchaus die Möglichkeit, dass man ihn mit Klebeband an den Handgelenken fixiert und dann, nachdem man ihm die Pistole in die Hand gedrückt hatte, das Klebeband wieder abgerissen hat«, wiederholte sie Frieders Worte mit großer Genugtuung. »Oder nicht?«

»Was wirfst du ihm jetzt eigentlich vor, Paula? Es ist doch kein Verbrechen, die Möglichkeit, es könnte auch Heinrich gewesen sein, bei den Ermittlungen mit einzubeziehen.«

»Nein, das ist es nicht. Aber es ist ein Verstoß gegen die Vorschriften, sich nur auf eine, eben auf diese Möglichkeit coram publico festzulegen. Sodass das Personal im Krankenhaus davon ausgehen muss, einen Mörder unter den Patienten zu haben. Und wenn man dann noch als Ermittlungsführer alles andere vernachlässigt, so sehe ich darin einen groben Verstoß gegen die Dienstanweisungen im Rahmen der rechtmäßigen Ermittlungsführung. Ich habe in diesem Bericht«, sie schob die dünne Akte zu Trommen hin, »weder eine einzige Umfeldbefragung gefunden noch die Andeutung eines Versuchs, den Fluchtweg des Täters respektive der Täter zu rekonstruieren. Nicht einmal aktenkundlich durchgecheckt habt ihr diesen Jakobsohn. Keine Personenüberprüfung, kein Antrag auf Konteneinsicht, kein Antrag auf Auswertung der Telefondaten. Welche Beziehung hat zwischen Heinrich und dem Opfer bestanden? Nichts davon steht hier drin.«

Sie tippte auf die Akte, die immer noch ungeöffnet vor Trommen lag. »Und noch etwas: Auch die Angehörigen wurden nicht benachrichtigt. Beziehungsweise: Es wurde nicht einmal nach diesen Angehörigen gesucht.«

Jetzt machte sie eine Pause. Dann fuhr sie fort. »Eigentlich steht in dieser Akte nur, dass Heinrich aller Wahrscheinlichkeit nach der Mörder ist. Ich finde das eine über die Grenzen des Rechtmäßigen hinausgehende Schlamperei, die zudem noch den unangenehmen Nebeneffekt hat, dass man wertvolle und unwiederbringliche Zeit für die Ermittlungen hat verstreichen lassen. Zeit, die mir jetzt fehlt.«

Keine Reaktion. Weder von Trommen noch von Winkler. Beide schienen nur darauf zu warten, welche Konsequenzen sie aus ihren Vorwürfen ziehen würde. Ob sie tatsächlich diese Drohung mit der Dienstaufsichtsbeschwerde wahr machen wollte. Oder ob sie die Veranstaltung hier lediglich als Ventil brauchte, um Dampf abzulassen. Beide rechneten vermutlich mit Letzterem, das würde ja auch besser zu ihr passen.

»Insofern stehe ich mit *meiner* SOKO vor einem Scherbenhaufen, den ich nicht zu verantworten habe, der aber auf mich irgendwann zurückfallen wird. Das will ich nicht. Also werde ich für entsprechende Klarheit oben sorgen.« Das musste genügen, fand sie. Und schwieg ab jetzt.

Und tatsächlich, es genügte. Trommen schlug endlich die Akte auf und überflog das einzige Blatt, das sich darin befand. Das dauerte nur wenige Sekunden.

Mit einem tadelnden Blick zu Winkler sagte er dann: »Da hast du dich wirklich nicht mit Ruhm bekleckert, Manni. Da muss ich Paula recht geben – eine durch und durch schlampige, ungenügende, meiner Kommission unwürdige Arbeit. Trotzdem, mir wäre es lieber, Paula«, setzte er bittend hinzu, »wenn du das nicht nach oben weitergibst. Es ändert ja nichts mehr an der Tatsache, dass Manfred da … äh … ein paar Fehler gemacht hat.«

Trommen schlug die Akte mit gespielter Verärgerung zu und reichte sie ihr zurück. »Ich könnte dich sogar verstehen, wenn du deine Drohung wahr machst. Aber wenn du darauf verzichtest, hättest du was gut bei mir. Und nicht nur bei mir. Nicht wahr?« Er sah Winkler streng und auffordernd an.

Dieser fügte sofort eilfertig hinzu: »Ja, natürlich. Auch bei mir hättest du dann was gut, Paula. Außerdem wäre ich dir sehr dankbar dafür.«

»Aha. Na gut, dann lasse ich das vorerst sein. Falls ich allerdings irgendwann von wem auch immer aus eurer Kommission noch einmal nur die leiseste Andeutung höre, dass Heinrich als Jakobsohns Mörder in Frage kommt, werde ich dieses Machwerk«, sie stand auf und griff nach der Akte, »nach oben weiterreichen.«

Sie hatte bereits die Türklinke in der Hand, da drehte sie sich noch einmal um. »Man kann jedem unterstellen, er sei ein Tatverdächtiger, vorausgesetzt, man verfügt über ein gewisses Maß an Dummheit und ein großes Maß an Abneigung.«

Als sie in ihr Büro zurückging, musste sie lächeln. Ein gewagtes und im Grunde überflüssiges Spiel. Aber es hatte sich gelohnt. Manchmal war eben auch das Unnötige nötig. Trommen würde in nächster Zeit nicht mehr versuchen, ihr die SOKO abspenstig zu machen oder ihr in die Ermittlungsführung hineinzureden. Zumindest so lange nicht, wie ihr Druckmittel in Form dieser Akte Wirkung zeigte. Das reichte ihr.

Eva Brunner erwartete sie voller Ungeduld. »Frau Steiner, ich habe die Adresse von Jakobsohns Schwester. Sie wohnt in Ebensee. Und sie ist heute den ganzen Tag daheim, sagte sie mir am Telefon.«

»Gut. Dann fahren wir jetzt dahin«, sagte sie, während sie Jakobsohns Akte durchblätterte. Vierundfünfzig Jahre, gebürtiger Nürnberger, keine Nachweise.

»Ach so, die Adresse von einem Weberknecht, Karl brauchen wir auch. Den werden wir im Anschluss daran befragen.«

Als sie auf dem Flur standen, klingelte ihr Telefon. Sie rannte zurück und nahm den Hörer ab. Es war Klaus Zwo.

»Paula, kommst du mal runter? Ich muss dir was Wichtiges zeigen.«

»Jetzt gleich?«

»Ja.«

Die Hoffnung ließ sie nach unten eilen. Kaum hatte sie sein Büro betreten, hielt er ihr triumphierend eine kleine Plastiktüte entgegen. Sie beugte sich darüber, konnte aber durch die milchfarbige Hülle nur ein zerknittertes Foto von schlechter Qualität sehen. Sie sah fragend zu dem Kriminaltechniker auf.

»Das habe ich in Jakobsohns Geldbeutel gefunden. Sonst war da nicht viel drin. Kaum Bargeld. Nur sein Personalausweis und die Karte von der Krankenversicherung. Aber sonst – keine EC- oder Kreditkarte.«

Klaus zog das Foto aus der Tüte und legte es auf den Tisch. Es zeigte Ulrich Jakobsohn Arm in Arm mit einer auffallend jungen Asiatin. Die beiden standen auf einer Terrasse oder einem Balkon, im Hintergrund waren Palmen zu sehen und ein wolkenloser blauer Himmel. Der strahlend in die Kamera lachende Jakobsohn wirkte glücklich, die zierliche kleine Frau dagegen ernst und steif.

»Denkst du, was ich denke?«, fragte Klaus.

»Ich fürchte, ja. Wobei nicht alles so sein muss, wie es auf den ersten Blick wirkt.«

Hatte Jakobsohn das Klischee vom dumpfen Sextouristen bedient? Dagegen sprach schon seine Plattensammlung. Und ihre Sympathie für ihn. Sie verachtete Männer, deren sexuelle Leidenschaft sich nur an der Generation ihrer Töchter entzünden konnte. Und doch, warum sollte es sich eigentlich nicht so verhalten, wie es auf den ersten Blick aussah?

»Kann ich das Foto haben?«

»Dieses Foto nicht, aber ich habe für dich eine Kopie gemacht. Die ist besser als das zerknitterte Original hier. Vor allem ist sie größer.« Klaus langte in den roten Ablagekorb auf seinem Schreibtisch und überreichte ihr den Abzug.

»Und sonst, Klaus? Habt ihr außer diesem Foto etwas gefunden?«

»Leider nein.«

»Keine Fingerabdrücke?«

»Negativ. Auffällig ist, dass an den Türklinken und auf dem Knauf an der Außenseite der Wohnungstür nicht einmal Jakobsohns Fingerabdrücke waren. Nur auf der Tatwaffe konnten wir Abdrücke sichern.«

»Na, das ist doch schon mal was.«

»Kein Grund, sich zu freuen. Die sind alle von Heinrich.«

Es dauerte eine Weile, bis sie diesen Satz und die darin enthaltene spektakuläre Information verdaut hatte. Dann fragte sie nach, leise und bange: »Und Schmauchspuren, wie sieht es damit aus?«

»An seinen Händen haben wir nichts gefunden. Dafür jede Menge auf seiner Hose.«

Als Eva Brunner und sie in den Wagen stiegen, fragte Paula: »Haben Sie es der Schwester schon gesagt?«

»Ja. Es war nicht zu vermeiden.«

»Warum? War sie störrisch, hätte sie sonst nicht mit Ihnen geredet?«

»Oh nein, im Gegenteil. Die hat zu viel geredet. Unaufhörlich geredet. Die hat überhaupt nicht mehr aufgehört zu reden. Da habe ich keine andere Möglichkeit gesehen, als es ihr zu sagen. Damit ich auch mal zu Wort komme. Wie ein Mensch nur so viel quasseln kann!«

Solche Worte aus dem Mund von Eva Brunner, immerhin der ungekrönten Vielrednerin des Präsidiums, stimmten sie nachdenklich. Sie würde bei diesem Gespräch von Anfang an die Zügel fest in die Hand nehmen müssen, um aus dem bevorstehenden Gipfeltreffen der Quasselstrippen einen Erkenntnisgewinn ziehen zu können.

»Und, wie hat sie es aufgenommen?«

»Na, entsetzt war sie nicht. Wissen Sie, was die gesagt hat?«, stellte Eva Brunner die rhetorische Frage, die sie sich umgehend selbst beantwortete. »Das trifft mich in etwa so, wie wenn in China ein Sack Reis umfällt.«

Nach einer Weile fügte die Jungkommissarin noch hinzu: »Ich glaube, die kann uns nur wenig sagen, was uns weiterhilft. So wie die sich am Telefon aufgeführt hat, hatte die schon seit Jahren keinen Kontakt mehr zu ihrem Bruder.«

»Gerade in so einem Fall kann ein Gespräch sehr aufschlussreich sein«, war alles, was Paula darauf entgegnete.

Eine halbe Stunde später hatten sie die Ziegenstraße erreicht, waren links in die kurze Blumröderstraße abgebogen und standen nun vor einer hübschen alten Stadtvilla. Ein gepflegter Vorgarten mit weiß gestrichenem Holzzaun, rotes Ziegeldach, rote Holzfensterläden, dezente Hausbegrünung in Form von altem wilden Wein, dessen Äste frisch kupiert aussahen.

Noch bevor sie auf den Klingelknopf drücken konnte, riss eine circa fünfzigjährige Frau die Haustür auf. Die Ähnlichkeit mit dem Toten sprang ins Auge: das schmale Gesicht, die fein gezeichneten Gesichtszüge, die blauen Augen, das hellblonde Haar, das wild und verwuschelt aussah, aber sicher das Kunstwerk eines teuren Innenstadt-Coiffeurs war, eine kompliziert zerzauste Föhnhaube, wie sie jetzt in Nürnberg so Mode war. Langbeinig, schmal und schön, wie eine Lucas-Cranach-Figur. Und mit den dunkelblauen Markenjeans und der weißen Seidenbluse auch sehr stilsicher gekleidet. Um den Hals und an den Handgelenken klirrte viel Silber und Platin.

»Sie sind die zwei Damen von der Polizei?« Ihre Stimme war so kühl wie ihr bemühtes Stewardessen-Lächeln. Ein Lächeln wie ein Sorbet – halbgefroren.

Paula nickte und zog den Dienstausweis aus der Jackentasche. Sie durften eintreten und wurden in das Wohnzimmer geführt, das mit einem gekonnten Stilmix aus englischen Antiquitäten und einer derzeit so angesagten Sitzlandschaft – ein schnörkelloses Sofa plus zwei tiefe Sessel aus weißem Woll-Musselin, wahrscheinlich aus Italien – möbliert war. Das Zimmer hatte jene schicke Modernität, die Paula nur aus Magazinen kannte.

Auf dem Kaminsims standen mehrere Fotos in gehämmerten Silberrahmen, die zwei junge, ebenfalls schmale Männer zeigten. Mal zu Pferd, mal mit Golfschläger, mal in weißem Tennisdress.

»Das sind meine Söhne«, reagierte Monika Harrer auf ihren interessierten Blick, und ihr Stolz war unüberhörbar. »Beide sind sehr sportlich und haben schon etliche Preise gewonnen. Das da«, sie deutete auf das größte Bild der Galerie, das einen blonden Burschen mit einem Glaspokal zeigte, und mit jedem Wort gewann ihre Stimme an Wärme und das Lächeln an Herzlichkeit, »ist Tobias nach den Jugendmeisterschaften 2008. Sebastian ist auf dem Court auch gut, aber seine wirkliche Stärke ist …«

»Sie wissen, warum wir hier sind, Frau Harrer?«, unterbrach Paula sie.

»Ja. Seinetwegen. Man hat ihn umgebracht. Das sagten Sie mir doch am Telefon, Frau Brunner, oder?«

»So ist es. Ich denke, Sie sind seine nächste Verwandte. Oder täusche ich mich da?«

»Das ist richtig. Meine Eltern sind schon seit einigen Jahren tot, eine Ehefrau oder gar Kinder hatte er nicht, und ich bin seine einzige Schwester.«

»Dürfen wir Platz nehmen?«

Als Antwort erhielt Paula von Frau Harrer lediglich eine Handbewegung, mit der diese vage in Richtung des großen Esstischs aus Mahagoniholz wies.

Nachdem sie sich gesetzt hatten, fragte sie: »›Meine‹ Eltern, sagten Sie. Heißt es, es sind nicht auch die von Ihrem Bruder?«

»Doch, schon. Aber sie waren ihm genauso egal, wie ich es gewesen bin. Ich war diejenige, die sich *ausschließlich*«, betonte sie, »um sie gekümmert hat, auch und gerade dann, als sie alt wurden und der Hilfe bedurften. Er dagegen hatte sich vollständig von unserem Familienleben zurückgezogen, schon seit Jahrzehnten. Er war weder für mich ein Bruder noch für meine Eltern ein Sohn. Darum wohl habe ich mich so ausgedrückt.«

»Das klingt, als ob Sie mir nichts über ihn sagen könnten. Über seinen Umgang, ob der Feinde hatte, wie er sein Leben gestaltete oder Ähnliches?«

»Da vermuten Sie richtig. In diesem Punkt kann ich Ihnen nicht weiterhelfen. Aber ich denke«, sagte Monika Harrer nun wieder mit schockgefrosteter Stimme, »sein Leben wird auch in den vergangenen Jahren so verlaufen sein wie vor zwanzig, fünfundzwanzig Jahren.«

»Ach, dann erzählen Sie mir doch einfach das, was Sie von dieser Zeit noch wissen. Wie hat Ihr Bruder damals gelebt, was war ihm wichtig?«

»Wichtig war ihm schon immer, bereits als Teenager, seine Musik, falls man das überhaupt als Musik bezeichnen kann. Die stand an erster Stelle. Danach kam lange nichts. Sein ganzes Geld gab er dafür aus. Ich weiß nicht, wo er die letzten Jahre gelebt hat, aber seine Nachbarn beneide ich nicht. Denn ich fürchte, er wird nach wie vor den lieben langen Tag exzessiv Musik gehört haben, und das nicht eben leise. Rockmusik muss man laut hören, sagte er immer, wenn es uns, den Eltern und mir, zu bunt wurde. Alles andere sei Quatsch.«

»War Ihr Bruder denn nicht berufstätig?«

»Auch das entzieht sich meiner Kenntnis«, antwortete Monika Harrer und schürzte dabei die Lippen. »Er hat studiert und sich dabei viel Zeit gelassen. Sehr viel Zeit. Damals ging das ja noch. Ob er sein Studium beendet und ob er dann eine Stelle gesucht beziehungsweise gefunden hat, kann ich Ihnen nicht sagen. Nur so viel: Ursprünglich wollte er Diplom-Ingenieur in der Fachrichtung Elektrotechnik werden.«

»Was wissen Sie über seine Freunde oder seine Freundinnen?«

»Wenig. Damals hatte er ständig wechselnde Partnerschaften. Eine davon war eine sehr gute Freundin von mir. Aber auch das hielt nicht lange. Bei ihm waren die Frauen nur Beiwerk, schmückende Staffage, letztendlich aber nebensächlich. Die mussten sich in sein Leben einfügen, und das total, seine Musik hören, zu seinen Konzerten gehen und so weiter. Wenn das eine nicht wollte, hatte sie eben Pech. Dann hat er wieder Schluss gemacht.«

»Wissen Sie von Personen, die ihm nicht wohlgesonnen waren?«

»Nein.« Das kam schnell, fast schon ungeduldig.

»In welchem Verhältnis standen eigentlich Ihre Söhne zu ihrem Onkel? Wie war das früher, und wie war das in der letzten Zeit?«

Monika Harrer zögerte einen Augenblick mit der Antwort. »Von einem Verhältnis kann man da nicht sprechen. Schon als Sebastian und Tobias im Kleinkindalter waren, hat er sich für sie nur sehr sporadisch interessiert. Und mit den Jahren ist der Kontakt dann ganz eingeschlafen. Nicht, dass ich da auf meine Söhne irgendwie eingewirkt, es ihnen verboten hätte; sie haben selbst erkannt, dass das mit ihm einfach keinen Sinn hat.«

Da muss doch etwas vorgefallen sein, überlegte Paula, etwas Gravierendes. Aber was? An seinem exzessiv betriebenen Hobby, der Liebe zur Musik, allein kann es nicht gelegen haben, da war sie sich sicher. Streit ums Geld beispielsweise war, wie sie aus eigener Erfahrung wusste, ein viel drängenderes Motiv.

»Wo sind Sie und Ihr Bruder denn aufgewachsen?«

»Hier«, Monika Harrer machte eine ausladende Handbewegung durch den Raum, »in diesem Haus.«

»Ach so.« Das bestätigte ihre Vermutung. Es ging um die Erbschaft, wahrscheinlich um das Haus. Scheinheilig fragte sie: »Sie wohnen hier zur Miete?«

»Nein. Das Haus gehört uns.«

»Sie haben es von Ihren Eltern geerbt?«

»Ja. Aber ich weiß nicht, wozu diese Fragerei gut sein soll. Das hat doch nichts damit zu tun, dass …«

»Ach, das lassen Sie mal meine Sorge sein, Frau Harrer.« Sie merkte, wie sie ungeduldig wurde. »Wann, in welchem Jahr, haben Sie das Haus geerbt?«

»Das war 2007.«

»Und Ihr Bruder, welchen Anteil bekam er davon?«

»Keinen natürlich. Das wäre ja noch schöner«, empörte sich Monika Harrer, deren Stimme nun abrupt in einen ungemütlichen Frequenzbereich umschlug. »Er hat zwar damals darauf bestanden, sich einen Teil des Erbes auszahlen zu lassen, aber daraus wurde nichts. Da haben meine Eltern schon vorgesorgt. Das muss man sich mal vorstellen, sein ganzes Leben kümmert er sich einen Dreck um Vater und Mutter und überlässt mir die ganze Pflege. Aber dann, wo es ans Erben geht, besitzt er die Unverschämtheit und fordert Geld von mir. Per richterlicher Klage über einen Anwalt. Aber nicht mit mir, das kann ich Ihnen sagen.«

Jetzt, da Paula den Grund für diese auffällige Mitleidlosigkeit und Kälte kannte, fiel ihr nichts mehr ein, was sie noch hätte sagen oder fragen können. Zum Schluss führte sie das alte Schlachtross der Vernehmung ins Feld, die Frage nach dem Alibi.

»Wo waren Sie am vergangenen Samstagabend, von neunzehn Uhr fünfzehn bis zwanzig Uhr fünfzehn?«

»Das ist doch die Höhe! Ich habe diesen Menschen seit Jahren nicht mehr gesehen, und Sie fragen mich nach meinem Alibi?«

»Richtig. Aber das ist reine Routine. Das fragen wir immer. Das ist kein Affront gegen Sie. Also, wo waren Sie zu dem Zeitpunkt?«

»Bei Freunden von uns.«

»Dann nennen Sie mir bitte die Namen dieser Freunde und wo wir sie finden können.«

Eva Brunner, die sich von Anfang an eifrig Notizen gemacht hatte, schrieb auch diese Angaben in ihren Block.

»Gut, wir werden das überprüfen. Ich fürchte, ich muss Sie bitten, Ihren Bruder zu identifizieren. Falls wir niemanden anderen dafür finden.«

Eine Bitte, die Monika Harrer sichtlich aus der Fassung brachte. Stumm und mit aufeinandergepressten Lippen starrte sie sekundenlang aus dem Fenster.

Schließlich schien sie sich wieder gefangen zu haben. »Wenn es denn sein muss«, sagte sie leise und bar aller Gefühlsregung. Eine Antwort, die aus dem engen Flaschenhals der Konvention entwich.

Sie schraubte sich aus dem Stuhl empor. »Und jetzt darf ich Sie bitten zu gehen. Mehr kann ich Ihnen nicht sagen.«

Bevor Paula Steiner und Eva Brunner an der Gartenpforte angelangt waren, war die Haustür schon ins Schloss gefallen.

Als sie am Mögeldorfer Friedhof entlangfuhren, fragte Eva Brunner: »Glauben Sie das, dass der Jakobsohn seine Neffen seit Jahren nicht mehr gesehen hat? Also, ich nehme ihr das nicht ab. Die haben sich bestimmt ab und zu mit ihrem Onkel getroffen.«

»Hm, ich weiß nicht. Sie haben doch auch die Bilder auf dem Kamin gesehen. Diese Familie inklusive der Söhne hatte so ganz andere Interessen als unser Opfer. Ihm war die Musik wichtig, und das war keine wohltemperierte Klassik oder irgendein Dudel-Jazz, sondern harter, lauter, skandalöser, erregender Rock«, geriet sie ins Schwärmen. »Die Harrers dagegen sind hauptsächlich am sportlichen Erfolg der Söhne interessiert. Und auch sehr an deren gesellschaftlichem und wirtschaftlichem Erfolg. Dieser Tobias und sein Bruder sind doch bestimmt von frühester Kindheit an darauf gedrillt worden, einmal Leistungsträger zu werden, einmal ganz oben mitmischen zu können.«

Und da das selbst in ihren Ohren voreingenommen, ein klein wenig nach Schubladendenken klang, fügte sie noch hinzu: »Das sind eben zwei unterschiedliche Lebensentwürfe ohne jeden Berührungspunkt miteinander.«

»Trotzdem«, beharrte die Jungpolizistin, »jeder möchte doch seine Verwandten ab und zu sehen. Ich glaube, die Neffen und ihr Onkel haben sich schon gelegentlich getroffen. Anders kann ich mir das nicht vorstellen.«

»Ich mir schon, sehr gut sogar. Ich habe auch einen Bruder, Frau Brunner, den ich seit«, sie rechnete nach, »fast zwanzig Jahren weder gesehen noch gesprochen habe. Und das wird auch in Zukunft so bleiben. Ich möchte keinen Kontakt mit ihm haben, wirklich nicht. Und uns hat keine Erbschaft auseinandergebracht, sondern nur eine abgrundtiefe Abneigung. Auf beiden Seiten übrigens.«

»Ehrlich?«, fragte Eva Brunner erstaunt. »Das verstehe ich nicht, Frau Steiner. Wissen Sie, ich bin ein Einzelkind, mein ganzes Leben habe ich mich nach einem Bruder oder einer Schwester gesehnt. Freunde sind doch etwas ganz anderes als Geschwister, das kann man gar nicht miteinander vergleichen.«

»Genau, so ist es, da haben Sie völlig recht. Freunde kann man sich nämlich aussuchen, Geschwister nicht. Leider nicht. Ich habe das oft bedauert.«

Dann legte sie noch im Brustton der Überzeugung nach: »Und Ulrich Jakobsohn sicher genauso oft.«

»Und seine Schwester auch«, ergänzte Eva Brunner. »So wie die über den hergezogen hat. Die hat ja kein gutes Haar an dem gelassen. Kein einziges.«

5

Monika Harrer sollte sie auch die restliche Strecke bis zur Einfahrt zum Präsidium in Gedanken begleiten. Kein einziges Mal hatte sie ihren Bruder beim Namen genannt. Immer nur »er« und »dieser Mensch«. Rückblickend erkannte Paula die Anstrengung, die einem so etwas abverlangt. Warum hatte die Schwester sich diese Mühe gemacht? Sie musste ihn abgrundtief gehasst haben und immer noch hassen, eine andere Erklärung für ein solch auffälliges Verhalten gab es nicht. Und das nur deswegen, weil Jakobsohn auf seinem Erbteil bestanden hatte?

Daneben nagte das vage Gefühl an ihr, etwas Entscheidendes verpasst zu haben. Als sie in den Parkplatz hinter dem Jakobsplatz einbog, fiel ihr ein, was das war. Verärgert rief sie aus: »Jetzt haben wir den Weberknecht vergessen. Warum haben Sie mich denn nicht daran erinnert, zum Donnerwetter?«

»Ich dachte halt, Sie hätten es sich unterwegs anders überlegt.«

»Nein, habe ich nicht. Also, wo wohnt er? Und was hat Ihre Recherche über ihn zutage gebracht?«

»Nichts Besonderes. Er ist Grundschullehrer. In der Volksschule Altenfurt. Da aber jetzt Schulferien sind, werden wir ihn da kaum erreichen. Vielleicht ist er ja daheim.«

Während Eva Brunner die Nummer wählte, tat Paula der Rüffel von eben bereits leid. Ein wenig, nicht sehr. Eine Entschuldigung fand sie dafür nicht angebracht. Aber sie nahm sich fest vor, sich gegenüber ihrer Kollegin nicht mehr so gehen zu lassen. Schließlich war diese die Einzige, die ihr noch verblieben war, die Einzige, auf deren Hilfe und Mitarbeit sie setzen konnte.

Schließlich hielt ihr Eva Brunner den Hörer hin, aus dem unablässig das Freizeichen zu hören war. Sie legte auf und sagte, um Freundlichkeit bemüht: »Das macht nichts. Wir fahren trotzdem hin. Wenn Sie möchten, können Sie gerne fahren. Das wäre mir sogar lieber.« Sie wusste, dass Eva Brunner gern Auto fuhr, vor allem die polizeieigenen BMW.

Nach dem umgehend vorgenommenen Fahrerwechsel konzentrierte sie sich auf die bevorstehende Befragung. Karl Weberknecht war der einzige Zeuge, auf den sie derzeit zurückgreifen konnte – und damit ihre wichtigste Informationsquelle. Sie würde alles aus ihm herauszuquetschen versuchen, was er über diese Schafkopfrunde wusste. Über Jakobsohn und vor allem über dessen Verhältnis zu Heinrich. Sie versprach sich von dem Gespräch viel.

Kurze Zeit später parkte Eva Brunner den Wagen in der Roritzerstraße ein und wies dann auf ein schmuckloses Mehrfamilienhaus zu ihrer Linken. »Da ist es. Hier wohnt Weberknecht.«

Zunächst schien es so, wie Eva Brunner vorausgesagt hatte: Das Läuten blieb ohne Erfolg, »ihre wichtigste Informationsquelle« war wohl nicht daheim. Doch dann, nachdem Paula es nochmals und wieder und wieder versucht hatte, sprang die Haustür auf.

Schweigend stiegen sie in die oberste Etage. Dort wurden sie von einem schmalen Mann – ungefähr in Paulas Alter, unrasiert, bettwarm – erwartet. Cargohosen, blaues T-Shirt, dunkelbraune, lockig kinnlange Haare, große Augen von einem so tiefen Blau, dass sie in dem düsteren Hausflur funkelten wie zwei lupenreine Saphire. Es war diese seltene und aparte Kombination der fast schwarzen Haare, zu diesen leuchtend blauen Augen, die Paula ein entzücktes Lächeln auf die Lippen zauberte.

Als Weberknecht dieses Lächeln charmant erwiderte, sah sie seine strahlend weißen Zähne aufblitzen. Ein wirklich gut aussehender Mann, der sich seiner Wirkung auf Frauen bewusst zu sein schien und der dennoch nicht herablassend oder überheblich wirkte. Ein Mann, der sicher kein Foto von einer jungen Thailänderin in seinem Geldbeutel verwahrte.

Sie nannte ihm ihren Namen und Dienstrang. Die tiefblauen Augen weiteten sich, das Lächeln erstarb. »Sind Sie sicher, dass Sie zu mir möchten?«, fragte er mit heller dünner Stimme, die sie befriedigt zur Kenntnis nahm. Wenigstens einen Makel hatte dieses Prachtexemplar von einem Mann.

»Ich fürchte, ja, Herr Weberknecht«, antwortete sie.

Daraufhin wurden sie eingelassen und in ein Wohnzimmer geführt, das mit Spanholzmöbeln und drei Birkenfeigen sparsam eingerichtet war – und in dem die Rollläden noch heruntergelassen waren. Weberknecht bot ihnen einen Platz an dem großen Tisch an, zog die Läden bis zur Fenstermitte hoch und setzte sich ihr gegenüber. Das wenige Licht, das ins Zimmer fiel, kam von hinten, sodass sein Gesicht nahezu ganz im Schatten lag. Nur die blauen Augen leuchteten.

»Wissen Sie schon von dem Mord an Herrn Jakobsohn?«, begann sie ohne Einleitung. Weberknecht schüttelte stumm und fragend den Kopf. In knappen Worten berichtete sie ihm von den Ereignissen in der Spenglerstraße. Dann wartete sie auf eine Reaktion.

Sie sah Schock und Ungläubigkeit in seinen Augen. Abwehrend verschränkte er die Arme vor der Brust, und in seinem Gesicht arbeitete ein stummer Protest gegen ihre Nachricht.

»Der Ulli tot? Das kann nicht sein. Das glaube ich einfach nicht.« Er sah sie ablehnend an, stand auf und stellte sich mit dem Rücken zu seinen Gästen ans Fenster.

»Das ist bestimmt eine Verwechslung. Nein, das kann nicht stimmen. Ulli kann nicht einfach von heut auf morgen … Und außerdem gibt es dafür auch keinen Grund, wirklich keinen, das …«

Sie ließ ihm Zeit, sich mit dem Ungeheuerlichen vertraut zu machen.

Als er sich ihnen mit starrem Blick wieder zuwandte, sah sie, wie sich eine Träne aus seinem rechten Auge löste und die Wange herunterkullerte.

Sie erzählte ihm auch von Heinrich, von der Tatwaffe, die dieser in der Hand gehalten hatte, als man ihn ohne Bewusstsein fand. Und von der medikamentös herbeigeführten Bewusstseinsminderung, in der sich ihr Kollege nun schon seit zwei Tagen befand.

»Herr Bartels ist nicht ansprechbar. Insofern ist es für uns sehr wichtig, dass wir zumindest mit Ihnen reden können. Sie sind derzeit unser einziger Zeuge, Herr Weberknecht.«

Er setzte sich wieder und sah sie nachdenklich an. »Kann ich ihn noch mal sehen, den Ulli?«

»Natürlich. Gern sogar. Es muss ihn nämlich jemand identifizieren. Ansonsten müssten wir seine Schwester bitten, die allerdings wenig Neigung dazu gezeigt hat.«

»Nein, das mache ich«, sagte Weberknecht bestimmt, fast barsch.

»Ulli war ja schließlich mein bester Freund. Ich will nicht, dass die das macht. Er würde das auch nicht wollen.«

»Gut. Wie schon gesagt, uns wäre das auch lieber. Wann haben Sie Ihren Freund denn zum letzten Mal gesehen?«

»Bei der letzten Schafkopfrunde am …«

»… vergangenen Samstag«, ergänzte sie vorschnell.

»Nein, nicht am letzten Samstag. Das war schon am Samstag zuvor.«

»Ach, dann ist Ihr Kartelabend am Ostersamstag ausgefallen?«, fragte sie erstaunt. Aber Heinrichs Großmutter hatte ihr doch erzählt, dass …

»Ja«, erwiderte Weberknecht. »Letzten Samstag war ja ein Feiertag, und an Feiertagen spielen wir nie oder besser: spielten wir nie. Das war schon von Anfang an so.«

»Wer ist eigentlich wir?«, hakte Paula nach. »Sagen Sie mir bitte die Namen Ihrer Schafkopfrunde.«

»Das sind Ulli oder war Ulli, dann Heinrich, Wolf-Rüdiger und ich.«

»Wolf-Rüdiger und wie noch?«

»Eigner.«

Sie zog den Block aus ihrer Tasche und notierte den Namen. »Also besteht beziehungsweise bestand Ihre Schafkopfrunde nur aus Ihnen, Jakobsohn, Bartels und Eigner. Oder spielten Sie einen Fünfer-Schafkopf?«

»Nein, nur wir vier. Sonst hätte ja auch immer einer aussetzen müssen. Das wollten wir nicht.«

»Immer in derselben Besetzung? Oder hatten Sie Ersatzmänner beziehungsweise Ersatzfrauen, die eingesprungen sind, wenn einer von Ihnen mal nicht konnte?«

»Nein. Wenn einer abgesagt hat, fiel das Spiel aus.«

»Haben Sie sich außer an diesen Samstagen auch sonst gelegentlich gesehen, gegenseitig besucht oder etwas gemeinsam unternommen?«

»Eigentlich nicht. Nur der Ulli und ich, aber auch das nur selten. Aber telefoniert haben wir oft, Ulli und ich. Mindestens jeden zweiten Tag.«

»Dann wissen Sie also nichts von diesem Treffen zwischen Herrn

Jakobsohn und Herrn Bartels und können uns gar nichts dazu sagen?«

»Nein. Ungewöhnlich ist das schon, sowohl das Treffen als auch, dass ich davon keine Ahnung hatte. Wie gesagt, nur an diesen Samstagen, wenn alle Zeit hatten, haben wir vier uns beim Ulli getroffen. Ulli hätte es mir auch sicher erzählt, wenn er vorgehabt hätte, sich mit Heinrich zu treffen. Ich kann mir das nicht erklären. Irgendwie passt das überhaupt nicht zu ihm.«

»Vielleicht hatten die beiden etwas zu besprechen, bei dem Sie nicht dabei sein sollten?«

»Quatsch«, sagte Weberknecht, und seine Stimme hatte einen beleidigten Ton, »zwischen uns gibt es keine Geheimnisse, gab es nie. Dieses Treffen war nicht geplant, da bin ich mir sicher. Heinrich ist überraschend bei ihm aufgekreuzt.«

»Erzählen Sie mir doch bitte mehr von Ihrem Freund. War er berufstätig, und wenn ja, was und wo hat Herr Jakobsohn gearbeitet?«

Weberknecht zögerte eine Weile mit der Antwort. »Nein, berufstätig war Ulli nicht. Derzeit jedenfalls nicht.«

»Seit wann denn nicht mehr?«

Wieder diese kleine Anstandspause. »Seit zwölf Jahren nicht mehr.«

»Aber er hatte schon einen Beruf erlernt, oder? Seine Schwester sagte uns, er habe Ingenieurwissenschaften studiert. Stimmt das?«

»Ja, das ist richtig. Wir, Ulrich und ich, haben uns während des Studiums in Erlangen kennengelernt. Ich habe auf Lehramt studiert und er Elektrotechnik. Wir haben beide im selben Jahr unser Studium beendet. Ich habe sofort einen Job als Lehrer gefunden, beim Ulli hat es etwas länger gedauert. Er hat dann bei Siemens angefangen, das war übrigens auch in Erlangen. Aber da ist er nicht lange geblieben. Das war nicht das, was er sich vorgestellt hatte. Und dann noch die Fahrerei jeden Tag hin und zurück. Ihm blieb gar keine Zeit mehr für seine Hobbys, das war ihm alles zu eng, zu beamtenhaft.«

Ein versunkener Blick in die Vergangenheit, dann fuhr Weberknecht fort: »Auf jeden Fall hat er gekündigt und sich was Neues gesucht. Dort, in seiner neuen Stelle, hat er es aber auch nicht lange ausgehalten. Damals war das mit dem Arbeitslosengeld ja noch wesentlich einfacher. So ging das ein paar Jahre, neuer Job, dann arbeitslos, wieder auf Arbeitssuche, bis er schließlich 2002 endgültig die Nase voll hatte. Seitdem war er ohne Arbeit.«

»Ja, geht denn das, zwölf Jahre ohne Arbeit? Wovon hat er denn dann zum Beispiel seine Miete bezahlt?«

»Ihm gehört«, antwortete Weberknecht, um sich sofort zu korrigieren, »ihm gehörte die Wohnung. Nachdem er geerbt hatte, hat er sie noch im selben Jahr gekauft. Und zu jener Zeit waren solche einfachen Wohnungen, zwei Zimmer, Bad, Küche, in Gostenhof noch relativ billig zu haben. Im Gegensatz zu heute.«

»Er hat geerbt? Wer war denn der Erblasser?«, fragte Paula verwundert.

»Na, seine Eltern. Die sind beide im selben Jahr, 2007, gestorben und hatten vor allem ein Haus in bester Lage zu vererben, in Ebensee. Seine Schwester musste ihm die Hälfte des damaligen Werts ausbezahlen, was sie im Übrigen nur sehr widerwillig gemacht hat.«

Hatte Frau Harrer nicht gesagt, da hätten ihre Eltern schon »vorgesorgt«, dass Jakobsohn nichts von dem Erbe zustand? Wem sollte sie nun glauben, der Schwester oder dem Freund? Sie ließ die Sache vorerst auf sich beruhen und fragte stattdessen: »Trotzdem, er musste ja auch von was leben. Hatte Herr Jakobsohn ein Auto?«

Weberknecht schüttelte den Kopf. »Er sagte immer, er brauche kein Auto. Das koste einen Batzen Geld, den er nicht habe. Außerdem, so war seine Argumentation, lebe er in der Großstadt, da komme man mit den Öffentlichen überallhin. Und fürs Verreisen war Ulrich eh keiner. Das wäre für den eine Strafe gewesen, irgendwo hinfahren zu müssen und tage- oder gar wochenlang ohne Musik auskommen zu müssen. Nein, nein, der war zufrieden mit seinem Leben, so wie es war. Der brauchte nicht viel.«

»Dann war er beim Arbeitsamt gemeldet? Bezog er Hartz IV?«

»Meines Wissens nicht«, lautete die knappe Antwort. Sie spürte, wie Weberknecht ihr gegenüber zunehmend distanzierter wurde. Er, der seine Antworten bislang so beiläufig rauslaufen ließ, log jetzt offensichtlich. Er wusste mehr, als er zu sagen bereit war. Paula ließ ihm das durchgehen und beschloss, sich ahnungslos zu stellen.

»Seltsam. Aber vielleicht hatte Herr Jakobsohn ja Ersparnisse, von denen er noch zehrte?«

Auch auf diese Frage erhielt sie keine Antwort, nur eine Gegenfrage. »Was interessiert Sie denn sonst noch an Ulrich?«

Da holte sie die Kopie von Klaus Zwo aus ihrer Tasche und legte sie seitenverkehrt auf den Tisch, sodass Weberknecht sie sehen konnte.

»Haben Sie diese Frau schon mal gesehen?«

Nach längerem Studium sagte er: »Nein. Nicht persönlich, meine ich.« Pause. Dann: »Aber er hatte ein Foto von ihr in dem Regal direkt über seinem Plattenspieler stehen.«

Warum hatte sie dieses Foto dann nicht bemerkt?, fragte sich Paula. Einfache Erklärung: weil es nicht da stand, das wäre ihr mit Sicherheit aufgefallen.

»Und was hat er von dieser jungen Frau erzählt? Wo hat er sie kennengelernt, hatte er noch Kontakt zu ihr, besuchte er sie? Oder besuchte sie ihn?«

Wieder blieb ihre wichtigste Informationsquelle ihr die Antwort diskret schuldig. Weberknecht versuchte, mit einem so nonchalanten wie uninteressierten Achselzucken über all diese Fragen hinwegzugehen. Doch diesmal tolerierte sie seine vorgebliche Ahnungslosigkeit nicht.

»Wissen Sie, ich glaube Ihnen das nicht, dass Sie von dieser Beziehung keine Ahnung haben. Sie waren ein guter Freund von Herrn Jakobsohn, kennen ihn seit Jahrzehnten, telefonieren alle zwei Tage mit ihm, und da wollen Sie mir erzählen, dass Sie von dieser Geschichte nichts wissen? Weil es Ihnen wahrscheinlich peinlich ist, dass Herr Jakobsohn eine Thailänderin oder Vietnamesin, was weiß ich, als Freundin hatte. Das muss es nicht. Wir sind keine Moralapostel. Wir haben einen Mord aufzuklären, bei dem Sie uns behilflich sein können und sollen.«

Nachdem er immer noch beharrlich schwieg, setzte sie mit Nachdruck hinzu: »Wir werden sowieso herausbekommen, was es damit auf sich hatte. Ihnen ist es doch auch lieber, wir bekommen von Ihnen nähere Informationen dazu als von jemand anderem, der über diese Beziehung vielleicht abfällig und herabsetzend spricht, oder?«

Aus den Augenwinkeln registrierte sie, wie Eva Brunner ihr bestätigend zunickte. Sie sah Weberknecht direkt in die Augen. Und wartete.

Schließlich antwortete er mit dieser dünnen Stimme, die jetzt noch brüchiger klang: »Das Verhältnis zu Phinyoyos, übrigens eine Thailänderin, keine Vietnamesin, ist anders, als es vielleicht für Außenstehende aussehen mag. Ulli hatte diese Frau richtig gern, das hat er oft gesagt: ›Mein Schneckala, ich hol dich nach Deutschland, dann brauchst du nicht mehr auf die Straße.‹ Und das hat er ernst gemeint, glauben Sie mir. Kennengelernt hat er sie während eines Urlaubs in Thailand. Das war aber nicht seine Absicht, als er dorthin fuhr, er wollte nicht in erster Linie, na, Sie verstehen schon …«

Sie deutete ihr Verstehen, nicht ihr Verständnis, mit einem millimeterkurzen Kopfnicken an.

»Er wollte einfach auch mal raus und was anderes sehen als immer nur seine Wohnung. So hat er halt 2007 diese Gruppenreise gebucht, gar nicht so teuer, zwei Wochen Thailand, ein Badeurlaub mit Ausflügen zu den wichtigsten Kulturstätten. Ja, und da hat er sie kurz vor seiner Abreise kennengelernt und sich sofort in sie verliebt.«

»Ist er später noch mal nach Thailand geflogen?«

»Ja, jedes Jahr. Und jedes Mal hat er sich wie ein kleines Kind auf sie gefreut. Sechs Wochen war er dann fort. Immer zu Anfang Februar bis Anfang März. Wenn er wieder hier war, brauchte er lange, um sich wieder in sein Singledasein einzufinden.«

Hatte Weberknecht nicht soeben behauptet, »fürs Verreisen war Ulli eh keiner«? Das wäre eine Strafe für ihn gewesen? Also hatte er sie angelogen. Oder er sah diese Fernreisen nicht als solche, sondern unter dem Aspekt der Zusammenkunft, als Stippvisiten mit Besuchscharakter. Sie ließ diesen Widerspruch auf sich beruhen; er spielte momentan keine Rolle.

»Dann habe ich nur mehr eine Frage: Hatte Herr Jakobsohn mit jemandem Streit?«

»Nein«, kam es wie aus der Pistole geschossen und damit zu schnell, um Paula zu überzeugen.

»Aber vielleicht fällt Ihnen ja ein Grund ein für den Mord an

Ihrem Freund? Wer könnte denn ein Motiv gehabt haben, Herrn Jakobsohn zu töten? Bitte überlegen Sie genau, lassen Sie sich Zeit für diese Antwort.«

Doch Weberknecht hatte bereits, während sie ihre Frage stellte, den Kopf geschüttelt. »Nein, da gibt es keinen Grund, wirklich nicht. Außerdem war der Ulli jemand, der jedem Streit, ach was Streit, jeder kleinsten Unstimmigkeit beharrlich aus dem Weg ging. Das hab ich ihm auch manchmal vorgeworfen. Dass er so wetterwendisch sei. Bei Differenzen ist er sofort eingeknickt. Und Menschen, die er nicht mochte oder umgekehrt: die ihm einmal blöd kamen, hat er rigoros aus seinem Bekanntenkreis gestrichen. Er war halt sehr auf Harmonie bedacht, schon immer.«

Kurze Pause, dann der Nachsatz: »Eben darum kann ich es fast gar nicht glauben, dass ihn jemand umgebracht hat. Und vor allem auch: warum? Er hatte doch nichts, bis auf seine Wohnung und seine Plattensammlung. Selbst die Stereoanlage war höchstens Mittelmaß.«

»Wie war eigentlich sein Verhältnis zu seinem Nachbarn, diesem …«

»Zu Julian Lustig? Ach, anfangs sehr gut. Dann nicht mehr. Nach diesem Vorfall.«

»Nach welchem Vorfall?«

»Ich glaube nicht, dass das hierhergehört«, versuchte Weberknecht, sich einer Antwort zu entziehen.

»Das gehört mit Sicherheit hierher! Also, was hat es mit dieser Sache auf sich?«

»Na ja, Lustig raucht halt gern ab und zu einen Joint. Das ist ja nicht weiter schlimm, finde ich. Aber er hatte oder hat, das weiß ich jetzt nicht, auf seinem Balkon etliche Cannabispflanzen stehen, natürlich versteckt, sodass sie niemand sieht. Und auf diese Pflanzen sollte der Ulli im letzten Sommer, als Lustig für zwei Wochen nicht da war, aufpassen, das heißt: sie regelmäßig gießen. Das hat er bewusst nicht gemacht. Ulrich war nämlich der Meinung, solches Zeug braucht kein Mensch, da sei der Einstieg in härtere Drogen schon vorprogrammiert. Er hat das als reine Erziehungsmaßnahme gesehen. Die ist aber nicht gut angekommen bei Herrn Lustig. Seitdem war ihr Verhältnis auf jeden Fall merklich abgekühlt.«

Sie war überrascht. Eine derart moralische Gesinnung hätte sie dem Raucher und Rockfan nicht zugetraut.

»Und wie war das Verhältnis von Herrn Jakobsohn zu seinen anderen Nachbarn? Wie ist er mit den übrigen Hausbewohnern ausgekommen?«

»Gut, denke ich. Er hat auf jeden Fall nichts Gegenläufiges in der Richtung verlauten lassen.«

»Sollte Ihnen doch noch etwas einfallen, was uns helfen könnte, den Mörder Ihres Freundes zu finden, dann rufen Sie mich bitte an«, sagte sie abschließend.

»Und noch eine Bitte habe ich an Sie: Sie erzählen niemandem – niemandem! – von unserem Gespräch hier. Weder von meinen Fragen an Sie noch über eine dieser Informationen, die ich Ihnen in diesem Zusammenhang notwendigerweise zukommen lassen musste. Das ist ganz wichtig.« Ihr war nämlich soeben aufgefallen, dass sie Weberknecht gegenüber ganz und gar nicht notwendigerweise, sondern höchst unprofessionell Heinrichs Rolle in diesem Fall ausgeplaudert hatte. »Ist das klar?«

Weberknecht nickte. »Aber die Tatsache, dass Ulrich tot ist beziehungsweise ermordet wurde, die darf ich schon weitergeben, an Wolf-Rüdiger zum Beispiel?«

»Ja, das schon. Aber das ist auch alles.«

Bevor sie gingen, wiederholte Weberknecht seine Bitte, den Freund identifizieren zu dürfen. »Vielleicht glaube ich es ja dann. Wenn ich ihn tot vor mir sehe.«

Als Paula Steiner und ihre Mitarbeiterin die Roritzerstraße überquerten, sagte Eva Brunner: »Warum haben Sie Weberknecht nicht nach seinem Alibi gefragt?«

»Das mache ich schon noch. Aber heute hätte ich es für unpassend gehalten.« Nach einer Weile setzte sie hinzu: »Und ich bin Ihnen dafür dankbar, dass Sie es auch nicht gemacht haben. Das war in dem Fall vollkommen richtig.«

»Glauben Sie die Geschichte mit dieser Thailänderin? Dass das die ganz große Liebe war?«

»Puh, ich weiß nicht. Aber ich gehe doch davon aus, dass Jakobsohn sie sehr gern gehabt hat. Wenn er schon dieses Foto von ihr in seinem Wohnzimmer aufstellt. Er hat sich ja damit öffentlich zu ihr bekannt.«

»Und warum hat er sie dann nicht, wie er versprochen hatte, nach Deutschland geholt, zu sich?« In der Form eine Frage, im Ton ein einziger Vorwurf.

»Tja, auch das weiß ich nicht. Vielleicht dachte er, er verfügt nicht über ausreichend Geld, dass es für sie beide reicht. Oder ...«

»Das glaube ich nicht«, unterbrach Eva Brunner sie ungehalten. »Ich glaube, dass das genau so war, wie man es sich vorstellt, wenn alleinstehende Männer nach Thailand fliegen. Von wegen große Liebe und ›Ich hol dich nach Deutschland‹! Das ist doch alles bloß Gerede!«

Insgeheim musste sie ihrer Mitarbeiterin zustimmen. Auch wenn sie in den Fotos im Wohnzimmer und im Geldbeutel den Versuch Jakobsohns erkannte, seine Beziehung zu dieser Thailänderin vor sich und vor anderen aufzuwerten. Und Heinrich? Warum war der eigentlich nach Thailand geflogen? Was waren seine Gründe dafür gewesen? Wirklich nur ein Bade- und Kultururlaub? Und warum hatte er dann diese Reise vor ihr geheim gehalten? Weil er peinliche Nachfragen fürchtete?

Diese Postkarte in der Bartels'schen Wohnzimmervitrine musste sie nochmals in Augenschein nehmen. Und wenn es nur deswegen war, um einen solchen Verdacht auszuschließen. Nein. Nein, nein, Heinrich war von diesem ungeheuren Verdacht frei. So etwas hätte er nicht gemacht. Was sollte auch jemand, der jeden Tag sein Quantum Wagner brauchte, in Thailand? Unvorstellbar. Aber als Reisenden in Sachen Kultur vermochte sie sich ihn auch nicht vorzustellen. Und baden kann man im Mittelmeer preiswerter und unaufwendiger ...

Richtig enttäuscht war sie dagegen von Jakobsohn. Und auch von sich selbst, von ihrer grandiosen Fehleinschätzung. Wie war sie nur darauf gekommen, dass Männer mit einer solch exquisiten Plattensammlung etwas Besseres seien?

Manche ihrer Ansichten waren doch recht antiquiert, so ihre Selbstkritik.

Sie sah auf die Uhr. Kurz nach eins.

Als Eva Brunner wieder hinter dem Steuer Platz genommen

hatte, fragte sie: »Sollen wir jetzt gleich zu diesem Eigner fahren oder erst ins Präsidium, Mittag essen?«

»Weder noch. Wir besuchen jetzt Herrn Bartels. Zum Nordklinikum ist es ja nicht weit.«

»Muss ich da mit?«

Sie spürte Widerstand. »Müssen? Ich weiß nicht, ob das der richtige Ausdruck ist. Ich dachte, Sie haben ein Interesse, einmal nach Ihrem Kollegen zu schauen. So wie er das im umgekehrten Fall mit Sicherheit tun würde. Aber wenn Ihnen das so zuwider ist, dann warten Sie halt im Auto.«

»Nein, ich kann schon mitgehen.«

»Das meine ich aber auch.«

Schweigend fuhren sie zur Flurstraße, schweigend gingen sie zum Haus 14 E, und auch, als sie den Gang entlang zu Heinrichs Zimmer liefen, wechselten sie kein Wort. Als sie an die Tür klopfte, ertönte von hinten der Ruf: »Herr Bartels ist nicht mehr da, also nicht mehr in diesem Zimmer.«

Sie drehte sich um und sah Schwester Ulrike, die auf sie zukam. »Warum, wo ist er denn jetzt?«

»Er wurde verlegt. Kommen Sie doch bitte mit nach vorne. Ich muss Ihnen etwas sagen. Aber nicht hier auf dem Gang.«

Mit einem bangen Gefühl folgte sie der Schwester. Hatte sich Heinrichs Zustand dramatisch verschlechtert, sodass man ihn verlegen musste? Und warum konnte man ihr das nicht hier auf dem Gang, der frei von Patienten war, sagen?

Als sie in dem winzigen Schwesternzimmer standen, setzte sich die Schwester und machte eine einladende Handbewegung. Paula blieb demonstrativ stehen.

»Also, was ist mit Herrn Bartels? Warum wurde er in eine andere Abteilung gebracht?«, fragte sie ungeduldig.

»Bitte setzen Sie sich doch, es spricht sich dann viel entspannter.«

»Ich will mich nicht entspannen, ich will jetzt augenblicklich wissen, was mit Herrn Bartels ist!« Dabei rutschte sie wider Willen stimmlich höher, in Schärfe und Lautstärke.

»Herr Bartels wurde nicht auf eine andere Abteilung verlegt, sondern lediglich in ein anderes Zimmer. Zu seiner Sicherheit. Herr Bartels hatte heute gegen zehn Uhr Besuch. Mein Kollege,

Herr Überall, sah, wie ein Mann in das Zimmer ging, und ist ihm gefolgt. Und sein Misstrauen war auch berechtigt: Der Besucher hatte schon die Magensonde, also den Schlauch, mit dem Herr Bartels künstlich ernährt wird, aus der Nase herausgezogen und hielt sie in der linken Hand, in der rechten hatte er ein Fläschchen.«

Paula starrte die Schwester sprachlos an.

»Wir alle sind sehr froh, dass Herr Überall so wachsam war. Er ist gerade noch rechtzeitig dazugekommen. Herrn Bartels ist dadurch kein Schaden entstanden, nicht der geringste, glauben Sie mir, Frau Steiner. Trotzdem haben wir ihn sicherheitshalber verlegen lassen. Das wird sich nicht wiederholen.«

Paula war so perplex, dass sie sekundenlang schwieg. Sie machte sich Vorwürfe, nicht besser auf Heinrich aufgepasst zu haben. Das hätte sie sich doch denken müssen! Dass Jakobsohns Mörder nicht seelenruhig abwarten würde, bis Heinrich wieder aus der Narkose erwachte.

»Das wird sich auch nicht wiederholen«, sagte sie leise, mehr zu sich als zu Schwester Ulrike. »Herr Bartels wird ab sofort von uns bewacht. Oder haben Sie selbst schon um Polizeischutz für ihn gebeten?«

»Nein. Wie gesagt: Es ist ja nichts passiert. Und dort, wo er jetzt liegt, ist er gut aufgehoben.«

Es war die Lässigkeit, mit der diese Aussage vorgebracht wurde, die Paula in Rage brachte.

»Woher wissen Sie denn so genau, dass ihm dabei nichts passiert ist? Und dann: Warum soll er dort besser aufgehoben sein als hier? Sie selbst waren es doch, die mir sagte, Herr Bartels sei bei Ihnen sicher, da bräuchte ich mir keine Sorgen zu machen.«

»Zu Ihrer ersten Frage: Dr. Morgenstern hat ihn sofort nach diesem Zwischenfall eingehend untersucht und nichts feststellen können. Nun zu Ihrer anderen Frage: Dort, wo Herr Bartels jetzt ist, haben selbst Angehörige nur zu bestimmten Zeiten Zutritt. Er wird von uns selbst quasi rund um die Uhr bewacht. Es liegt also kein Grund vor, sich Sorgen zu machen oder sich aufzuregen.«

Doch Paula hatte sich mittlerweile in eine Übellaunigkeit hineingesteigert, bei der auch sachliche Anmerkungen wie diese notwendig zur Polemik gerieten.

»Wann ich mir Sorgen mache und in welchem Ausmaß ich mich aufrege, das überlassen Sie bitte mir«, konterte sie laut. »Sie oder einer Ihrer Kollegen haben diesen versuchten Mordanschlag bestimmt sofort der Polizei gemeldet, oder? Und Ihr Kollege, der dem Mann in das Zimmer von Herrn Bartels gefolgt ist, wird diesen doch hoffentlich festgehalten haben, oder nicht?«

Verblüfft und erschrocken sah die Schwester sie an.

»Nein. Das war leider nicht möglich. Er hat sich ja erst um Herrn Bartels kümmern müssen. Und das hat dieser Mensch genutzt und ist verschwunden, einfach herausgerannt. Aber im Grunde ist ja Gott sei Dank nichts passiert.«

»Nichts passiert? So sehen Sie das. Interessant. Ich sehe das anders.«

Da meldete sich Eva Brunner, die bislang geschwiegen hatte, tadelnd zu Wort. »Jeder Bürger ist verpflichtet, ihm bekannt gewordene Straftaten zur Anzeige zu bringen. Tut er dies nicht, kann er nach Paragraf 258 StGB wegen Strafvereitelung belangt werden. Und es spielt keine Rolle bei der Strafverfolgung, ob die Straftat zu Ende geführt wird oder nicht.«

In Paulas Ohren klang das ein wenig oberlehrerhaft, schien aber genau der Ton zu sein, der auf Schwester Ulrike Eindruck machte.

»Das wollten wir ja auch, diesen Vorfall zur Anzeige bringen«, verteidigte sie sich. »Wir wissen doch, dass Sie, Frau Steiner, jeden Tag Herrn Bartels besuchen. Da dachten wir eben, das können wir gleich bei Ihnen melden, oder geht das nur auf einer Polizeiwache?«

»Nein, das machen wir gleich hier«, bestimmte Paula. »Aber erst nachdem ich Polizeischutz für Herrn Bartels beantragt habe. Sie, Frau Brunner, lassen sich zu seinem Zimmer führen und werden dort Wache halten, bis Sie ein Kollege ablöst. Und dass das bald der Fall sein wird, dafür werde ich sorgen.«

Dann wandte sie sich wieder der Schwester zu: »Und Sie bringen mir bitte unverzüglich den Pfleger her, diesen Herrn Überall.«

Nachdem Schwester Ulrike und Eva Brunner gegangen waren und sie das kleine Zimmer für sich allein hatte, setzte sie sich erst mal. Dachte über diesen Vorfall nach und auch darüber, welche Auswirkungen er hatte. Auf Frau Brunner schien er schon mal starken Eindruck gemacht zu haben, anders waren deren verkniffene

Belehrungen der Schwester gegenüber nicht zu erklären. Die Jungpolizistin war offensichtlich von ihrem bisherigen Glauben abgekommen, dass Heinrich »seine Finger bei dem Mord mit im Spiel hatte« und »wir auf jeden Fall auch in diese Richtung ermitteln sollten«. Das war gut. Gut für Heinrich und gut für sie, Paula Steiner. Sie musste jetzt nur dafür sorgen, dass auch die anderen, jene, bei denen Heinrich eben nicht über jeden Verdacht erhaben war, zu dieser Ansicht gelangen konnten.

Als sie Fleischmanns Nummer auf ihrem Handy eingab, umspielte ihre Lippen ein selbstgerechtes, fast schon überhebliches Lächeln.

Sie musste eine Weile warten, erst beim sechsten Läuten meldete sich ihr Chef. In knappen Worten berichtete sie ihm von dem »Mordanschlag«, der zwar gottlob fehlgeschlagen sei, doch um ein Haar gelungen wäre – wenn es da nicht diesen aufmerksamen Krankenpfleger gegeben hätte.

Aufgrund dessen habe sie Herrn Bartels auf ein anderes Zimmer verlegen lassen. Das Klinikum habe sich zwar anfangs etwas geziert, aber letztendlich ihrer Anweisung doch stattgegeben. Als zusätzliche Sicherheitsmaßnahme habe sie Frau Brunner vor dem Zimmer postiert. Natürlich nur vorübergehend, denn schließlich sei sie auf die Mitarbeit ihrer Kollegin dringend angewiesen, zumal nach dieser dramatisch veränderten Sachlage. Sie hoffe nur, bei alldem richtig gehandelt zu haben. Das sei doch auch in seinem Sinne gewesen, oder?

Eine lange Zeit hörte sie nichts. Sie deutete das als gutes Zeichen. Dann versicherte ihr Fleischmann: »Natürlich, Frau Steiner, war das richtig. Nur zu Ihrer Kenntnis, Kriminaldirektor Bauerreiß ist gerade bei mir und hört mit.«

Noch besser, jubilierte sie innerlich.

»Gut, was also schlagen Sie vor?«, fragte Fleischmann.

»Ja, wie gesagt, ich kann auf Frau Brunner nicht verzichten. Vielleicht kann einer von Trommens Mitarbeitern den Wachdienst übernehmen? Oder sollen wir die Kollegen von der Polizeiinspektion Nord damit beauftragen? Da bin ich überfragt. Ich weiß ja nicht, inwieweit die Kommission 1 derzeit in vorrangige Ermittlungen eingebunden ist.«

Eigentlich war ihr das auch egal, wer nun hier im Nordklinikum das Hausrecht herstellte, ob die Kommission 1 oder die Kollegen von der Inspektion. Na, vielleicht nicht ganz egal. Im Stillen hoffte sie schon darauf, Fleischmann würde mit dieser öden und unspektakulären Aufgabe einige von Trommens Männern beauftragen. Das würde allen guttun, vor allem dem Kommissionsleiter. Sie sah das als eine Art tätige Reue für deren Verdacht gegenüber Heinrich.

Im Hintergrund vernahm sie Bauerreiß' metallisch-schnarrende Stimme, dann Fleischmann: »Haben Sie akustisch verstanden, was Herr Bauerreiß sagte, Frau Steiner? Nein? Also, wir, der Herr Kriminalrat und ich, sind der Meinung, dass der Wachdienst von uns übernommen werden sollte. Das sind wir unserem Kollegen einfach schuldig. Ich werde veranlassen, dass Frau Brunner in der nächsten halben Stunde abgelöst wird.«

Als sie sich verabschieden wollte, hängte Fleischmann die Frage an: »Und Sie sind sich sicher, dass Sie bei den Ermittlungen jetzt niemanden zusätzlich brauchen?«

»Ja, da bin ich mir ganz sicher«, antwortete sie. Dann legte sie auf, überaus zufrieden mit diesem Telefonat. Jetzt waren präsidiumsintern ein für alle Mal sämtliche Zweifel an Heinrichs Täterschaft ausgemerzt.

Erst als sie ihr Handy in der Tasche verstaute, nahm sie den blonden Pfleger wahr, dem sie bei ihrem ersten Besuch mit einer Dienstaufsichtsbeschwerde gedroht hatte und der nun im Türrahmen fragend auf sie herabsah.

»Meine Kollegin hat mir gesagt, ich soll mich bei Ihnen melden. Hier bin ich.«

»Ach«, erwiderte sie, wobei ein Quäntchen Bedauern mitklang, »dann sind Sie also derjenige, der den Anschlag auf Herrn Bartels abgewehrt hat?« Ausgerechnet diesem Pfleger, der noch vor wenigen Tagen Heinrich einen Mörder genannt hatte, musste sie nun dankbar sein.

Um nicht auf die Debatte von Sonntagabend zurückzukommen, fragte sie: »Könnten Sie mir den Mann bitte beschreiben?«

»Tja, viel hab ich von ihm nicht gesehen. Er ist ja gleich aus dem Zimmer gestürmt, als ich hereinkam. Das war eine Sache von ein, zwei Sekunden.«

»Gut, dann also der Reihe nach. Größe?«

»Er war nicht groß, aber auch nicht klein. Mittelgroß eben, ganz normal.«

»Und was ist für Sie normal?«, fragte sie und legte Block und Kugelschreiber auf den Tisch.

»Ich weiß nicht, vielleicht eins fünfundsiebzig?«

»Also ein Meter fünfundsiebzig«, notierte sie, dann forderte sie den Pfleger auf: »Bitte setzen Sie sich doch«, und fragte weiter: »Dick oder dünn?«

»Weder noch. Normal, ganz normal würde ich sagen.«

Sie spürte, wie die Ungeduld an ihren Nerven zerrte. Und an ihrer Stimme. Forscher als beabsichtigt setzte sie nach: »Sie werden sich doch an seine Statur erinnern können. An irgendetwas davon. Also, was ist bei Ihnen normal?«

»Ich weiß net. Hm, ich bin normal zum Beispiel.«

»Weiter. Haar- und Augenfarbe?«

Entrüstet sah er sie an. »Das weiß ich doch nicht. Er hatte eine Mütze auf. Glaub ich zumindest. Möglich ist es. Und welche Farbe seine Augen hatten, das kann ich Ihnen nicht sagen. Weiß ich nicht. Wie gesagt, das war ja eine Sache von nur ein paar …«

»Jaja, ich weiß: von ein paar Sekunden. Okay. Aber vielleicht können Sie sich ja an seine Kleidung erinnern. Welche Farbe hatte die Hose, welche seine Jacke? Oder an irgendetwas an ihm, das aus dem Rahmen fällt? Jedes Detail kann da hilfreich sein, Herr Überall. Jedes Detail.«

»Kleidung?«, wiederholte der Pfleger abwägend. Diesmal ließ er sich für seine Antwort Zeit. Zeit, die Paula ihm gerne gewährte, weil sie darauf hoffte, er würde sie für eine detailliertere Beschreibung nutzen. Sie hoffte vergebens.

»Vielleicht, dass er graue Hosen anhatte. Sie können aber auch schwarz gewesen sein. Oder braun. Dunkelbraun vielleicht. Und die Jacke? Vielleicht trug er ja auch gar keine Jacke. Sondern ein Sweatshirt?«, fragte er sie.

»Mensch, ich bin doch nicht der Zeuge, sondern Sie!«, schrie sie ihn an. Sie hatte genug von ihm, von seinen Vielleichts, seinen Normals, seinen Ich-weiß-nets. »Ich war doch nicht dabei.«

Paula Steiner hatte in ihrem langjährigen Berufsleben schon

etliche Zeugen von diesem Kaliber vernommen, die sich an rein gar nichts mehr erinnern konnten. Und immer hatte sie für deren Gedächtnisschwäche großes Verständnis gezeigt. Schließlich handelte es sich bei den Tathergängen doch meist um Ausnahmesituationen, bei denen das Erinnerungsvermögen in ihren Augen schon mal kapitulieren durfte. Aber hier nicht, hier war das anders, denn hier ging es um Heinrich. Hier versagte ihr Verständnis für solche Unaufmerksamkeit.

Sie schloss die Augen und zwang sich, ruhig und beherrscht zu bleiben. Schließlich war es ja Herr Überall, dem sie es zu verdanken hatte, dass Heinrich noch lebte.

Dann sagte sie mit all der Freundlichkeit, die ihr im Moment zur Verfügung stand – und das war nicht übermäßig viel: »Das heißt: Auch daran können Sie sich nicht erinnern.« Es sollte wie eine Frage klingen, war aber im Ton eine einzige Maßregelung.

»Nein.« Mit einem zaghaften Lächeln schob er ein bedauerndes »Leider nicht« nach.

»Gut, dann wär es das auch schon. Irgendwann in den nächsten Tagen müssen Sie ins Präsidium kommen, um das Protokoll zu unterschreiben. Sie können jetzt gehen.«

Kurze Zeit darauf, nachdem der Pfleger das Schwesternzimmer schon verlassen hatte, kehrte er noch einmal zurück und verkündete triumphierend: »Ha, mir ist doch noch was eingefallen. Und da bin ich mir hundertprozentig sicher: Der Mann trug einen Schnauzer. Ganz bestimmt. Vielleicht, dass Ihnen das die Suche leichter macht?«

Da lächelte sie ihn an, und diesmal war es ein aufrichtiges, fast schon herzliches Lächeln. »Auf jeden Fall. Das ist doch schon mal was. Danke.« Das war gelogen. Ein Schnauzbart als singuläre Täterbeschreibung gab gar nichts her.

»Und auch dafür möchte ich Ihnen an dieser Stelle nochmals danken, dass Sie gerade im richtigen Augenblick nach Herrn Bartels gesehen haben und somit wahrscheinlich großen Schaden abgewendet haben. Vielen Dank.« Nach der Lüge sprach sie diesmal die Wahrheit.

Eine halbe Stunde später meldete sich Jörg Winkler bei ihr, er sei »bereit zur sofortigen Wachablösung der Kollegin Brunner«. Er trug seine Uniform, wozu er nicht verpflichtet war und was sie als eine Art Reverenz vor Heinrich deutete. Oder überinterpretierte sie seinen Aufzug? Auf jeden Fall schien er nicht verärgert oder gar unwillig zu sein über diese Verpflichtung zu einem derart öden und so gar nicht beförderungsnützlichen Dienst. Also musste Fleischmann ihm das Wacheschieben auf irgendeine Art und Weise schmackhaft gemacht haben. Aber auf welche?

Eine weitere halbe Stunde später hatte Winkler vor Heinrichs Zimmer Platz genommen, wovon sie sich selbst überzeugt hatte, und sie kurz nach Heinrich gesehen. Dann bat sie um eine Unterredung mit Dr. Morgenstern. Er eröffnete ihr, dass man seit gestern die Medikamentengabe beendet und bereits den ersten Aufwachversuch unternommen habe.

»Dann ist Herr Bartels ja bald wieder bei vollem Bewusstsein. Wann genau denn?«, fragte sie.

»Das kann ich Ihnen leider nicht sagen. Nicht auf die Stunde genau. Jeder Patient reagiert verschieden darauf. Aber spätestens morgen ist damit zu rechnen.«

Schließlich verließ sie mit Eva Brunner das Krankenhaus. Als sie in den BMW stiegen, zeigte sich der Himmel in eindrucksvollen Vorgewitterfarben. Graublaue Wolken, durch die helle irisierende Lichtstrahlen schnitten, lasteten auf der Stadt. Es war ein so übernatürlich schönes wie gleichzeitig abgrundtief kitschiges Bild, dass sie irritiert war. Hier die pure Ästhetik, da die reine Geschmacklosigkeit, ging das überhaupt zusammen? Oder bildete sie sich das nur ein? Frau Brunner dazu befragen zu wollen, schien aussichtslos. Denn die starrte völlig unbeeindruckt von diesem Naturschauspiel aus dem Fenster, kopfschüttelnd und in offensichtlicher Zwietracht mit sich selbst.

6

Als sie am Friedrich-Ebert-Platz standen, sah sie kurz auf ihre Armbanduhr – schon fünf nach drei. Für ein Mittagessen in der Kantine war es zu spät.

»Sollen wir unterwegs noch irgendwo halten und etwas essen, oder können wir gleich zu diesem Eigner fahren?«

»Ich habe keinen Hunger«, antwortete Eva Brunner, »wegen mir können wir gerne weitermachen.«

»Apropos Eigner: Haben Sie sich schon seine Daten besorgt?«

»Ja, während ich vor Heinrichs Zimmer saß, hab ich mich schlaugemacht. Wolf-Rüdiger Eigner, sechsundfünfzig Jahre, ledig, keine Vorgänge. Wohnhaft in der Steuerwald-Landmann-Straße. Die ist in St. Jobst, wenn Sie also …«

»Die Steuerwald-Landmann-Straße kenne ich gut«, unterbrach Paula sie, »meine Mutter wohnt dort in der Nähe.«

Auf dem Weg in den Nürnberger Osten herrschte in dem BMW grüblerisches Schweigen. Erst als Paula den Wagen vor einem schicken Bungalow aus den sechziger Jahren geparkt hatte, brach Eva Brunner die gedankenvolle Stille.

»Frau Steiner, hat die Zeugenvernehmung im Krankenhaus eigentlich was gebracht, was uns bei der Suche weiterhelfen könnte?«

»Nein«, Paula lachte kurz und bitter auf, »gar nichts. Nichts, außer dass der Verdächtige männlichen Geschlechts ist und Träger eines Schnurrbarts. Aber selbst der muss nicht echt sein, den kann er sich ja als Tarnung angeklebt haben.«

»Schade. Dann haben wir also in diesem Fall bisher gar nichts in der Hand.«

Obwohl sie ihrer Mitarbeiterin insgeheim zustimmen musste, erwiderte sie betont zuversichtlich: »Gar nichts ist jetzt auch übertrieben. Wir kennen den Tatort, die Waffe, und wir wissen, dass Jakobsohns Schwester uns angelogen hat, was die Erbschaft angeht. Außerdem hasst sie ihn, sogar über seinen Tod hinaus. Was mir schon seltsam vorkommt. Beide mussten ja nicht am Hungertuch nagen. Von den zweien hat offenbar jeder bekommen, was er wollte. Sie das Haus, er das Geld. Warum dann dieser Hass bei ihr?«

»Komisch ist auch«, ergänzte Eva Brunner, »dass die Harrer steif und fest behauptet, ihre Söhne hätten die letzten Jahre keinen Kontakt zu ihrem Onkel gehabt. Auch wenn Sie da anderer Meinung sind, das glaube ich einfach nicht. Ich bin überzeugt, die hat uns auch in diesem Punkt angelogen. Die müssen sich doch …«

Paula teilte zwar die Anschauung ihrer Mitarbeiterin nach wie vor nicht, schwieg aber dazu. Als sie den Zündschlüssel abzog, ergoss sich von der Beifahrerseite ein Redeschwall, erst leise und kleinlaut, dann lautstark und erregt.

»Es tut mir so leid, dass ich den Heinrich anfangs im Verdacht hatte, er könnte mit dieser Sache mehr zu tun haben als … na, Sie wissen schon. Richtig leid. Auch wenn er das ja nicht gehört hat. Er weiß ja nix von meinen Verdächtigungen. Bin ich froh, dass … Und Sie, Frau Steiner, bewundere ich dafür, dass Sie das von Anfang an konsequent ausgeklammert haben. Ich weiß auch nicht, wie ich darauf gekommen bin. Aber es heißt ja immer, man muss auch das Undenkbare, das Unvorstellbare bei seiner Arbeit als Polizistin in Betracht ziehen. Das wird doch von einem erwartet, dass … Oder?«

Paula verkniff sich bewusst und – wie sie fand – sehr selbstbeherrscht eine Antwort darauf. Sie wusste, dass diese im besten Fall verletzend und im schlimmsten unversöhnlich ausgefallen wäre. Diesen Taumel zwischen Schuldbeladenheit und Schuldabwehr musste Frau Brunner schon mit sich allein ausmachen.

Und das tat sie auch. Nach einer kurzen Bedenkzeit beantwortete sich Eva Brunner nämlich ihre rhetorische Frage selbst, wieder mit dem für sie so typischen Wortreichtum.

»Aber man muss auch wissen, wo man eine Ausnahme macht. Das muss ich, glaub ich, noch lernen. Nicht nur das, aber das eben auch. … Da hätte ich ja wirklich selber drauf kommen können, dass Heinrich als Täter nicht in Frage kommt, dass er da in eine Falle getappt ist, die man ihm gestellt hat. Eine so raffinierte Falle, dass sogar ich drauf reingefallen bin. Aber in keinster Weise ist er … Mit dem ganzen Nach-allen-Seiten-offen-Bleiben sieht man oft das

Naheliegende nicht mehr, den Wald vor lauter Bäumen, sodass … Das haben Sie mir voraus, Frau Steiner, also nicht nur das, aber Sie wissen, wo man …«

Irgendwann, nach einem kurzen prüfenden Seitenblick zur Fahrerseite, folgte endlich der Schluss dieser erschöpfenden Erläuterung mit Pro und Kontra, überraschend in der Konklusion und, für die Brunner'schen Verhältnisse, auch erstaunlich wortkarg.

»Der wird mich noch kennenlernen. Der, der Heinrich das angetan hat.«

Gemeinsam gingen sie auf den Bungalow zu, den eine brusthohe Mauer umgab. Erst auf ihr wiederholtes Klingeln öffnete sich die Haustür. Eine Frau in den Vierzigern, dürr, langbeinig, ein Kopftuch mit weiß-blauem Rautenmuster, oben auf dem Kopf verknotet, sah sie misstrauisch an.

»Was wollen Sie? Wir kaufen nix. Und wir geben auch nichts.«

Paula Steiner stellte sich vor, hielt ihr den Ausweis über das Gartentor entgegengestreckt. »Wir möchten Herrn Eigner sprechen. Ist er da?«

»Nein, ist er nicht. Er ist in der Arbeit.« Dann schlug die Kopftuchträgerin ihnen die Haustür vor der Nase zu.

Erneutes Klingeln. Ohne Erfolg. Und auch nach der zweiten und dritten Klingelattacke blieb die Tür für sie verschlossen.

»Na, dann halt nicht. Dann komm ich eben heute Abend wieder«, sagte Paula.

»Ich komm mit Ihnen, falls Sie möchten.«

»Wenn Sie wollen, gerne. Aber brauchen tut es das nicht. Den kann ich auch allein befragen. So, und jetzt fahren wir zurück ins Präsidium. Sie haben sich doch schon Jakobsohns Kontoauszüge besorgt, oder hab ich das falsch in Erinnerung?«

»Nein, das stimmt. Liegt alles schon auf Ihrem Schreibtisch.«

Um kurz nach halb fünf erreichten sie ihr Büro. Bevor sich Paula dem ansehnlichen Papierstapel auf ihrem Schreibtisch widmete, ging sie in die Teeküche und setzte Wasser auf. Wasser für extrastarken Kaffee, den sie ohne Milch, nur mit Zucker zubereitete, denn sie fürchtete, dieser Arbeitstag war noch lange nicht zu Ende. Nach einem ausgiebigen Schluck nahm sie den Stapel in die Hand, legte ihn wieder auf den Tisch ab, griff erneut danach, blätterte lustlos darin, klopfte die Papiere zu einem akkuraten Stoß auf, stützte die Stirn in die Hand, sah aus dem Fenster und schloss die Augen.

Schließlich zwang sie sich, die vor ihr liegenden Informationen über Jakobsohns Finanzen zumindest wieder in die Hand zu nehmen. Stichprobenartig ging sie die Kontoauszüge durch. Das hieß: Sie spielte mit dem Papierstapel Daumenkino, sah mal hier auf eine Einzahlung an die Krankenkasse, mal da – etliche Monate später – auf eine Überweisung an den örtlichen Energieversorger. Selbst diese doch nur sehr sporadische und ebenso flüchtige Einsichtnahme bestätigte ihre Befürchtungen: Das war wirklich nur langweiliges Aktenzeug. Heinrich hätte diese Einzelheiten spannend gefunden.

Das einzig Auffällige auf den Auszügen war das Plus von immerhin gut viertausend Euro in Verbindung mit den zahlreichen Minuszeichen. Von Jakobsohns Konto wurde nur abgebucht und abgehoben. Selbst der Hartz-IV-Satz war ihr beim schnellen Umblättern nicht aufgefallen. Aber wovon hat er dann gelebt?

Interessant wurde es das erste Mal 2011. Eine Einzahlung von zehntausend Euro. Überwiesen hatte sie ein gewisser Bartels, Heinrich. Als Verwendungszweck war in dürren Worten »Zum Verpulvern« angegeben. Sie starrte auf den Auszug und – war gerührt. Denn Heinrich, der selbst nicht übermäßig viel verdiente, schien seinem Freund diese beachtliche Summe nicht geliehen zu haben. Für sie sah das vielmehr nach einer großzügigen Spende aus, nach einem Geschenk. Von jemandem, der über ein regelmäßiges Einkommen verfügte, an einen, der dies eben nicht hatte. Ein wahrer Freundschaftsdienst.

2008 stieß sie durch Zufall auf die nächste Überraschung. Diesmal war es eine Überweisung von Weberknecht. Immerhin fünfzehntausend Euro hatte der Lehrer im März jenes Jahres auf das Konto seines Freundes eingezahlt. Doch diesmal schien es sich nicht um eine Schenkung zu handeln, in der Betreffzeile war nämlich »Darlehen« eingetragen.

Da ging Paula einer dieser typischen Sinnsprüche fürs Poesiealbum, über die ihre Mutter reichlich verfügte, durch den Kopf: Bei Geld hört die Freundschaft auf. Doch im Gegensatz zu Johanna

Steiner glaubte Paula Steiner nicht an solche Lebensweisheiten. Aber warum hatte Heinrich Jakobsohn das Geld anscheinend geschenkt, während dessen *bester Freund* es ihm nur geliehen hatte? Die Einkommensverhältnisse zwischen einem Oberkommissar und einem Lehrer waren doch so unterschiedlich nicht.

Fünfundzwanzigtausend Euro, davon hatte Jakobsohn die letzten sechs Jahre gezehrt. War das genug zum Leben – und vor allem genug für eine zusätzliche Fernreise jedes Jahr? Ihrer Ansicht nach nicht. Wann waren Jakobsohns Eltern noch mal gestorben? Genau, 2007. Sie blätterte zurück, aber nirgendwo eine Überweisung, die auf das Erbe einer Haushälfte im Nobelviertel Ebensee schließen ließ. Weberknecht hatte sich geirrt. Oder Jakobsohn hatte ihm bei seiner Erbschaft etwas vorgemacht.

Also musste Jakobsohn noch andere Geldgeber gehabt haben, die ihm hin und wieder etwas zusteckten. Vielleicht sein Freund Eigner? Den würde sie danach fragen. Oder Jakobsohn hatte ein Sparbuch gehabt, das ihm aus seiner offensichtlichen dauerhaften finanziellen Klemme half.

»Frau Brunner, ein Sparbuch war wohl nicht dabei? Oder gab es da mit der Bank Schwierigkeiten?«

»Nein, meines Wissens hatte der kein Sparbuch. Und ich hab wirklich sorgfältig gearbeitet. Alles, was es an Kontobewegungen gab, liegt vor Ihnen auf diesem Stapel. Beginnend ab dem Jahr 2002.«

»Seltsam ist das schon. Wovon hat der denn gelebt? Haben Sie sich die Kontoauszüge mal angesehen?«

»Ja, flüchtig. Haben Sie auch das mit der Überweisung von Heinrich und der von Weberknecht gesehen? Wissen Sie, was ich glaube, Frau Steiner? Dass der noch andere Quellen hatte, die er anzapfen konnte. Vielleicht seine beiden Neffen?«

»Das glaube ich weniger. Als Student kann man nicht einfach so ein paar tausend Euro aus dem Ärmel schütteln. Und Frau Harrer wird ihnen kaum Geld dafür gegeben haben, damit sie ihren Onkel unterstützen.«

»Trotzdem, die frag ich morgen früh einfach danach.«

»Haben Sie denn schon einen Termin mit ihnen ausgemacht?«

»Ja. Ich hab zwar bloß den einen erwischt, den Tobias Harrer, aber der wollte es seinem Bruder ausrichten. Auf jeden Fall treffe ich die beiden morgen um neun Uhr in der Früh.«

»Daheim?«, fragte Paula erstaunt.

»Nein, das wollte er nicht. Wir treffen uns in der Cafeteria von der WiSo. Dort studieren ja beide Brüder.«

»Gut, das haben Sie sehr gut gemacht«, lobte sie diese außergewöhnliche Eigenmächtigkeit ihrer Mitarbeiterin, die lieber auf Anordnung handelte. Es schien, als wollte Eva Brunner ihre Scharte, die Verdächtigungen gegenüber Heinrich, wieder auswetzen.

Und ebenso offensichtlich war, dass sich Frau Brunner über dieses Lob freute. So fügte sie strahlend hinzu: »Wie gesagt, wenn Sie wollen, komme ich natürlich auch gern zu diesem Eigner mit.«

»Nein, das braucht es wirklich nicht. Zumal ich davor noch einen anderen Termin, einen ziemlich heiklen, habe.« Welchen, ließ sie offen. Und sie war auch froh, dass Eva Brunner nicht danach fragte, sie nur erstaunt ansah.

»Dann bin ich ja für heute fertig. Wenn Sie also nichts mehr für mich haben, was ich erledigen könnte, gehe ich jetzt heim, oder?«

»Ja, gern, das machen Sie«, sagte Paula. »Ich fürchte nämlich, morgen wartet ein Haufen Arbeit auf uns. In die Wohnung des Opfers müssen wir auch noch mal. Die Spurensicherung hat dort bis jetzt weder ein Telefon gefunden noch ein Handy, hat mir Klaus Zwo gesagt. Danach müssen wir suchen. Und nach Dokumenten wie Zeugnissen, Studienbelegen, Wertpapieren und der Besitzurkunde der Wohnung. Und vor allem nach Unterlagen, die Jakobsohns finanzielle Verhältnisse erklären.«

Nachdem Frau Brunner gegangen war, zog sie ihre Jacke an, löschte das Licht und ging ebenfalls.

Zehn Minuten später stand sie am Plärrer vor einer der zahlreichen Ampeln und wartete ungeduldig, dass diese endlich auf Grün schaltete. Eine geschlagene halbe Stunde brauchte sie für die wenigen Meter vom Spittlertorgraben bis zur Einmündung in die Fürther Straße. Nochmals eine knappe Stunde dauerte es, bis sie den Wagen endlich in der Nähe des Budapester Platzes parken konnte.

Als sie bei »Bartels, H./Bartels, A.« klingelte, sah sie auf die Uhr.

Kurz nach neunzehn Uhr. Die Tür sprang schon wenige Sekunden nach dem ersten Läuten auf. Paula stieg in den dritten Stock hoch und wunderte sich noch, dass Anna Bartels nicht wie sonst mit knarzender Stimme durchs Haus rief »Hallo, wer ist denn da?«.

Als sie den letzten Treppenabsatz hinter sich hatte, sah sie auch den Grund für diese Abweichung von der Regel – vor der Wohnungstür stand nämlich nicht Anna Bartels, sondern ihr Enkel Heinrich. Anscheinend hatte er kurz nach ihrem letzten Besuch das Klinikum verlassen. Ohne ihr Wissen. Und auch ohne das vom Kollegen Winkler? Wenn ja, dann würde sie ihm aber …

»Was machst du denn hier?«, fragte sie.

»Ich wohne hier. Schon vergessen?«, fragte Heinrich pikiert zurück. Mit einer knappen einladenden Geste bat er sie in die Wohnung.

Stumm folgte sie dieser Einladung. Heinrichs Großmutter, die soeben aus der Küche lugte, winkte ihr freundlich zu.

»Bin ich froh, dass er wieder da ist, Frau Steiner! Sie doch auch, oder?«

Nein, war sie nicht. Aber sie hütete sich, ihr, die vor Freude über das ganze Gesicht strahlte, das zu sagen. Stattdessen griff sie ihren Mitarbeiter grob am Ärmel und schubste ihn ins Wohnzimmer.

»Weißt du überhaupt, was in den letzten Tagen vorgefallen ist?«, fragte sie, nachdem sie die Tür hinter sich zugezogen hatte. »Warum du im Krankenhaus warst? Und was sich bei deinem Freund Ulrich abgespielt hat? Hat Winkler nicht mit dir gesprochen? Das kann doch alles gar nicht wahr sein! Da ist ja einer von euch bescheuerter als der andere. So viel Dummheit auf einen …«

»Mach mal halblang, Paula«, unterbrach Heinrich sie. »Ich hab gedacht, du freust dich, dass ich so weit wieder hergestellt bin. Freilich weiß ich, dass ich im Krankenhaus war. Und alles Weitere wirst du mir jetzt sicher gleich erzählen.«

»Ja, und der Winkler war nicht mehr vor deinem Zimmer? Den hatte ich doch zum Wachdienst abgestellt.«

»Doch, du brauchst dich nicht aufzuregen, der Winkler war da und hat Wache geschoben.«

»Und, hat er dir nichts erzählt?«

»Ja, schon. Irgend so eine Räuberpistole. Von wegen, man hätte mich an einem Tatort mit der Tatwaffe in der Hand vorgefunden. Und dass ich bewusstlos war. Aber daran kann ich mich nicht erinnern.«

»Und wo man dich gefunden hat, hat er dir das auch erzählt?«

»Nein. Aber ich hab ihn auch nicht danach gefragt.«

»Mal was anderes: Die im Krankenhaus haben dich einfach so gehen lassen? Die sind ja noch blöder als du und der Winkler zusammen. Denen werd ich was erzählen, die können sich auf was gefasst machen. Das gibt eine saubere Dienstaufsichtsbeschwerde. Die werden mich kennenlernen, das sag ich dir. Die haben doch genau gewusst, dass …«

»Paula, was regst du dich eigentlich so auf? Das gibt natürlich keine saubere Dienstaufsichtsbeschwerde, weil ich auf eigene Verantwortung raus bin. Ich habe nämlich einen Entlassungsschein dafür unterschreiben müssen. Und ich bin mit dem Taxi heimgefahren, das nur zu deiner Beruhigung.«

»Das beruhigt mich überhaupt nicht, im Gegenteil!«, schrie sie ihn an. »Die haben dich nicht zu entlassen. Vor allem haben die mir vorher Bescheid zu geben, damit ich mich …«

»Ist irgendwas nicht in Ordnung, Frau Steiner?«, fragte Frau Bartels, die im Türrahmen stand und besorgt zu ihr blickte. Sie hatte die alte Frau nicht kommen hören.

»Doch, doch. Alles ist wunderbar. Ganz wunderbar.«

Da Frau Bartels keine Anstalten machte, das Wohnzimmer wieder zu verlassen, fügte Paula bittend hinzu: »Ob Sie uns wohl einen von Ihrem so gesunden Kamillentee machen würden?«

Mit einem kurzen Kopfnicken signalisierte Heinrich seiner Großmutter, dass das auch in seinem Sinne sei. Endlich verließ Anna Bartels das Zimmer.

»Komm, Heinrich, setz dich, ich erzähl dir jetzt, was in der Zwischenzeit alles vorgefallen ist. Und es ist besser, glaube mir, wenn deine Oma da nicht dabei ist.«

Im Schnelldurchlauf berichtete sie von dem Mord in der Spenglerstraße, dass er dabei wohl zugegen gewesen war, von seiner Amnesie, dem von ihr »aus rein prophylaktischen Gründen« angeforderten Wachdienst. Das dauerte nur wenige Minuten. Denn all das, was in ihren Augen nicht unbedingt zu diesem Fall gehörte und was Heinrich in Angst und Schrecken versetzen könnte, sparte sie bewusst und behutsam aus. Wie den Anschlag auf ihn in der Intensivstation oder die Tatsache, dass einige Kollegen im Präsidium es durchaus für möglich hielten, er sei der Mörder von Jakobsohn. Und auch den Grund für ihr Erscheinen hier, das noch vor Kurzem so drängende Thema Thailand-Urlaub, verschwieg sie.

Heinrich, der sie kein einziges Mal bei ihrem Bericht unterbrochen, ihr nur fassungslos zugehört hatte, fragte schließlich: »Dann stimmt es also, dass man den Ulli ermordet hat?«

»Ja, leider. Das hat dir der Winkler also schon gesagt?«

»Ja, hat er. Aber ich hab ihm das nicht geglaubt.«

»Hm. Kannst du dich denn an gar nichts mehr erinnern? Zum Beispiel daran, dass du an diesem Samstag zu Jakobsohn gefahren bist?«

»Nein. Auch daran nicht. Ich weiß auch gar nicht, warum ich dorthin hätte fahren sollen. War ja kein Kartelabend. An Feiertagen treffen wir uns nämlich nie.«

»Schade, jetzt habe ich die Fotos vom Tatort nicht dabei. Vielleicht wenn du sie siehst, dass dir dann wieder was dazu einfällt?« Sie sah ihn forschend an.

»Ich weiß es nicht, Paula, ob das was bringt. Ich habe wirklich keine Ahnung.«

»Tja, das hatte ich schon befürchtet. Frieder meint nämlich auch, du wirst dich zunächst einmal an gar nichts erinnern können. Das ist in dem Fall aber saudumm, weil du ja ein Tatzeuge bist und anscheinend der einzige noch dazu.«

Sie dachte kurz nach. Ihr kam eine Idee. Eine, wie sie fand, geniale. »Da müssen wir halt das Pferd von hinten aufzäumen. Ich weiß auch schon, wie wir das machen.«

In diesem Moment öffnete sich die Tür, und Anna Bartels schwankte mit einem schwer beladenen Tablett herein. Paula eilte ihr entgegen und nahm es ihr ab.

Nachdem sie den Tee hastig in sich hineingeschüttet hatte, bedeutete sie Heinrich, ihr nach draußen zu folgen.

Zu Anna Bartels, die sich mühsam aus ihrem Stuhl schraubte, sagte sie: »Ach, bleiben Sie doch sitzen, Frau Bartels. Und passen Sie auf Ihren Enkel gut auf.«

Diese erwiderte die Floskel mit einem ernst gemeinten: »Das werde ich, das werde ich, Frau Steiner. Das passiert uns kein zweites Mal, gell, Heinrich?«

An der Wohnungstür sagte sie: »Komm mal mit runter. Ich muss dir noch was sagen.« Heinrich folgte ihr widerstandslos.

Unten, im Gang vor der Haustür, ergänzte sie ihren Rapport. Die Schonzeit war zu Ende. Sie erzählte ihm nun das, was sie bislang so sorgfältig ausgespart hatte. Vor allem den nur um Haaresbreite missglückten Angriff im Klinikum.

»Du steckst tiefer in dieser Geschichte drin, als du vielleicht denkst. Aber vor deiner Großmutter wollte ich dir das nicht sagen. Ich bin überzeugt, dass du dich immer noch in Gefahr befindest. Dieser Typ vom Krankenhaus kann wiederkommen. Und zwar mit derselben Absicht. Du bist erst dann außer Gefahr, wenn wir den Mörder von Jakobsohn haben.«

Und weil er dazu schwieg, sie nur konsterniert ansah, fügte sie leise hinzu: »Hast du das verstanden, Heinrich?«

»Schon, ja. Auch wenn ich mir das Ganze nicht erklären kann. Wer soll schon den Ulli umbringen? Dafür gibt es überhaupt keinen …«

»Genau das ist unsere wichtigste Frage. Die nach dem Motiv. Und solange die nicht beantwortet ist, wirst du deine Wohnung zu keiner Zeit verlassen. Nicht zum Einkaufen, nicht zum Spazierengehen, nicht, um jemanden zu besuchen. Nur unter Polizeischutz. Sind wir uns da einig?«

Er nickte. »Du meinst, der kommt wirklich …« Den Rest des Satzes ließ er unausgesprochen, so ungeheuerlich schien ihm diese Vorstellung.

»Ja. Das meine ich. Morgen früh holen Frau Brunner und ich dich hier ab und fahren zusammen in die Spenglerstraße. Wir versuchen es dort mal mit einer sequenziellen Rekonstruktion des Tathergangs. Gerade bei einer solchen Art Amnesie, wie du sie hast, kann das durchaus von Nutzen sein.«

»Solches Sequenzzeug ist doch bloß neumodischer Firlefanz. Davon verspreche ich mir gar nichts«, widersprach Heinrich.

»Aber ich verspreche mir was davon. Und du machst, was ich sage. Genau wie alle anderen auch.«

»Welche anderen?«, fragte Heinrich nach.

Sie überhörte seine ironische Bemerkung. »Also, du hältst dich morgen früh bereit. Aber du wartest in der Wohnung auf uns. Nicht auf der Straße. Ich klingel dann, lang – kurz – lang. Damit du weißt, dass wir es sind.«

Sie hatte den Türgriff bereits in der Hand, als sie sich noch einmal umdrehte und das nachholte, was ihr schon die ganze Zeit am Herzen lag: Sie nahm Heinrich in die Arme und drückte ihn fest an sich.

»Schön, dass du wieder da bist. Du hast mir sehr gefehlt.«

Auf dem Weg ins östliche Nürnberg machte sie sich Vorwürfe wegen ihrer Pflichtvergessenheit. Warum hatte sie Heinrich nicht gleich noch nach seinem Thailand-Urlaub gefragt? Warum nicht nach der Zehntausend-Euro-Überweisung? Und warum hatte sie auch vergessen, sich nach dem vierten Mann, diesem Eigner, zu erkundigen? Warum, warum? Wahrscheinlich, weil sie mit der Situation überfordert war. Emotional überfordert.

Eine gute halbe Stunde später klingelte sie an der Gartenpforte in der Steuerwald-Landmann-Straße. Jetzt erst entdeckte sie neben der schweren Eingangstür die Videokamera, die auf sie gerichtet war. Sie sah zu dem kleinen vergitterten Küchenfenster, das hell erleuchtet war. Ein Mann starrte zu ihr herüber, schließlich nickte er ihr zu. Kurze Zeit später öffnete er die Haustür und trat mit einem breiten Lächeln an die Gartenpforte.

Sie war von seinem Äußeren so überrascht, dass sie, statt sich vorzustellen, ihn sekundenlang anstarrte. Eigner trug eine hellgraue Stoffhose, ein beigefarbenes Nylonhemd, darüber einen selbst gestrickten hellbraunen Pullunder und ausgetretene graue Filzschuhe. Doch das Auffälligste an ihm war neben der faden altbackenen Kleidung seine Körpergröße, er musste mindestens einen Meter fünfundneunzig sein und überragte sie damit um knapp zwei Kopflängen.

»Sie sind doch von der Polizei, oder?«

»Ja, Hauptkommissarin Steiner«, antwortete sie schnell und zog ihren Ausweis hervor.

Doch Eigner winkte ab. »Ich glaube Ihnen auch so. Meine Putzfrau hat mir schon gesagt, dass Sie heute Abend wiederkommen werden. Aber bitte, kommen Sie doch herein.«

Er trat einen Schritt auf sie zu und reichte ihr die Hand. Es war ein schlaffer Händedruck. Hüftlahm schritt er, mit der schwerfälligen Grazie königlicher Hofbeamter, vor ihr ins Haus.

Sie folgte ihm in ein großzügig geschnittenes Wohnzimmer, in dem, wie bei seiner Kleidung, seit den sechziger Jahren die Zeit stillgestanden zu sein schien. Das Zentrum des Raums bildete eine hässliche wuchtige Couchgarnitur: ein dunkelrotes Samtsofa und zwei tiefe Sessel gleicher Farbe, die durchgesessen waren. Davor stand auf gepflegtem, frisch geöltem Stäbchenparkett ein Beistelltisch aus handgeschmiedetem Eisen mit braun gesprenkelten Kacheln. Ein Klavier, eine weitere Sitzgruppe und ein Bücherregal, alles aus Eiche massiv und stellenweise fleckig, ergänzte diese Möblierung, die Eigner von den Vorbesitzern des Bungalows übernommen haben musste.

»Darf ich Ihnen etwas zu trinken anbieten?« Er ließ sich auf das schwere Sofa plumpsen.

Sie lehnte dankend ab und nahm ihm gegenüber auf dem Sessel Platz. Nachdem sie Stift und Notizblock auf den Kachelcouchtisch gelegt hatte, fragte er: »Sie kommen sicher wegen des Mordes an Ulrich?«

»Woher wissen Sie das?«, lautete ihre Gegenfrage.

»Der Karl, also Herr Weberknecht, hat es mir vorhin am Telefon gesagt.«

»Aha. Im Zuge der Ermittlungen befragen wir natürlich alle Personen, die Herrn Jakobsohn kannten. Eine davon sind Sie. Wie gut kannten Sie Herrn Jakobsohn?«

»Gut, aber nicht sehr gut. Auf jeden Fall nicht so gut wie der Karl. Wir haben uns eigentlich nur zu den Kartelabenden gesehen. Das aber ziemlich regelmäßig. Jeden Samstagabend, bis auf die Ferienzeit und die Feiertage.«

»Darüber hinaus trafen Sie sich nicht mit ihm?«

»Nein.« Eigner schien nachzudenken. »Jetzt, wo Sie mich fragen, überrascht es mich selbst. Wir haben uns außerhalb dieser Abende und außerhalb Ullis Wohnung nie gesehen. Kein einziges Mal.«

Sie überlegte. War das glaubhaft, diese zweckmäßige, streng nach Stundenplan getaktete Geselligkeit? Ja, doch, warum denn nicht? »Wo waren Sie am vergangenen Samstagabend von neunzehn Uhr fünfzehn bis zwanzig Uhr fünfzehn?«

»Das hab ich mir schon gedacht, dass Sie nach meinem Alibi fragen werden«, antwortete er, wieder mit diesem breiten Lächeln. »Hier war ich, leider allein. Das ist kein gutes Alibi, oder?«

»Ach«, winkte sie ab, »die wenigsten haben für die jeweilige Tatzeit ein Alibi parat. Das hat nichts zu heißen. Da müssen Sie sich keine Gedanken machen. Sie leben allein hier?«

»Ja«, antwortete Eigner und sah dabei konzentriert auf seine Fingernägel, die erstaunlich lang waren, »ich bin nicht verheiratet. Und ich habe auch keine Freundin. Nicht mehr. Schon seit Jahren nicht. Spielt das eine Rolle?« Sein Lächeln wurde schmaler und eine Spur überheblich.

»Aber nein«, sagte sie und bedauerte ihre Frage, die sie ausschließlich der Neugierde halber gestellt hatte. »Überhaupt nicht.«

Ursprünglich hatte sie vorgehabt, ihn, den sie sich in keinem Beruf vorstellen konnte, nach seiner Profession zu fragen. Auch nur der Neugierde halber. Doch nach dieser Bloßstellung war ihr die Lust darauf vergangen. Stattdessen sagte sie: »Schade, dass Sie Herrn Jakobsohn so wenig kannten. Dann können Sie mir sicher auch niemanden nennen, der ihm feindlich gesonnen war. Oder der zumindest in letzter Zeit Ärger mit ihm hatte. Oder doch?«

»Nein, leider nicht. Und ich kann mir auch niemanden vorstellen, der … Ich weiß nicht. Vielleicht, dass …« Eigner zögerte, bevor er fortfuhr. »Heinrich, also Herr Bartels, ist doch ein Kollege von Ihnen?« Dabei sah er sie prüfend und, wie sie fand, auch lauernd an.

»So ist es, ja. Aber das sollte bei dieser Befragung keine Rolle spielen.«

»Ich weiß auch gar nicht, ob das hierhergehört. Aber Heinrich und Ulrich hatten vor Kurzem einen gewaltigen Streit miteinander.«

Sie horchte auf. »Ja, bitte, erzählen Sie. Wie gesagt, die Tatsache, dass Herr Bartels ein Kollege von mir ist, hat mit den Ermittlungen nicht das Geringste zu tun. Worum ging es bei diesem Streit, und wann war er?«

»Um eine Frau. Wie das so oft der Fall ist. Ach, ich glaube, das ist für diesen Mord sicher ganz unerheblich.«

»Nein, das gilt nicht, Herr Eigner«, sie zeigte ihm ihr Allerweltslächeln, »wer A sagt, muss auch B sagen. Also, was war mit dieser Frau?«

Es war Eigner anzumerken, dass er seine vorschnelle Äußerung bereits bereute. Zumindest ein wenig. »Hat Ihnen denn der Karl nichts erzählt?«

»Nein. Ist das wohl eine peinliche Angelegenheit?«

»Ich weiß ja nicht, wie Sie das sehen. Peinlich? Vielleicht, ja. Doch, ich denke schon. Zumindest auf eine Dame wie Sie, mit Ihrem gesellschaftlichen Background«, betonte er mit einer knappen galanten Verbeugung, »wird das Ganze sicher billig, ja eigentlich schon vulgär wirken. Und im Prinzip haben sich die beiden, Ulrich und dann auch Heinrich, ja wirklich aufgeführt wie die letzten Proleten.«

Eine Dame wie Sie? Das hatte sie schon lang nicht mehr gehört. Aus gutem Grund – weil sie nämlich keine war. Eigner müsste nur mal einen Blick in ihre Wohnung, vor allem in ihr Spülbecken werfen, in dem sich das schmutzige Geschirr von drei Tagen stapelte, dann würde er anders reden.

»... ist doch jedes Jahr nach Thailand geflogen. Er hat da wohl ein ganz nettes Thaimädchen kennengelernt. Vor Jahren schon. Und sich in dieses Mädchen, das ihr Geld auf die bekannte Weise verdiente, verliebt. Behauptete er zumindest. Jedes Jahr zur selben Zeit war er für ein paar Wochen dort, eben bei dieser Frau.«

Jetzt sah Eigner sie an. Eine stumme Frage, ob er weiterreden solle, könne, ihr das zumuten dürfe.

»Ja, und?«

»Na ja, er hat uns halt vorgeschwärmt, wie toll diese Prostituierte, und das war sie ja im Grunde, sei. Hübsch, jung und so ganz anders, als man das hier von den deutschen Frauen gewohnt ist. Immer freundlich, immer fröhlich, kein Gejammer, ja, und auch im Bett ...« Hier versagte Eigners Stimme. »Sie können sich das Weitere sicher denken.«

»Kann ich«, sagte sie unfreundlicher als beabsichtigt. »Und?«

»Dann, vor ein paar Monaten, hat sich Heinrich auffällig für diese Frau interessiert. Er hat den Ulli richtiggehend über sie ausgequetscht. Name, Alter, Adresse, das alles wollte er wissen. Und Ulrich hat ihm auch bereitwillig und ohne Argwohn Auskunft gegeben. Wobei ich damals schon ahnte, worauf das hinausläuft. Und ich sollte leider auch recht behalten.«

Eigner öffnete die Arme in einer bedauernden Bewegung, die auf sie affektiert wirkte.

»Denn als der Ulli Anfang März aus Thailand zurückkam, gab es zwischen den beiden Zoff, aber richtigen Zoff. Heinrich war nämlich bereits vor ihm dort gewesen. Er ist im Januar nach Thailand geflogen, auch zu dieser Nutte. Und hatte die hier, von Deutschland aus, für zwei Wochen fest gebucht. Das kann man wohl dort, eine Frau beziehungsweise eine Prostituierte für eine Zeit lang buchen. Alles inklusive. Auf jeden Fall hat die, ich glaub, sie heißt Phinyoyos, dem Ulli das alles brühwarm erzählt.«

Nach einem schnellen Seitenblick auf das Stäbchenparkett fuhr er fort. »Sie muss ihm auch schlimme Vorwürfe gemacht haben, so in der Art, dass er sie an seine Kumpels hinter ihrem Rücken weitervermittelt. Da war Ulrich fertig mit der Welt. An dem Samstag hab ich das erste Mal erlebt, wie es ist, wenn er zornig wird.«

»Warum, wie hat sich das geäußert?«

»Er hat uns alle angeschrien, was wir für eine hundsgemeine Bagage wären. Weil er davon ausgegangen ist, alle wussten von Heinrichs Thailandurlaub, außer ihm. Und dann hat er uns rausgeworfen. Sogar den Karl.«

Sie versuchte zu verstehen, was Eigner soeben gesagt hatte, verstand es nicht. Glaubte nicht, was sie verstand. Heinrich, auch er einer von diesen widerlichen, schäbigen Typen, ihr Heinrich? Das durfte nicht sein. Nein, das konnte sie sich nicht vorstellen. Zumindest im Moment noch nicht.

»Wie hat denn Herr Bartels auf diese … ja, Sache reagiert? Hat er es zugegeben?«

»Es blieb ihm ja nichts anderes übrig. Ulrich hatte ein Foto dabei, auf dem Heinrich mit dieser Frau abgebildet war.«

»Haben Sie dieses Foto auch gesehen?«

»Ja, allerdings nur flüchtig. Aber es stimmte, es zeigte Heinrich wirklich Arm in Arm mit der Frau. Dass es sich dabei um diese

Phinyoyos handelte, weiß ich deswegen so genau, weil in Ullis Wohnzimmer ein Foto von ihr steht. Das haben Sie sicher auch gesehen?«

Paula erhob sich ruckartig. Sie musste jetzt allein sein und nachdenken. In Ruhe. Sie ignorierte den Grauschleier, der sich auf ihre Seele legte. Drängte die hässlichen Bilder zurück, die sich ihr aufzwingen wollten.

»Ja, dann wär es das auch schon. Vorerst. Nur eine Frage noch: Haben Sie Herrn Jakobsohn irgendwann einmal Geld geliehen?«

Sie registrierte, wie Eigner erstaunt aufsah.

»Warum sollte ich?«

»Herr Jakobsohn hatte finanzielle Probleme. Schon seit Jahren. Da wäre es doch denkbar, dass er Sie als seinen Freund um Geld angeht.«

»Freund«, ihr Gastgeber wägte das Wort auf der Zunge ab, als ob es eine neue Weinsorte sei, die er gerade verköstigte, »Freund ist vielleicht zu viel gesagt. Wir haben uns einmal in der Woche getroffen, für ein paar Stunden, zum Kartenspielen. Das war aber auch schon alles.«

Jetzt stand auch Eigner auf und wies mit dem Arm zur Haustür.

Dort angelangt, wiederholte sie ihre Frage. »Ja oder nein? Haben Sie ihm nun Geld gegeben oder nicht?«

»Eher nicht«, lautete die sibyllinische Antwort. Dann zog er die Tür hinter ihr zu.

Langsam ging sie zu ihrem Wagen und setzte sich hinters Steuer. Als sie in die noch immer hell erleuchtete Küche blickte, sah sie Wolf-Rüdiger Eigner, der zu ihr herüberstarrte. Dann zog er hastig die Scheibengardinen zu, wenige Sekunden später wurde das Licht ausgeschaltet. Im dunklen Schatten der Nacht wirkte der Bungalow nun kalt und abweisend.

Sie startete den Wagen und fuhr heim. Im Vestnertorgraben angelangt, blieb sie regungslos im Auto sitzen. Der Grauschleier, den sie in der Steuerwald-Landmann-Straße noch so energisch zurückgedrängt hatte, war nun nicht mehr beherrschbar, war übermächtig geworden. Sie wusste nicht, was sie denken sollte. Also dachte sie nichts, stierte lediglich auf die Burgmauer und Kaiserstallung, die sich vor ihr erstreckten.

Irgendwann zog sie den Zündschlüssel ab und stieg aus. Einer alten Gewohnheit folgend, ging sie zunächst in den Keller und besah sich ihr Weinregal. Hier wenigstens war alles, wie es immer war. Das empfand sie als beruhigend. Ohne zu überlegen, griff sie ins oberste Regalfach, dorthin, wo die Flaschen lagerten, die sie für die ganz besonderen, für freudige Anlässe aufbewahrt hatte.

Dann stieg sie in den dritten Stock hoch, streifte noch in der Diele die Schuhe ab und stellte die Weinflasche auf den Küchentisch. Erst nachdem sie sie entkorkt hatte, besah sie sich das Etikett. Ein Brauneberger Kabinett, feinherb. Sie holte eines der teuren Sortenweingläser, wovon sie nur wenige hatte, und füllte es.

Sie war nun entschlossen, den Rest dieses Tages nur einem Thema zu widmen – dem Genuss dieses Zechweins auf allerhöchstem Niveau. Heinrich und seine zweifelhaften Ausflüge nach Fernost würden heute Abend nicht mehr vorkommen, genauso wenig wie Kochen, Denken oder sonstige Widrigkeiten.

Schon der erste Schluck bestätigte ihre Ahnung. Ja, das war der klassische Kabinettwein, nicht zu süß, nicht zu trocken. Kein großes Gewächs, aber auch kein angeberischer Wein. Dafür lieblich und anmutig. Herrlich, wie er so leichtfüßig die Kehle hinunterlief. Und mit jedem Schluck den Kopf ein wenig freier, dem Grauschleier den Garaus machte. Als die Flasche zur Hälfte geleert war, atmete sie einmal tief und entspannt durch.

Zwei Minuten später saß sie mit einem gut gefüllten Weinglas in der rechten und einer Chipstüte in der linken Hand auf dem Sofa, prostete sich selbst zu und legte die Beine auf den niedrigen Couchtisch. Dabei streifte ihr Blick zufällig das kleine gerahmte Foto von Paul, das an der Wand neben dem Fernseher hing. Da war es mit ihrer Selbstbeherrschung und der kompromisslosen Programmgestaltung für diesen späten Abend vorbei. Sie konnte die faktische Macht dessen, was sie in der Steuerwald-Landmann-Straße erfahren hatte, nicht mehr leugnen. Die Gedanken machten sich selbstständig und schickten ungebetene Boten kreuz und quer durch ihren Kopf. Sie sah die junge, hübsche, ernste Thailänderin vor sich, Arm in Arm mit Jakobsohn, dann mit Heinrich an ihrer Seite. Sie hörte das Meer rauschen und die Palmwedel im Wind säuseln. Hörte aber auch das hässliche Wort Sextourismus. Heinrich, Heinrich …

Noch weigerte sie sich, über ihn zu richten. Auch weil sie insgeheim fürchtete, am Ende dort anzulangen, wo es kein Zurück mehr gab.

Nachdem der Wein getrunken und die Chipstüte leer war, ging sie ins Bett. Als sie sich in das Kopfkissen eingrub, wunderte sie sich noch, wie schnell sich manche Bilder im Kopf übermalen ließen. Dann schlief sie ein.

7

Als sie am nächsten Morgen nach einer traumlosen Nacht aufwachte, schoss ihr Heinrich durch den Kopf. Sie war erstaunt, wie sehr sie sich gestern Abend noch über ihn aufgeregt hatte. Jetzt war ihr nämlich die ganze Sache auf eine unerklärliche Weise egal. Na ja, fast egal.

Wer war sie denn, dass sie ihm in seine Urlaubsgestaltung hineinreden durfte? Ihm vorschreiben, wie und mit wem er seine Freizeit verbrachte? Das wollte sie umgekehrt ja auch nicht. Freilich, sie hätte gut und gern auf diese Entdeckung verzichten können. Und Heinrich wäre das sicher auch lieber gewesen. Seine Geheimnistuerei um diese Thailand-Reise sprach doch Bände. Er hatte ein schlechtes Gewissen.

Auf dem Weg in die Küche fiel ihr wieder einer dieser Sinnsprüche fürs Poesiealbum ein, den sie sicher irgendwann einmal bei ihrer Mutter aufgeschnappt hatte: Leben ist nichts anderes als das Suchen nach Glück. Ein Satz, so banal wie allgemeingültig. Hatte Heinrich sein Glück dort am Meer, unter den Palmwedeln, gefunden? Nein, das glaubte sie nicht. Auch weil sie der festen Überzeugung war, alles, was er brauchte, habe er ja hier. Keiner ihrer Kollegen schien derart zufrieden mit seinem Leben zu sein wie Heinrich. Ausgeglichen und mit sich im Reinen.

Und dennoch … vielleicht hatte sie sich in diesem Punkt in ihm getäuscht. Die genügsame Zweisamkeit mit seiner Großmutter, von der er immer so liebevoll redete, entsprach wohl nicht seinen Vorstellungen von einem erfüllten Leben. Da fielen ihr die Sticheleien von den Kollegen ein, von den Familienvätern vor allem. Bei denen firmierte Heinrichs Oma als »Lebensabschlussgefährtin«. Seine Großmutter als die eifersüchtige Wächterin, der keine Freundin gut genug war für ihren lieben, erfolgreichen, einzigartigen Heinrich. Und vielleicht war das ja, der Druck von außen, das Gefühl, nicht in die gesellschaftliche Norm zu passen, genauso schlimm wie seine Sehnsucht. Oder noch schlimmer.

Auch wenn man jahrelang ganz ordentlich allein klarkommt,

wie es bei Heinrich sicher der Fall war, wird der Zustand als knapp vierzigjähriger Single irgendwann einmal zum Problem. Das wusste sie aus eigener Erfahrung. Weil man nur über die Bestätigung eines anderen das Gefühl bekommt, als Mensch liebenswert und einzigartig zu sein. Und ausgerechnet dort, in Thailand, bei dieser jungen Frau, hatte Heinrich nun diese Bestätigung gesucht, die er hier nicht gefunden hatte. Wie unglaublich dumm und naiv von ihm!

Das aufgeregte Zischen ihrer verkalkten Kaffeemaschine riss sie aus ihren Gedanken. Schon Viertel nach sieben. Sie schenkte sich einen Becher Kaffee ein, trank ihn brühheiß im Stehen und stellte sich dann unter die Dusche. Eine gute Viertelstunde später verließ sie hungrig, aber ausstaffiert mit dem Paradestück ihres Kleiderschranks, dem taubenblauen Hosenanzug, die Wohnung.

Zügig lief sie den Burgberg hinunter, überquerte den noch menschenleeren Hauptmarkt und ging dann schnurstracks die Kaiserstraße entlang, ohne nach rechts und links in die Schaufensterauslagen zu sehen. Sie wusste jetzt, wie sie Heinrichs Thailand-Reise einschätzen konnte. Als einen verzweifelten und vergeblichen Versuch, seinem Leben etwas Glanz und Liebe aufzusetzen. Gleichzeitig war ihr aber auch bewusst, dass sie die Einzige war, die dies so verständnisvoll und kulant sah. Wer immer davon auch Wind bekäme, er würde Heinrich entweder mit Häme oder mit moralischer Entrüstung überschütten. Das wollte sie nicht, also entschied sie, die Reise inklusive des pikanten Details für sich zu behalten. Schließlich spielte beides ja keine Rolle bei den Ermittlungen. Und wenn, dann nur eine kleine. Keine große. Oder?

Kurz darauf betrat sie ihr Büro. Es war leer. Auf ihrem Schreibtisch lag ein DIN-lang-Vordruck des Präsidiums, mit dem Eva Brunner ihr »zur Kenntnis« gab, dass sie um acht Uhr zehn zur »Befragung/Harrer, Tobias + Harrer, Sebastian« gefahren sei. Oh, diesen Termin, für den sie gestern noch so voller Lob gewesen war, hatte sie ganz vergessen. Also würde es nichts werden mit der sequenziellen Tathergang-Rekonstruktion in vollzähliger Kommissionsstärke. Sie überlegte einen Moment, riss dann die Fotos von der Pinnwand, packte aus dem Aktenschrank noch dies und das in ihre Tasche und verließ wenig später das Präsidium.

Heinrich erwartete sie bereits vor der Haustür. Sie winkte ihn zu sich. Kaum hatte er auf dem Beifahrersitz Platz genommen, fauchte sie ihn an.

»Du musst doch von allen guten Geistern verlassen sein! Ich hatte dir ausdrücklich gesagt, dass du in der Wohnung auf mich warten sollst. Ist das zu viel verlangt, dass du dir das von jetzt auf gleich merkst? Oder bist du da im Krankenhaus total verblödet? Dass du dir die primitivsten Dinge nicht mehr …«

Bevor sie fortfahren konnte, legte er beschwichtigend die Hand auf ihren rechten Unterarm.

»Was regst du dich denn so auf, Paula? Es ist doch nichts passiert. Ich glaube, du siehst schon Gespenster.«

»Und der Mann im Krankenhaus, von dem wir nicht wissen, wer er war, der sich an den Apparaturen zu schaffen gemacht hat, ist der auch ein Gespenst? Oder wie siehst du das?«

Bevor Heinrich darauf antworten konnte, hupte es hinter ihnen hektisch. Paula blickte in den Rückspiegel und sah einen Mann mittleren Alters, der ihr wild gestikulierend zu verstehen gab, sie solle endlich wegfahren. Ein Geschenk des Himmels, genau im richtigen Augenblick.

Langsam stieg sie aus und schlenderte ebenso gemächlich zu dem knallroten 3er-BMW. Dabei widmete sie dessen Nummernschild einen besonders langen Blick. Schließlich, auf der Fahrerseite angelangt, gab sie dem Mann zu verstehen, er solle die Scheibe herunterkurbeln. Durch den kleinen Spalt fragte sie den südländisch wirkenden Schnurrbartträger leise und drohend zugleich: »Was ist denn los? Was soll denn das Gehupe?«

Unbeeindruckt von ihrem Ton blaffte der Mann zurück: »Das ist mein Parkplatz. Fahren Sie weg, ich hab nicht so viel Zeit wie Sie.«

»Ihr Parkplatz? Ich sehe keine Markierungsstreifen für einen Privatparkplatz. Sie etwa?«

Nachdem sie auf ihre rhetorische Frage keine Antwort, nur einen böse-grimmigen Blick erhalten hatte, fuhr sie fort: »Im Übrigen ist das Geben von Schallzeichen innerorts nur bei drohender Gefahr und außerorts zur Kenntlichmachung einer Überholabsicht gestattet. Insofern haben Sie soeben eine Ordnungswidrigkeit gemäß Paragraf 55 StVZO begangen, welche in der Regel mit einem Bußgeld von zehn Euro belegt wird. Im Wiederholungsfall kostet es mehr. Also, was ist?«

»Ich fahr weg.«

»Eine hervorragende Idee. Und das tun Sie augenblicklich. Dann, aber nur dann, werde ich nochmals Gnade vor Recht ergehen lassen. Andernfalls kassiere ich jetzt gleich das erhöhte Bußgeld.«

Sie nickte dem Mann zum Abschied betont freundlich zu und ging dann in aller Ruhe zu ihrem grün-silbernen BMW zurück. Als sie sich wieder setzte, waren alle Aufregung und Wut von ihr abgefallen.

»So, und jetzt schauen wir mal, ob uns – wie hast du es genannt? – das Sequenzzeug in der Spenglerstraße irgendwie weiterbringt.«

Obwohl der kleine Hinterhof wie schon bei ihrem letzten Besuch frei war, verzichtete sie darauf, den Wagen hier abzustellen. Nach einer halbstündigen unfreiwilligen Sightseeingtour durch Gostenhof fand sie endlich, was sie suchte – einen halbwegs legalen Parkplatz. Als sie in die Spenglerstraße einbogen, sah sie zu Heinrich auf, in der Hoffnung, er würde durch seine pure Anwesenheit im Stadtviertel des Tatorts das Gedächtnis zurückbekommen. Sie hoffte vergebens.

Als sie Jakobsohns Wohnungstür aufschloss, fragte sie leise: »Wie gut kennst du eigentlich Ullis Nachbarn, diesen Julian Lustig?«

»Wen? Julian Lustig? … Kenn ich nicht. Nie gesehen, nie gehört von dem.«

Im Wohnzimmer bat sie Heinrich, sich auf den Stuhl zu setzen, auf dem ihn die Kollegen vorgefunden hatten. Dann legte sie die Fotos wortlos vor ihm auf den Tisch. Heinrich studierte sie eine Zeit lang, schließlich sah er fragend zu ihr auf.

»Und, kommt dir das irgendwie bekannt vor? Kannst du dich an etwas erinnern?«

Verneinend schüttelte er den Kopf. »Nein. Leider nicht. Gibt es eigentlich noch andere Verletzungen als die«, dabei deutete er auf das Bild, das Jakobsohn am Boden zeigte, »Einschusswunde in der Stirn?«

»Nein. Nur die. Und jetzt schau dir mal Jakobsohns Gesicht ganz genau an. Was sagt dir das?«

Nach einer Weile antwortete er: »Ich kann keine Traumatisierung erkennen, nicht die geringste. Für mich heißt das, dem Schuss ist kein Kampf vorausgegangen, der Täter muss ihn überrascht haben.«

»Ja, das sehe ich genauso. Zumal der Schuss aus kurzer Distanz abgefeuert wurde. Das heißt: Er hat den Täter nah an sich herangelassen. Also kannte er seinen Mörder oder seine Mörderin. Denn jeden x-Beliebigen wird er nicht in seine Wohnung hereingelassen haben. Oder?«

»Tja«, seufzte Heinrich, »das kann ich dir nicht sagen. So gut kannte ich ihn nicht. Ich kenn ihn ja nur von diesen ...«

»Ich weiß schon«, unterbrach sie ihn ungeduldig, »nur von diesen Schafkopfrunden. Das hat der Eigner auch gesagt. Wie ist eigentlich dieses Samstagsabendtreffen zustande gekommen? Wie habt ihr vier euch kennengelernt?«

»Kannst du dich noch an meinen Krankenhausaufenthalt vor drei Jahren erinnern? Da lag ich doch im Martha-Maria, nach dieser vergeigten Aktion in Gostenhof.«

Sie nickte. Gewiss konnte sie sich daran erinnern, viel zu gut konnte sie sich daran erinnern, als Heinrich sich standhaft geweigert hatte, das Krankenhaus zu verlassen, obwohl ihm nichts Organisches fehlte. Und auch an ihr schlechtes Gewissen, denn sie war es ja gewesen, die diesen Einsatz vergeigt hatte. Sie und ihre Angst vor Heinrichs Waffe.

»Dort hab ich den Ulli kennengelernt. Wir haben schon damals oft in der Cafeteria gesessen und Schafkopf zusammen gespielt. Und dann hat er mich eines Tages angerufen und gefragt, ob ich nicht Lust hätte, bei ihnen einzusteigen. Denen war nämlich kurz davor der vierte Mann abgesprungen. So ist es dazu gekommen. War ja auch eine nette Runde. Nichts für die große Freundschaft, aber so weit waren alle ganz in Ordnung. Mal mehr, mal weniger.«

Jetzt endlich wusste sie, warum ihr das Gesicht des Opfers so bekannt vorgekommen ist – Jakobsohn war der leutselige, fröhliche Patient mit der schmeichelnden Stimme, den sie in Heinrichs Krankenzimmer seinerzeit zweimal angetroffen hatte.

»Was heißt hier ›mal weniger‹?«

»Na ja, du weißt doch. Es hat halt jeder so seine Eigenheiten. Ich auch, ich nehm mich da gar nicht aus. Und beim Schafkopfen geht's mitunter schon heftig zu. Wenn sich einer verschmeißt zum Beispiel. Oder wenn jemand meint, sein Partner hätte anders bedienen müssen. Dann wurde es schon mal laut. Aber am Schluss waren immer alle wieder friedlich.«

»Aber zu Handgreiflichkeiten ist es nicht gekommen?«

»Nein«, lachte Heinrich auf. »Das natürlich nicht.«

»Habt ihr um Geld gespielt?«

»Ja, schon.« Er sah sie verwundert an. »Sonst kannst du es ja gleich bleiben lassen. Sonst ist es ja witzlos. Aber das waren nur Centbeträge, nichts, was aus dem Rahmen fiel.«

»Aha.« Sie kramte in ihrer großen Umhängetasche und zog Heinrichs Dienstwaffe hervor, legte sie ihm vor die Nase. »Ich möchte, dass du die jetzt immer bei dir trägst.«

Nach einem langen Blick zu ihr sagte er: »Du hältst das für nötig?«

»Sonst würde ich sie dir nicht geben, das kannst du mir glauben. So ganz legal ist das nämlich nicht. Du bist ja nicht im Dienst. Das bist du erst wieder, wenn wir Jakobsohns Mörder gefunden haben. Ich verstoße hiermit also eindeutig gegen die Dienstvorschriften.«

»Das ist dir doch sonst auch wurst«, war alles, was er dazu sagte.

Er nahm die Heckler & Koch P7 nicht an sich, musterte sie lediglich. Da setzte sie nach: »Ich habe den Eindruck, du nimmst diese Sache nicht so ernst, wie du sie nehmen solltest. Eigentlich solltest du sie noch ernster nehmen als ich, denn es ist dein Leben, das auf dem Spiel steht, nicht meins.«

Nachdem er noch immer nicht nach der Waffe griff, sie stattdessen mit ironisch-amüsiertem Blick ansah, verlor sie die Beherrschung, zum zweiten Mal an diesem Tag, und erzählte ihm die paar Details, die sie noch an der Haustür am Budapester Platz aus Rücksichtnahme ihm gegenüber verschwiegen hatte; sie bauschte diese Details ein wenig auf, zugegeben, aber das war ja nur zu seinem Besten. Wie zum Beispiel, dass alle der Kollegen ihn nach wie vor als Hauptverdächtigen sahen, dann seine verheerende Rolle in Winklers Akte und Fleischmanns ausdrückliche Empfehlung,

»Herrn Bartels aus dem Kreis der Verdächtigen nicht auszuschließen«.

Nachdem sie geendet hatte, fragte Heinrich, nun sichtlich erschrocken: »Aber ich habe doch keine Schmauchspuren an den Händen gehabt?«

»Nein, an den Händen nicht, aber an deiner Hose schon. Außerdem kannst du dir anschließend die Hände gewaschen oder gleich von Anfang an Handschuhe getragen haben. Das entlastet dich in keiner Weise. Das kannst du dir doch denken.«

Da endlich zog er die Waffe samt Holster zu sich.

»Was glaubst du eigentlich, Paula«, fragte er mit leiser Stimme, »was ich mit dieser Sache zu tun habe? Hältst du es auch für möglich, dass ich …«

»Nein, natürlich nicht. Das ist ausgeschlossen«, sagte sie. »Ich glaube, man hat dir eine Falle gestellt.«

»Wie kannst du dir da so sicher sein?«

»Weil ich dich kenne.«

»Ich bin mir da nicht so sicher. Möglich ist alles.« Er sah sie ernst an.

»Möglich ist vieles, aber nicht alles. Das Saudumme ist nur, dass du dich an so gar nichts erinnern kannst. Insofern hat eine sequenzielle Rekonstruktion derzeit auch wenig Sinn, fürchte ich.«

»Hm«, brummte er zustimmend. »Aber was sollen wir dann machen?«

»Lass halt mal deine berühmt-berüchtigte Phantasie spielen. Also, was wissen wir? Dass Jakobsohn von jemandem getötet wurde, der ihn und dich offensichtlich gut kannte. Und nachdem jeder, der mit ihm zu tun hatte, übereinstimmend aussagte, dass das nicht allzu viele waren, müssen wir jeden unter die Lupe nehmen, wieder und wieder, bis wir ein Motiv finden.«

»Aber warum sollte jemand den Ulli umbringen? Der hat doch nix.«

»Das habe ich schon so oft gehört, dass ich es bald nicht mehr hören mag. Der hat doch nix! So ein Krampf. *Der*«, betonte sie, »hatte zum Beispiel eine Eigentumswohnung. Plus eventuell eine Erbschaft, da sind wir noch dran. Plus großzügige Unterstützung von seinen Freunden. Allein du hast ihm schon mal zehntausend Euro geliehen. Oder gar geschenkt?«

»Im Prinzip war es eine Leihgabe«, sagte Heinrich lächelnd, »aber ich hab von Anfang an damit gerechnet, dass ich das Geld nicht zurückbekomme. Letztendlich dann also doch geschenkt.«

»Das finde ich aller Ehren wert, Heinrich, wirklich. Eine Schenkung von zehntausend Euro an jemanden, den man erst seit Kurzem kennt, und das nicht einmal besonders gut. Du hast es doch auch nicht so üppig.«

»Nein, so üppig hab ich's nicht, da hast du recht. Aber ich brauche auch wenig, das weißt du ja. Und wenn es jemand so dringend braucht wie der Ulli damals …«

Damit war das Thema Dauerleihgabe für sie erledigt.

»Und du hast überhaupt keine Vorstellung, warum du an diesem Samstag bei Jakobsohn warst? Irgendeine Idee?«

Bedauernd zog Heinrich die Schultern hoch. »Nein, keine. Da ist nur ein schwarzes Loch, schon ab Freitagabend.«

»Aber du bist vorsätzlich dorthin hingefahren, nicht aufs Geratewohl. Das war keine Stippvisite aus einer momentanen Laune heraus. Das hat mir deine Oma gesagt. Dass du in die Spenglerstraße gefahren bist, zum Kartenspielen. Also hast du sie angelogen. Aber warum? Machst du das regelmäßig, schwindelst du sie öfters an?«

»Öfters, na ja, das gerade nicht. Aber manchmal lässt es sich halt nicht vermeiden. Sie will schon immer ganz genau wissen, wo ich bin, wen ich sehe, wie lange ich dort bleibe, solche Sachen halt.«

Dann fügte er ergänzend hinzu: »Und immer, immer fragt sie, ob ich dort wohl eine Frau treffe. Mensch, geht mir diese Fragerei auf den Senkel, das glaubst du gar nicht. Mindestens jeden zweiten Tag hält sie mir vor: ›Ich kann erst in Ruhe sterben, wenn du nicht mehr allein bist, mein Heinerle. Erst wenn du eine gute Ehefrau an deiner Seite hast, dann kann ich gehen.‹«

»Sie macht sich halt Sorgen um dich. Wie das jede Großmutter an ihrer Stelle machen würde.«

»Aber sie braucht sich um mich keine Sorgen zu machen«, rief Heinrich. »Mir geht es gut. Auch ohne Frau. Schau dich doch um. Wo du hinsiehst, gibt es Streit, trennen sich die Leute massenhaft oder lassen sich scheiden. So was brauche ich alles nicht, wirklich nicht.«

Dann nochmals, jetzt mit unverkennbarem Trotz in der Stimme: »Mir geht es gut. Sehr gut geht es mir.«

Dieser dürftige Satz, durch die Wiederholung mit Pathos, mit falschem Pathos, aufgeladen, war ihr Stichwort. »Tut es das wirklich? Fehlt dir nichts?«, fragte sie ihn ernst.

Nachdem sie auf ihre Frage keine Antwort erhielt, kramte sie aus ihrer Tasche die Fotokopie heraus, die Jakobsohn mit der jungen Thailänderin zeigte, und hielt sie ihm wortlos hin. Da schloss er die Augenlider ganz kurz. Auf der Stelle verschwand das Jungenhafte aus seinem Gesicht.

»Ja, und?« In seiner Stimme lauerte Aggression. »Ist das in deinen Augen strafbar?«

»Ihr hattet dieser Frau wegen großen Streit, du und der Jakobsohn. Erinnerst du dich daran?«

»Das ist doch schon lange her.« Heinrich sah angestrengt auf die Tischplatte. »Wir, Ulli und ich, haben uns kurz danach ausgesprochen, und dann war es auch wieder gut.« Noch immer hielt er den Blick von ihr abgewandt.

»Lange her? Na, ich weiß nicht. Für mich sind ein paar Wochen nicht lang.« Sie sah ihn fragend an. Eine Zeit lang war es in dem Zimmer so ruhig, dass man die Autos unten vorbeirauschen hörte.

»Liebe beziehungsweise Eifersucht gibt übrigens immer ein gutes Mordmotiv ab. Aber wem sag ich das? Lass nur mal Trommen und seine Leute dadrauf kommen, dann bin ich die SOKO-Leitung ratzfatz wieder los, so schnell können wir zwei gar nicht schauen. Da wird dann aber anders ermittelt. Zumal auch das Foto, das bei Jakobsohn im Wohnzimmer stand, seit der Mordnacht fehlt. Es kann gut sein, dass der Täter das hat mitgehen lassen. Um nämlich den Verdacht auf dich als eifersüchtigen Nebenbuhler zu lenken.«

Nachdem er auch dazu nichts sagte, schlug sie mit der rechten Hand krachend auf den Tisch. »Heinrich, wach jetzt endlich mal auf! Du merkst anscheinend gar nicht, wie es um dich in dem Fall bestellt ist. Dass du knietief in der Scheiße steckst. Und dass die Einzige, die dir da heraushelfen will, ich bin. Also lüg mich nicht mehr an. Das kannst du vielleicht mit deiner Großmutter machen, aber mit mir nicht. Haben wir uns da verstanden?«

»Ich wollte halt auch mal ausspannen. Ganz unbeschwert. Ein paar schöne Tage haben. Verstehst du das nicht?«

Das tat sie, aber sie hütete sich, das ihm gegenüber zuzugeben. »Die hättest du hier auch haben können. Dafür musst du nicht eigens nach Thailand fliegen.«

»Darf ich dich fragen, woher du das mit der Phinyoyos weißt, Paula?«

»Das hat sich im Zuge der Ermittlungen eben ergeben«, antwortete sie spitzzüngig.

»Also vom Wolf-Rüdiger oder vom Karl. Dazu brauche ich keine große Phantasie. Einer von beiden hat getratscht.«

»Mag sein. Oder auch nicht«, war alles, was sie dazu anmerkte.

»Mal eine andere Frage: Hat eigentlich irgendjemand aus dem Präsidium Kenntnis davon, dass ich jetzt hier bin?« Heinrich machte eine ausladende Handbewegung in den Raum hinein.

»Ich hoffe, nicht. Ganz stark hoffe ich das. Denn das wäre ja wieder gegen die Dienstregeln. Einen Tatverdächtigen zum Tatort mitnehmen und ihm dann seelenruhig alle Details ausplaudern. Und das bleibt auch weiterhin unter uns, gell?«

»Und die Eva?«

»Nein, Frau Brunner weiß es auch nicht. Aber nicht, weil ich es ihr verschwiegen habe, sondern weil es sich nicht ergeben hat, es ihr zu sagen. Außerdem ist sie keine Kollegin im üblichen Sinn, sondern die stellvertretende Leiterin der SOKO Bartels.«

»Und das andere …?«

Sie musste nicht nachfragen, was er mit dem anderen meinte. »Das mit deiner Thailand-Geschichte, nein, das weiß sie nicht. Aber das nun ist etwas, was ich ihr bewusst vorenthalten habe, und zwar nur aus Rücksicht dir gegenüber. Denn ich fürchte, das würde sie dir gewaltig übel nehmen. Und dann gäbe es keine Chance mehr für ein gedeihliches Miteinander in unserer Kommission.«

Als sie gemeinsam die Wohnung verließen, raunte er ihr ein kaum hörbares »Danke, Paula!« zu.

Eine gute halbe Stunde später lieferte sie ihren Mitarbeiter wieder am Budapester Platz ab, direkt vor seiner Haustür. Als er den Griff der Beifahrertür schon in der Hand hatte, wiederholte sie ihre eindringliche Bitte, er möge so wenig wie möglich die Wohnung verlassen. Und wenn doch, dann nicht ohne Waffe.

»Da muss halt jetzt die nächste Zeit deine Großmutter die Einkäufe erledigen. So lange, bis wir Klarheit haben. Ich werde mir jede erdenkliche Mühe geben, dass das bald der Fall sein wird.«

Er zog die Tür von innen zu und sagte: »Hast du dir seine Konten schon angesehen?«

»Flüchtig, ja. Warum?«

»Ich weiß nicht. Das ist nur so ein Bauchgefühl von mir. Ich denke, da könnte was zu holen sein. Aber du musst, fürchte ich, weit zurückgehen.«

Was zu holen sein? Wusste Heinrich etwas, das er ihr nicht sagen wollte, worauf sie von selbst kommen sollte? Oder hatte er nur einen vagen Verdacht? Oder, dritte Möglichkeit, war dieser Hinweis der Vorsicht geschuldet, mit der er seine Begeisterung für das Studium von Kontenbewegungen in letzter Zeit dosierte, nachdem sie ihn des Öfteren damit aufgezogen hatte?

»Also, bislang habe ich nichts Auffälliges entdecken können. Aber ich kann dir die Unterlagen vorbeibringen, und du machst dich mal drüber her. Vielleicht siehst du ja was, was mir entgangen ist.«

»Gern, Paula. Ich würde das wirklich gern machen. Und gut! Besser als eine von euch beiden.«

Dann endlich stieg er aus, und sie fuhr zum Jakobsplatz zurück. Dort wartete bereits eine ungeduldige Eva Brunner auf sie.

»Ha, Frau Steiner, Sie werden es nicht glauben, was ich in der Zwischenzeit alles herausgekriegt habe. Diese Befragung hat sich wirklich gelohnt. Das ist eine Sensation.«

Kurze Kunstpause, um sich die ungetrübte Aufmerksamkeit ihrer Vorgesetzten, die soeben ihre Jacke auf den Bügel hängte, für das zu sichern, was jetzt folgen sollte.

»Die Harrer hat uns angelogen. Und zwar nach Strich und Faden angelogen. Da stimmt ja gar nichts, was die uns erzählt hat. Gar nichts! Ich fange mal ganz von vorne an. Zum Ersten: Freilich wusste die, dass der sein Studium beendet hatte. Die hatten damals nämlich noch Kontakt miteinander. Und sie hat sich in ihrem Bekanntenkreis sehr für ihn und seine berufliche Laufbahn eingesetzt, was ich ihr gar nicht zugetraut hätte. Seinen ersten Job bei Siemens hatte er im Prinzip nur ihr zu verdanken. Beziehungsweise ihren Beziehungen zu irgend so einem höheren Siemens-Manager.«

»Aha. Und von wem haben Sie diese Information?«, fragte Paula.

»Von Tobias Harrer. Sein Bruder Sebastian ist gar nicht erschienen. Wie ich so zwischen den Zeilen gehört habe, verstehen sich die beiden anscheinend nicht sonderlich gut. Doch auf das Ergebnis meiner Befragung hatte das keinen Einfluss, weil nämlich dieser Tobias für zwei geredet hat. Mehr hätte mir sein Bruder auch nicht erzählen können. Aber jetzt weiter im Text. Zweite Lüge: Jakobsohn kannte seine beiden Neffen sehr wohl. Die haben sich früher regelmäßig gesehen. Bis vor sechs Jahren. Da erst hat die Harrer ihrem Bruder das Haus verboten und ihren Söhnen den Kontakt mit ihm untersagt. Eigentlich hat sie uns da noch mal angelogen, jetzt schon zum dritten Mal. Denn die Harrer hat ja gesagt, sie habe den Kontakt zu Jakobsohn viel früher abgebrochen. Nämlich vor, ach, da muss ich jetzt nachschauen. Einen Augenblick, ich hab's …«

»Das müssen Sie nicht«, wurde Eva Brunner von Paula entnervt unterbrochen. »Die genaue Anzahl von Jahren, um die sie sich vertan hat, spielt in dem Zusammenhang keine Rolle. Noch was?«

Für sie klang das, was ihre Mitarbeiterin ihr bislang unterbreitet hatte, nicht nach der Sensation, als die sie angekündigt worden war. Gut, Jakobsohns Schwester hatte sie angeflunkert. Wahrscheinlich deswegen, weil sie auch nach seinem Tod nichts mehr mit ihm zu tun haben wollte. Und dafür hatte Paula, die mit ihrem Bruder schon seit Jahrzehnten auf Kriegsfuß stand, alles Verständnis der Welt.

»Aber das Beste kommt jetzt«, frohlockte Eva Brunner. »Von wegen, Jakobsohn habe nichts vom Erbe bekommen. Das hat er eben schon! Wie jetzt genau der Besitz an diesem Haus aufgeteilt ist, wusste mein Informant leider auch nicht. Aber er war sich ganz sicher, dass das Haus nicht allein seinen Eltern gehört. Sondern dass da sein Onkel immer noch, bis heute, seine Finger mit im Spiel hat.«

»Und erschien Ihnen Tobias Harrer gerade in diesem Punkt glaubwürdig?«, fragte Paula.

»Oh ja. Auf jeden Fall. Glaubwürdiger als seine Mutter«, sagte die Jungpolizistin, und sie schien sich sehr sicher.

»Seltsam ist das schon, dass er Ihnen gegenüber so offen war. Er belastet damit ja seine Mutter. Das muss ihm doch bewusst gewesen sein.«

»Ich glaube, der hat zu seinen Eltern und auch zu seinem Bruder kein gutes Verhältnis. Er wohnt auch nicht mehr daheim. Sein Bruder schon.«

»Aber warum lügt die Harrer? Sie muss doch damit rechnen, dass wir das herausfinden.« Paula war nachdenklich geworden. »Haben Sie ihr Alibi schon überprüft, Frau Brunner?«

»Ja, habe ich. Es stimmt zwar, dass sie und ihr Mann an diesem Samstagabend bei Bekannten waren, aber erst ab zwanzig Uhr zehn. Also hätte sie noch Zeit gehabt, vorher … nicht wahr? Und weil Sie fragen, warum die Harrer lügt: Wer lügt, hat in meinen Augen immer etwas zu verbergen.«

»Hm«, brummte Paula zustimmend. »Trotzdem. Ich kann mir das nicht vorstellen, dass die in dieser Geschichte mit drinhängt. Ich kann es einfach nicht.«

»Ich schon«, versetzte Eva Brunner vergnügt. »Was machen wir jetzt mit ihr?«

»Der werden wir nochmals einen Besuch abstatten. Vielleicht hat sie ja eine glaubwürdige Erklärung für ihre Falschaussagen. Vorher muss ich aber noch den Weberknecht durchchecken und bei der KT anrufen. Sie können derweil ja in die Kantine gehen, falls Sie hungrig sind.«

Doch Frau Brunner war nicht hungrig. Leider. So sah sich Paula gezwungen, ihre Mitarbeiterin ebenfalls anzuschwindeln. Als sie nach dem Packen griff, der Jakobsohns Kontoauszüge und Grundbucheintragungen enthielt, sagte sie betont beiläufig: »Und das ganze Zeug hier werde ich mir heute Abend in aller Ruhe einmal ansehen. Daheim. Hier kommt man ja zu nichts.«

Ihr Anruf bei Klaus Zwo brachte keine neuen Erkenntnisse. Nein, im Wohnzimmer war kein Foto von Jakobsohn mit einer Thailänderin gewesen. »Das hätte ich dir doch schon längst gesagt,

Paula.« Und wieder nein, eine schmiedeeiserne Gardinenstange hatten sie auch nicht gefunden, weder in der Küche noch in den anderen Räumen. Und auch sein Handy hätten sie noch nicht orten können. »Das wird der Täter, wenn er klug war, sicher längst entsorgt haben«, fügte der Kriminaltechniker dazu an.

»Trotzdem wäre es gut, wenn wir von dem Handy die Verbindungsdaten haben könnten. Bleibst du an dem Anbieter dran und kümmerst dich bitte darum, Klaus?«

»Ja, mache ich«, versprach er.

Dann verließen die Leiterin der SOKO Bartels und ihre Stellvertreterin das Büro. Eine gute halbe Stunde später hatten sie die Blumröderstraße erreicht. Monika Harrer erschien fast zeitgleich mit dem ersten Klingeln im Rahmen ihrer Haustür. Sie sah die beiden Polizistinnen fragend und mit dem typisch halbgefrorenen Lächeln an.

»Ja, bitte? Was ist denn noch?«

Eva Brunner hatte Paula während der Fahrt vorsichtig zu verstehen gegeben, dass sie diese Befragung gerne allein führen würde. Sie hatte dem zugestimmt, wohl wissend, dass ihrer Mitarbeiterin offensichtlich viel daran lag. Gleichzeitig hatte sie Frau Brunner in Verdacht, dass sie sich auf Monika Harrer als Täterin bereits jetzt festgelegt hatte. Dennoch nahm sie sich vor, nur im Notfall zu intervenieren.

»Wir haben mit Ihnen zu reden.«

So lautete die noch harmlose Eröffnung, der umgehend die etwas umständliche und sehr amtsdeutsche Formel »Wegen zwar uneidlicher, aber bewusster Falschaussage gleich in mehreren Fällen gegenüber der Polizei« folgte.

Als Frau Harrer darauf nicht reagierte, sondern mehr Interesse daran zeigte, die Straße nach möglichen Zeugen ihres Besuchs zu taxieren, wurde prompt die zweite Belehrung angehängt.

»Uneidliche Falschaussagen sind, das zu Ihrer Information, strafbar, egal ob vor Gericht oder gegenüber Vollzugsbeamten. Strafmaß: zwischen drei Monaten und fünf Jahren Gefängnis oder einer entsprechenden Geldstrafe.«

Von rechts schlurfte ein alter Mann mit Rollator und Kurzhaardackel heran. Da wurden sie hereingebeten. So energisch wie widerwillig. Eva Brunner ging zielstrebig ins Wohnzimmer, nahm – ohne dazu aufgefordert zu sein – auf dem weißen Sofa Platz und legte Block und Stift griffbereit auf den Couchtisch. Ein derart forsches Auftreten sah Paula Steiner bei ihr zum ersten Mal. Ihre Mitarbeiterin musste sich ihrer Sache sehr sicher sein.

»So«, sagte Eva Brunner und sah dabei auf ihre Notizen, »uneidliche Falschaussage Nummer eins: Sie wussten sehr wohl, dass Ihr Bruder sein Studium abgeschlossen hat. Sie haben ihm durch Ihre Beziehungen ja selbst den Arbeitsplatz bei Siemens verschafft. Falschaussage Nummer zwei: Sie haben den Kontakt zu dem Opfer wesentlich später abgebrochen als von Ihnen angegeben. Falschaussage Nummer drei: Und Sie haben uns auch angelogen, was die Besitzverhältnisse an diesem Haus hier betrifft. Ulrich Jakobsohn wurde nämlich doch von Ihren Eltern als Erbe bedacht.«

Nachdem sie all ihr Pulver verschossen hatte, sah Eva Brunner streng zu ihrer Gastgeberin auf. »Was sagen Sie dazu?«

»Woher haben Sie denn den ganzen Unsinn?«, lautete die unwirsche Gegenfrage. Das Stewardessen-Lächeln verschwand.

Daraufhin zitierte Eva Brunner die Lieblingsfloskel ihrer Chefin in Fällen wie diesem: »Wir haben da unsere Möglichkeiten. Noch einmal: Warum all diese Falschaussagen? Was wollten Sie damit verschweigen? Was haben Sie vor uns zu verbergen?«

Keine Antwort. Nur ein langer, beiläufiger Blick aus dem Fenster in den Garten, auf das grünbraune Rasengeviert.

Paula fing den hilflosen Blick ihrer Mitarbeiterin auf und sekundierte. »Ich an Ihrer Stelle, Frau Harrer, würde schon versuchen, diese – ich formuliere es jetzt mal wohlmeinend – Ungereimtheiten aufzuklären.«

»Ich denke, es ist besser, ich konsultiere jetzt unseren Anwalt«, sagte Monika Harrer spitz. »Ich habe ja nicht geahnt, dass das ein Verhör wird, sonst …«

»Verhöre gibt es seit 1933 nicht mehr«, fiel ihr Paula ins Wort. »Das hier ist eine Befragung. Wenn Sie Ihren Anwalt hinzuziehen möchten, was Ihnen natürlich freisteht, wird daraus eine Vernehmung. Die führen wir dann aber nicht hier durch, sondern im Präsidium, und zwar in Anwesenheit eines Protokollführers und eines unserer Staatsanwälte. Können wir gerne und sofort machen, wenn Sie das möchten«, schloss sie mit ihrem unverbindlichen Allerweltslächeln.

»Nein, das muss ja nicht sein«, gab Monika Harrer schließlich nach. »Nicht von meiner Seite aus. Ja, es ist wahr. Ich hatte ihm diesen Job besorgt. Leicht ist mir das nicht gefallen. Die Bekannten anbetteln und ... Aber glauben Sie nicht, dass er mir dafür nur in der geringsten Weise dankbar war. Für ihn schien das eine Selbstverständlichkeit zu sein, dass ich ... Na, lassen wir das. Zu Ihrem Vorwurf, ich hätte gelogen, was den Beginn unserer Kontaktsperre anbelangt, tja, da habe ich mich wohl verschätzt. Mir kommt es halt länger vor, als es tatsächlich war. Aber spielt das alles überhaupt eine Rolle? Ich habe doch ein wasserdichtes Alibi.«

»Genau, das Alibi, das eben nicht wasserdicht ist«, sagte Eva Brunner. »Sie waren erst um zwanzig Uhr zehn bei Ihren Bekannten. Insofern hatten Sie genügend Zeit, vorher in der Spenglerstraße vorbeizufahren. Demnach kommen Sie als Täterin durchaus in Frage.«

»Wieso sollte ich meinen Bruder umbringen? Aus welchem Grund? Und vor allem – womit? Sie sagten ja, er wurde erschossen. Aber wir haben keine Waffen im Haus, noch nie gehabt.«

»Da gibt es durchaus Möglichkeiten, sich eine zu beschaffen. Illegal, meine ich.«

Paula, die das Gespräch mit wachsender Sorge verfolgte, erinnerte sich an ihr Versprechen und zwang sich zum Schweigen. Leicht fiel ihr das nicht.

»Außerdem sind zweihundertfünfzigtausend Euro ein sehr guter Grund, finde ich«, setzte Eva Brunner hinzu.

»Zweihundertfünfzigtausend Euro? Woher haben Sie denn diese Zahl? Das ist ja lächerlich.«

Geflissentlich überhörte die Jungkommissarin diese Frage und sagte stattdessen: »Im Grundbuch dieses Anwesens steht Ihr Bruder immer noch als Miteigentümer, das habe ich mir vom Katasteramt bestätigen lassen.«

Eva Brunner sah zu ihrer Vorgesetzten hin. Diese nickte ihr anerkennend und auch überrascht zu. Das allerdings war ein neuer Aspekt, den auch sie nicht mehr unter die Rubrik mangelnde

Geschwisterliebe subsumieren konnte. Ihr Interesse und ihre Angriffslust waren geweckt.

»Also, das ist doch … Mir fehlen die Worte. Muss man sich denn jetzt schon rechtfertigen, wenn man ein Haus erbt? Das kann doch alles gar nicht wahr sein!«

Da Eva Brunner bedeutungsvoll schwieg, sprang Paula Steiner ein. Sie hatte plötzlich genug von dieser Frau mit ihrem halbgefrorenen Lächeln, ihrer gespielten Empörung, von ihrem ganzen falschen Gehabe, und sagte betont ruhig: »Uns fehlen auch die Worte, Frau Harrer. Da sind Sie nicht allein. Und nein, um Ihre Frage zu beantworten, man muss sich für ein Erbe nicht entschuldigen, aber man muss uns auch nicht anlügen. Das und die Tatsache, dass Sie für die Tatzeit kein Alibi haben, legen es nahe, dass Sie jetzt doch besser Ihren Anwalt anrufen sollten. Wir setzen die Vernehmung am Jakobsplatz fort. Ja, ich denke, das ist für alle Seiten das Beste. Also bitte. Wir warten.«

Da verschwand das falsche Lächeln endgültig. Wurde ersetzt durch aufrichtiges Erschrecken. Mit Furcht in der Stimme fragte Monika Harrer: »Ist das denn nötig, einen Anwalt hinzuziehen? Ich habe doch nichts getan. Ich habe Ulrich nicht umgebracht. Wirklich nicht. Das müssen Sie mir glauben.«

Lauter Floskeln, die die Kommissarin schon zig Male gehört hatte. *Ich war es nicht. Ich habe nichts getan. Bitte glauben Sie mir.* Aber so, wie ihre Vernehmungskandidatin sie aussprach, spürte sie, dass nicht alles, was zur Floskel taugt, auch eine ist. Und – soeben hatte sie ihren Bruder das erste Mal bei seinem Namen genannt.

»Warum dann diese unnötigen Lügen? Erklären Sie uns das bitte.«

»Ich kann es nicht erklären. Vielleicht … Ach, ich wollte halt einfach nichts mehr mit ihm zu tun haben. Ihn nicht sehen, nicht über ihn reden, nicht an ihn erinnert werden. Das war mir zuwider. Und vielleicht … vielleicht hatte ich auch Angst, dass Sie mich verdächtigen, wenn die Sache mit der Erbschaft ans Tageslicht kommt. Bei Schulden, und dann noch in solcher Höhe, wird die Polizei doch immer hellhörig und verdächtigt einen. Und von einem Verdacht zu einer Beschuldigung beziehungsweise Anklage ist es oft nur ein kleiner Schritt, das weiß man doch. Ihr

Auftritt hier ist das beste Beispiel dafür, Sie haben mich ja auch sofort …«

Bevor Monika Harrer in ihre alte Rolle, die mit dem Stewardessen-Lächeln und dem anmaßenden Blick, verfallen konnte, wurde sie von Paula schnell unterbrochen. »Gut, lassen wir das vorerst. Hat sich Ihr Bruder denn mit diesem Eintrag in das Grundbuch zufriedengegeben?«

»Natürlich nicht«, war die empörte Antwort. »Da kennen Sie ihn aber schlecht. Er hat darauf bestanden, dass wir ihm alles bezahlen. Auf Heller und Pfennig. Doch den größten Teil davon hat er schon bekommen.«

Auf den fragenden Blick ihrer Besucherinnen fügte sie hinzu: »Damals, nach dem Tod meiner Eltern, haben wir ihm schon hundertfünfzigtausend Euro ausgezahlt. Mehr hatten wir zu diesem Zeitpunkt einfach nicht. Den Rest, so wurde es vereinbart, begleichen wir seit dem Jahr 2009 peu à peu. Jeden Monat wollte er fünfhundert Euro von uns, und er hat sie auch bekommen. Pünktlich zum Ersten jeden Monats.«

Paula sah zu Eva Brunner. Da diese keine Anstalten machte, hier nachzuhaken, fragte sie: »Aber nicht in Form einer Überweisung?«

»Nein, nein, bar auf die Hand. Er wollte das so. Mir wären Überweisungen auch lieber gewesen, das können Sie mir glauben! Aber der Herr hat darauf bestanden, sich das Geld persönlich auszahlen zu lassen.«

»Dann haben Sie ihm also jeden Monat …«

»Ich doch nicht«, wurde sie ungehalten unterbrochen. »Meinen Sie, ich hätte für ihn den Zusteller gespielt? Aber wirklich nicht. Nein, nein, das hat Tobias übernommen. Mein jüngerer Sohn war der Einzige, dem man das zumuten konnte. Sebastian, mein Mann und ich, wir kamen dafür nicht in Frage.«

»Da haben Sie ja gar nichts in der Hand über diese Transaktionen. Also nichts Schriftliches, meine ich.«

»Natürlich haben wir uns die Auszahlungen gegenzeichnen lassen. Meinen Sie, ich liefere ihm das Geld brav jeden Monat ab und verzichte dabei auf eine Quittung?«

»Diese Quittungen bewahren Sie sicherlich hier im Haus auf. Können wir die mal sehen?«

Eilfertig stand Frau Harrer auf und verließ das Zimmer. Nach nur wenigen Minuten kehrte sie zurück, mit einer Aluminiumkiste Stumm legte sie die Kassette auf den Tisch, zog schweigend einen Packen handbeschriebener Zahlungsvordrucke heraus; auch als sie diese auf den Tisch legte, sagte sie noch immer nichts. Eva Brunner nahm den Stapel an sich und sah ihn aufmerksam durch.

»Tatsächlich«, sagte sie schließlich, »das scheint alles seine Ordnung zu haben.«

»Das scheint nicht nur seine Ordnung zu haben, das hat seine Ordnung«, korrigierte sie Frau Harrer.

»Wie viel von dem Rest der hunderttausend Euro haben Sie denn mittlerweile abbezahlt?«

»Da müsste ich nachschauen, aus dem Stegreif kann ich das nicht sagen«, lautete die Antwort.

»Mir würde vorerst ein Circa-Wert reichen«, beharrte Paula.

»Vielleicht so knapp dreißigtausend. Mehr nicht.«

»Bleiben also noch gute siebzigtausend Euro«, sagte sie gedankenverloren und stand auf. Als sie bereits an der Haustür standen, merkte sie noch an: »Wenn Sie Glück haben, das heißt: wenn kein Testament vorliegt, wird Ihnen der Rest ja erlassen.«

»Davon gehe ich aus«, war alles, was Frau Harrer noch sagte, bevor sie die Tür energisch von innen schloss.

Sofort nachdem sie auf dem Beifahrersitz Platz genommen hatte, platzte es aus Eva Brunner heraus: »Also, wenn Sie mich fragen, dann sind siebzigtausend Euro ein sehr gutes Mordmotiv.«

»Schon, ja. Aber trotzdem glaube ich nicht, dass sie es war.«

»Und warum nicht?«

»Dafür fehlt ihr die Leidenschaft. Nicht der Hass, aber die brutale Gewalt, die für so eine Tat notwendig ist. Gut, die beiden waren sich spinnefeind, aber anscheinend haben sie sich doch irgendwie arrangiert. Mit dieser Regelung konnten beide leben, einigermaßen. Aber natürlich haben Sie recht, Frau Brunner, möglich ist alles. Auf jeden Fall haben Sie in dieser Sache hervorragend recherchiert, eine wirklich gute Arbeit.«

»Frau Steiner, wollten Sie nicht von diesem Außentermin direkt nach Hause fahren? Um sich die Bankauszüge durchzusehen? Dann würde ich Sie jetzt heimfahren und von da aus wieder ins Präsidium.«

Oh, ihr zweiter Außentermin, der am Budapester Platz, den hatte sie ganz vergessen. Sie wollte doch Heinrich die Kontoauszüge vorbeibringen. Verfluchte Heimlichtuerei.

»Nein, wir fahren jetzt zu diesem Weberknecht. In seinen Akten ist ein Vorgang. Das habe ich aber erst heute gesehen, als ich ihn durchgecheckt hab. Er steht in Verdacht, für gute Noten in den Zwischenzeugnissen Geld genommen zu haben. Er bestreitet die Vorwürfe. Aber das Verfahren ist noch anhängig. Derzeit ist er vom Dienst suspendiert.«

»Das ist ja unglaublich«, empörte sich Eva Brunner. »Der hat doch bestimmt ein gutes Beamtengehalt. Da hat er so was doch gar nicht nötig, also finanziell. Überall, wohin man schaut, nur Lug und Betrug. Wenn jetzt schon die Lehrer korrupt sind ...«

»Vorsicht, Frau Brunner. Noch ist nichts entschieden. Vorläufig gilt noch die Unschuldsvermutung. Und trotzdem würde ich ihn gern nochmals vernehmen. Wahrscheinlich hat er uns nämlich auch angelogen. Als bester Freund von Jakobsohn wusste er mit Sicherheit von den Zahlungen seiner Schwester. Warum hat er uns das verschwiegen? Und genau danach werde ich ihn fragen. Und nach seinem Darlehen von fünfzehntausend Euro. Auch das hätte er uns sagen können, zumal ich ihn konkret auf Jakobsohns finanzielle Verhältnisse angesprochen habe.«

Dass Weberknecht seinen Freund umgebracht hatte, das glaubte sie nicht. Was war das für ein Mensch? Lehrer, Kartenspieler, gut aussehend. Sicher einer, der sich vor allem mit sich selbst beschäftigte. Im Prinzip genau wie das Opfer. Nur dass sich Jakobsohn am Rande der Gesellschaft aufhielt, vor seiner Erbschaft lange Jahre mit wenig Geld auskommen musste und sich hauptsächlich von Bihun-Suppe ernährte. Beide lebten allein, waren nur sich selbst verpflichtet. Heinrich, gleichfalls ledig, dagegen trug Verantwortung – und wenn es auch nur gegenüber seiner Großmutter war.

Und Eigner? Auch er ein Single, offenbar ohne Bindung an andere. Sie hatte es versäumt, ihn nach seinem Beruf zu fragen. Das war ein Fehler gewesen. Ein entschuldbarer Fehler, denn das würde sie bald nachholen. Ein weiteres Versäumnis von ihr: Sie hatte die Nachbarn Jakobsohns vergessen. Auch das nicht weiter schlimm, damit würde sie, gleich im Anschluss an Weberknechts Befragung, Frau Brunner beauftragen.

Doch diesmal hatten sie in der Roritzerstraße kein Glück. Niemand reagierte auf ihr Klingeln. Die Tür blieb verschlossen.

Als sie wieder zum Wagen gingen, hatte der Feierabendverkehr bereits eingesetzt. Es war jetzt viel los auf den Straßen. Sie entschied, Frau Brunner zur Umfeldbefragung in der Spenglerstraße abzuliefern und von da aus Richtung Budapester Platz zu fahren.

Bevor sie ihre Mitarbeiterin in Gostenhof absetzte, fragte sie sie noch: »Meinen Sie wirklich, Sie schaffen das allein? Oder möchten Sie doch jemanden von Trommens Leuten zur Unterstützung?«

Eine Frage, die Eva Brunner entschieden ablehnte. Nein, nein, das wolle sie auf keinen Fall. »Bis ich da die Ergebnisse alle beieinanderhabe … Und auswerten muss ich sie sowieso allein. Das wäre doch doppelte Arbeit. Mir wäre es so lieber, Frau Steiner.«

Jetzt hatte es Paula eilig. Am Plärrer schaltete sie das Blaulicht an und schaffte es so in nicht einmal einer halben Stunde zu Heinrich. Als sie die Treppe in den dritten Stock emporstieg, hörte sie von oben die vertraute Frage mit der knarzenden Stimme: »Hallo, wer ist da?«, die sie lauthals mit »Ich, Paula Steiner, die Kollegin von Heinrich, Frau Bartels, ich komme jetzt rauf« beantwortete.

Doch trotz dieser erschöpfenden Auskunft stand Heinrichs Großmutter nicht, wie sie erwartet hatte, vor ihrer Wohnungstür. Die nämlich war zu. Als sie klopfte, ertönte wieder das heisere Knarzen mit demselben Wortlaut: »Hallo, wer ist da?«

»Ich, Paula Steiner, ich bin es.«

Sie hörte, wie eine Sperre entriegelt wurde, dann sah sie durch einen schmalen Schlitz in das argwöhnische rechte Auge der alten Frau.

»Tatsächlich, Sie sind es, Frau Steiner.«

Schnell öffnete sich die Tür, sie trat ein, und schwupp, wurde die Tür wieder fest zugezogen und der Sperrbügel verriegelt.

»Sie müssen schon entschuldigen, Frau Steiner«, sagte Anna Bartels. »Aber mir kommt hier die nächste Zeit keiner mehr in die Wohnung, den ich nicht kenne. Ich bin jetzt vorsichtig geworden.«

»Warum? Ist was passiert?«

»Ja. Als Heinrich heute Vormittag außer Haus war, habe ich Besuch bekommen. Von einem Mann, der behauptete, Heinrichs Kollege zu sein. Aber Heinrich kennt den gar nicht.«

»Was wollte dieser Mann von Heinrich?«

»Ihn besuchen. Ich habe ihm gesagt, mein Enkel ist nicht da. Er solle doch warten, Heinrich müsse jeden Augenblick wiederkommen. Das wollte dieser Mensch aber nicht. Ihm pressiert's, sagte er. Das wär doch ausgemacht gewesen, dass er kommt und die Unterlagen heute abholt. Richtig pampig ist der geworden.«

»Und weiter, Frau Bartels? Erzählen Sie.«

»Er hat drauf bestanden, in Heinrichs Zimmer zu gehen und sich die Unterlagen selbst zu holen. Aber da bin ich dann schon hellhörig geworden. Heinrich hat mir nämlich immer wieder eingeschärft, bei Fremden ganz wachsam zu sein. Ich hab ihn nicht in sein Zimmer gelassen. Ich habe ihn dann mehr oder weniger rausgeschmissen.«

»Das haben Sie sehr gut gemacht. Sehr gut. Wo ist denn Ihr Enkel jetzt?«

»In seinem Zimmer. Ich hab ihn eingesperrt. Nur zu seinem Besten natürlich. Wenn wieder jemand kommt und zu ihm will, muss er erst mal an mir vorbei. Und das wird nicht leicht. Hier, schauen Sie.« Stolz deutete sie auf die kleine Kommode neben der Wohnungstür, auf der ein Nudelholz, ein geriffeltes Brotmesser, eine Sofortbildkamera und ein schwerer dreiarmiger Leuchter aus Alpakasilber lagen.

»Ich bin bewaffnet. Und zu allem entschlossen. Soll er nur noch mal kommen, der Haderlump.«

8

Sie gab sich Mühe, das Lachen, das ihr den Hals hinaufkroch, zu unterdrücken. So wurde nur ein kleines schiefes Lächeln daraus, das Heinrichs Großmutter allerdings missdeutete, nämlich als wortlose Anerkennung für ihre Entschluss- und Tatkraft.

»Gell, das hätten Sie mir nicht zugetraut, Frau Steiner? Ich bin zwar nicht besonders groß und auch nicht sehr kräftig, aber meinen Enkel lasse ich mir nicht auch noch nehmen. Er ist der einzige Verwandte, den ich noch habe.«

»Was sagt denn Heinrich dazu, dass er jetzt sozusagen unter Quarantäne steht?«

»Es bleibt ihm gar nichts anderes übrig, als sich zu fügen. Sonst schmeiß ich ihn aus der Wohnung. Das hab ich ihm ganz deutlich gesagt: Entweder du machst, was ich sage, oder du kannst heute noch deine Sachen packen. Ich hab das schon ernst gemeint, dass ich zu allem entschlossen bin.«

Nach einer Weile fragte sie nachdenklich: »Das hat bestimmt mit dieser Geschichte bei dem Ulli zu tun, gell?«

»Ich fürchte, ja. Und ich finde das ausgesprochen gut, Frau Bartels, dass zumindest Sie das nicht auf die leichte Schulter nehmen. Darum müssen wir schauen, dass wir diesen … äh«, sie suchte nach einem harmloseren Wort für Mord und bediente sich dann der Wortwahl der alten Frau, »diese Geschichte bei dem Ulli auch schnellstens zu einem glücklichen Ende bringen. Ich nehme dann auf jeden Fall, bevor ich gehe, noch eine Personenbeschreibung dieses Mannes auf. Wie groß ist er circa, welche Kopfform hat …«

»Das brauchen Sie nicht, ich habe Heinrich diesen Menschen schon beschrieben, also das halt, was ich in der kurzen Zeit von ihm sehen und mir merken konnte. Mein Enkel hat daraus bereits eine Phantomzeichnung – so sagt man doch dazu, oder? – angefertigt. Und die können Sie gleich mitnehmen und nach diesem Verbrecher fahnden lassen.«

»Jawohl, das mache ich, Frau Bartels. Damit haben Sie mir

schon eine wichtige Arbeit abgenommen. Vorher aber würde ich gern noch mit Heinrich sprechen. Und ihm etwas übergeben.« Sie deutete auf die Faltmappe mit den Kontobewegungen, die sie unter dem Arm trug.

Anna Bartels nickte und lief in die Küche. Nach einer Weile geschäftigen Rumorens kehrte sie mit einem Schlüssel in der Hand zurück.

»Heinrich, wir kommen jetzt herein. Heinrich, hörst du uns?« Als er nicht darauf reagierte, fügte sie leise hinzu: »Ach, der wird wieder seine Musik hören. Laut, unter dem Kopfhörer. Da hört er freilich nix.«

Sie schloss die Tür auf. Und tatsächlich – Heinrich saß auf seinem Sessel, mit dem Rücken zu ihnen, die Kopfhörer auf dem Kopf. Seine Großmutter tippte ihm vorsichtig auf die Schulter. Erschrocken drehte er sich um und sah sie entgeistert an.

»So, dann lasse ich Sie jetzt allein. Möchten Sie einen Tee, Frau Steiner?«

»Oh ja, das wäre sehr freundlich von Ihnen. Wenn es nicht zu viel Mühe macht.«

»Mühe, pah! Ein Kamillentee macht doch keine Mühe. Soll ich wieder zusperren?«, fragte sie mit einem Gesichtsausdruck, der auf ein Ja hoffen ließ.

Sie sah, wie Heinrich verächtlich protestieren wollte. Daher antwortete sie schnell: »Bitte, ja, Frau Bartels. Besser ist besser. Man kann unter diesen Umständen gar nicht vorsichtig genug sein.«

Nachdem seine Großmutter zufrieden gegangen war, merkte Heinrich an: »Man kann es auch übertreiben.«

»Deine Oma macht sich halt Sorgen, berechtigterweise, wie ich finde. Und anscheinend gibt ihr dieses Auf- und Zusperren eine gewisse Sicherheit. Das sollte dir das Ganze doch wert sein. Oder?«

»Ja, schon«, stimmte er ihr zu. »Ich ordne mich ja auch unter. Obwohl … Wenn es wirklich einer darauf abgesehen hat, hier hereinzukommen, dann wird sie ihn kaum davon abhalten können. Nicht mit ihrem Nudelholz und der Sofortbildkamera. Außerdem begibt sie sich selbst in Gefahr durch diese, wie sie es nennt, Sicherheitsmaßnahmen. Dass meine Oma für jemanden, der unter allen Umständen mir an den Kragen will, kein Hindernis darstellt, ist dir hoffentlich klar.«

»Sicher, ja. Darum habe ich dir heute Vormittag ja auch deine Dienstwaffe gegeben. Wo ist die überhaupt?«

Da Heinrich keine Anstalten machte, danach zu suchen, wiederholte sie: »Wo ist deine Dienstwaffe?« Inhaltlich eine Frage, doch im Ton eine einzige Anklageerhebung.

»Fällt dir eigentlich auf, dass du dich manchmal wie ein Generalstaatsanwalt aufführst?«

»Wir können es auch anders machen. Ich beantrage für dich Personenschutz. Und dann sitzt hier den ganzen Tag ein Kollege und passt auf dich auf. Bei dem aktuellen Sachverhalt der Dinge kriege ich das sofort durch. Das ist überhaupt kein Problem. Also, was ist dir lieber?«

»Jaaa«, kam es gedehnt und genervt zurück. »Ist schon recht.« Heinrich griff in das CD-Rack, ganz nach hinten, wo er nach einigen Umräumarbeiten mit spitzen Fingern tatsächlich seine Waffe herauszog und sie ihr dann demonstrativ entgegenhielt.

»Das ist ja ganz toll, und im Notfall auch so schnell zur Hand. Du bist halt ein echter Pro…«

»Jetzt hör schon auf damit. Da«, er legte die Heckler & Koch auf den kleinen Beistelltisch vor sich, »bist du jetzt zufrieden?«

Paula atmete einmal tief durch, dann fragte sie: »Was hältst denn du von dieser Sache mit dem Besucher? Deine Großmutter hat mir erzählt, ihr habt schon ein Phantombild angefertigt. Kennst du den Mann, kannst du ihn irgendwo zuordnen?«

»Also, zu deiner ersten Frage: Egal ist mir das auch nicht. Zumal sich der als ein Herr Winkler ausgegeben hat. Es ist aber nicht unser Trommen-Winkler.«

»Du meinst, er kennt dich näher? So selten ist der Name Winkler nicht. Mir gibt eher zu denken, dass er genau zu dem Zeitpunkt erschienen ist, als du weg warst. Das ist seltsam.«

»Stimmt, da hast du recht. Er hat beobachtet, wie du mich abgeholt hast, und hat dann hier geklingelt. Aber was soll das dann mit den Unterlagen? Ich habe hier keine Unterlagen. Für niemanden. Meine Unterlagen sind alle im Präsidium.«

»Tja, das wusste aber er nicht. Wonach könnte er denn gesucht haben? Hast du dich das schon mal gefragt?«

»Hab ich, mir ist aber nichts eingefallen. Es muss auf jeden Fall etwas sein, was ihn belastet.«

»Genauso ist es.« Nach einer Weile sagte sie gedankenverloren: »Und darum wird er wiederkommen. Früher oder später.«

»Das wiederum glaube ich nicht«, widersprach Heinrich. »Denn wenn er uns heute Vormittag beobachtet hat, dann ist es eher wahrscheinlich, dass er das jetzt auch tut. Und dann hat er dich ja eben hereinkommen sehen. Also bist nun eher du in Gefahr als ich.«

»Quatsch.« Trotzdem stand Paula betont beiläufig auf und sah angestrengt durch die gehäkelte Scheibengardine auf den dunklen menschenleeren Platz hinab.

»Und was ist mit dem Gesicht, kommt dir das irgendwie bekannt vor?«, fragte sie, nachdem sie wieder Platz genommen hatte.

»Nein, überhaupt nicht, damit kann ich nichts anfangen. Vollkommene Leere.«

»Apropos Leere: Wie sieht es denn mittlerweile mit deinem Erinnerungsvermögen aus? Hat sich da was getan?«

»Ja, da hat sich was getan. Ich kann mich jetzt an den Abend erinn…«

»Und das sagst du mir erst jetzt!«, schrie sie ihn zornbebend an. »Das musst du doch wissen, dass das höchste Priorität hat. Ich habe den Eindruck, du hörst zu viel von diesem Wagner-Scheiß, da muss man ja blöd im Kopf werden!«

»Du hattest mich bislang nicht danach gefragt«, lautete Heinrichs pikierte Antwort.

»Du redest schon genauso saudumm daher wie manche unserer Zeugen. ›Du hast mich ja nicht danach gefragt‹«, imitierte sie seinen gleichermaßen spitzen wie beleidigten Tonfall. »Wie soll ich da …«

»Nicht aufregen, Paula, nicht aufregen. Hör mir lieber zu, wie das an dem Samstagabend abgelaufen ist. Der Ulli hatte mich am späten Vormittag angerufen und gebeten, abends zu ihm zu kommen. Er meinte, er brauche eventuell Unterstützung und einen Zeugen für eine Unterredung, die eben an diesem Abend stattfinden sollte. Mehr hat er dazu nicht gesagt, das weiß ich hundertprozentig. Daran würde ich mich erinnern. Auf jeden Fall bin ich dann abends zu ihm hin, zwanzig Uhr hatten wir vereinbart, klingle unten, die Tür öffnet sich sofort, ich gehe rauf und sehe seine Wohnungstür leicht angelehnt. Irgendwie komisch, denke ich mir noch für den Bruchteil einer Sekunde, schiebe die Tür zur Seite, gehe rein – und ab da ist zappenduster bei mir.« Heinrich sah sie mit hochgezogenen Augenbrauen an.

»Also hat jemand hinter der Tür auf dich gewartet und dir mit der Gardinenstange dann eins übergebraten.«

»Ja«, pflichtete er ihr bei. »Nämlich Ullis Mörder.«

»Oder Jakobsohn selbst, der schließlich noch eine offene Rechnung mit dir hatte. Stichwort: Thailand-Urlaub.«

Heinrich schlug die Augen nieder und schwieg lange Zeit. Sie schwieg mit ihm. Schließlich blickte er zu ihr auf und sagte leise: »Das habe ich dir doch schon erzählt. Die Sache haben wir unter uns ausgemacht. Er hat mir selbst gesagt, er würde mir das nicht nachtragen. Und warum soll mir eigentlich nicht das zustehen, was ihm all die Jahre zustand?«

Paula nahm an ihrem Mitarbeiter eine eigenartige Mischung wahr aus Scham, Trotz und einer gewissen Selbstbezichtigung. Er haderte wegen dieser Sache mit sich, auch wenn er das nicht zugeben wollte. Dennoch konnte sie sich eine Anmerkung dazu nicht verkneifen.

»Ich denke, die Not der Frauen auszunutzen, die sich in aller Regel nicht eben freiwillig für diese Arbeit entschieden haben, steht niemandem zu. Weder Jakobsohn noch dir.« Sie hatte ihren Vorwurf kaum hörbar vorgebracht. Wenn sie wollte, dass man ihr genau zuhörte, sprach sie immer derart leise. Damit war das Thema für sie erledigt.

Nicht jedoch für Heinrich. »Kannst du dir eigentlich vorstellen, dass es mir manchmal richtig beschissen geht? Du meinst vielleicht, bei mir ist alles in Ordnung. Weil ich allen Grund hätte, zufrieden mit mir und der Welt zu sein. Ich habe einen Beruf, mein Hobby, ein paar Sozialkontakte. Und meine fast neunzigjährige Oma. Das genügt aber nicht.«

Nach einer ganzen Weile fuhr er fort. »Ich hätte auch gerne jemanden an meiner Seite, eine Partnerin. Wie jeder. Wie du auch deinen Paul. Meist denke ich darüber gar nicht nach, da ist es mir mehr oder weniger egal, aber manchmal ... Manchmal fehlt mir das schon sehr. Am schlimmsten ist es, wenn ich sehe, wie andere Männer ihre Frau umarmen und sie so nebenbei auf die Wange küssen. Als hätte es nichts zu bedeuten. Das macht mich jedes Mal ganz fertig. So eine Nähe, so eine verlässliche, routinierte, die fehlt mir. Und wie du weißt, nicht erst seit ein paar Wochen, sondern schon seit vielen Jahren.«

Man sah es ihm an, wie er mit jedem Wort seine eigenen Zweifel wegwischte, selbstbewusster wurde. Er schien sich nun wieder im Recht zu fühlen bei dem, was er getan hatte.

»Und da hast du allen Ernstes geglaubt, dass du das, was du suchst, ausgerechnet in Thailand findest?« Sie sah ihn mit großen Augen an. »Das muss dir doch von vornherein klar gewesen sein, Heinrich, dass das nur schiefgehen kann. Dass du dir da nur eine weitere Enttäuschung einhandelst. Wenn es wirklich so war, wie du sagst. Oder?«

Er antwortete nicht, aber sein Schweigen war beredt genug. Ohne Zweifel, Heinrich war tatsächlich nach Thailand geflogen, weil er meinte, dort eine Partnerin fürs Leben zu finden. Das passte zu ihm. Zu seiner Naivität, was solche Dinge anbelangte. Und noch mehr passte es zu seiner Faulheit. Stehen denn nicht alle bindungswilligen Singles vor dem Dilemma, unter Millionen anderen als das einzig liebens- und begehrenswerte Individuum wahrgenommen zu werden? Das erfordert doch eine intensive Selbstdarstellung, kontrolliertes Handeln, also Mühe, gar Arbeit. All das hatte Heinrich versucht zu umgehen, indem er sich auf den Weg nach Bangkok machte.

»Ich denke«, riss Heinrich sie aus ihren Gedanken, »derjenige, der mich hinter der Tür überfallen hat und der den Ulli erschossen hat, ist ein und dieselbe Person. Und es ist jemand, der ihn kannte. Wie wäre er sonst in die Wohnung gelangt? Was meinst du, Paula?«

»Ja, das glaube ich auch«, sagte sie. »Es ist jemand aus seinem Bekanntenkreis. Oder jemand aus der Verwandtschaft. Und beide Personengruppen, jeweils und zusammengenommen, sind relativ überschaubar. Jakobsohn hatte wenige Bekannte, noch weniger

Freunde, und die Zahl seiner Verwandten lässt sich an einer Hand abzählen.«

»Habt ihr schon die Alibis genau überprüft? Das darfst du nicht vernachlässigen, Paula.«

Dieser gönnerhafte und auch leicht fordernde Satz ärgerte sie. Dennoch gab sie sich Mühe, neutral zu antworten. »Ja, damit sind wir fast durch. Und soll ich dir was sagen: Keiner hat ein richtiges Alibi. Sie sind alle noch im Rennen. Sein Freund Weberknecht, die Schwester samt Gatten, die Neffen, dieser Eigner und auch der Nachbar, dieser Lustig. Das bringt uns keinen Schritt voran.«

»Und habt ihr irgendeine Spur in puncto Motiv?«

»Ha«, lachte sie bitter auf, »ja, ein Motiv haben wir. Das klassische Eifersuchtsmotiv. Die Rivalität unter zwei balzenden Männern. Das wurde mir übrigens von deinem Kartelbruder Eigner auf dem Silbertablett serviert. Aber sonst, nein, kein Motiv. Vielleicht das Geld, das seine Schwester ihm noch schuldig war.«

»Was für Geld?«, fragte Heinrich erstaunt. »Ulrichs Schwester hat ihm das Erbe doch ausbezahlt. Die zwei sind finanziell gesehen quitt. Das weiß ich ganz genau, weil der Ulli darüber häufig gesprochen hat. Dass es einfach blöd von ihm war, sich sein Erbteil auszahlen zu lassen. Er hätte damals auf dem hälftigen Anteil am Haus bestehen sollen, das hat er oft bedauert.«

»Da hat dich Jakobsohn angelogen«, entgegnete sie. »Er hat auf der Hälfte des Hauses bestanden. Nur erhalten hat er sie nicht auf einmal. Seine Schwester zahlt ihm bis heute die Raten dafür zurück. Beziehungsweise: Sie zahlte. Denn jetzt ist sie ihre Schulden natürlich los. Falls wir nicht doch noch ein Testament finden, worin diese Schulden wieder auftauchen. Vielleicht kriegst auch du dann dein Geld wieder.«

»Das glaub ich nicht, dass der Ulli ein Testament gemacht hat. Dafür war er nicht der Typ.«

»Mal was anderes: Hattest du den Eindruck, er war nervös, als er dich anrief?«

»Ja, schon«, antwortete Heinrich nach kurzer Bedenkzeit. »Er schien richtig froh über meine Zusage zu sein. Ich hatte das Gefühl, er wollte mich an diesem Abend als Polizisten dabeihaben, weniger als Freund. Also als jemanden, der sich mit dem Recht auskennt. Mit körperlicher Gewalt hatte er sicher nicht gerechnet. Ich denke, sein Besucher ist früher gekommen als angekündigt. Und das Gespräch ist dann ausgeartet.«

Es klopfte an der Tür. »Obacht, ich komme jetzt«, rief Frau Bartels. Man hörte, wie sich der Schlüssel zweimal im Schloss drehte, dann stand die kleine alte Frau mit einem großen beladenen Tablett im Türrahmen. Heinrich nahm es ihr ab, dann war die Tür auch schon wieder verschlossen und zweimal verriegelt.

»Du tippst auf eine Affekthandlung«, überlegte sie, während sie die Teetasse auf den Knien balancierte. »Sieht das für dich nach Affekt aus? Für mich nicht. Für mich war das ein geplanter Mord.«

»Ja, könnte auch sein, dafür spricht, dass der Täter die Waffe dabeihatte«, stimmte ihr Heinrich augenblicklich und unbeteiligt zu.

»Andererseits können es ja auch zwei oder mehr Besucher gewesen sein. Der eine, der dich hinter der Tür abgefangen und niedergeschlagen hat, muss nicht identisch sein mit dem, der zuvor abgedrückt hatte.«

»Das denke ich eher nicht. Ich denke schon, dass …«

»Mensch, Heinrich, könnte sein, ich denke nicht, ich denke schon. Ich glaube, das macht keinen Sinn, mich weiter mit dir über den Tathergang zu unterhalten. Du hast einfach eine zu begrenzte Phantasie für diesen Fall!«

Außerdem hatte sie den Eindruck, dass er, der gerade einen Keks genüsslich in den Tee eintunkte, nur darauf wartete, sie wieder loszuwerden. Um sich in seinem Zimmer weiterhin gemütlich einzuigeln. Wo er von früh bis spät seinen donnernden Walküren-Mist hören konnte, wo ihm dreimal am Tag das Essen fix und fertig serviert wurde, wo er sich um nichts kümmern musste, sondern in Ruhe abwarten konnte, bis sie und Frau Brunner ihre Arbeit erledigt hatten.

Und das alles diesmal ohne den Umweg über den gelben Schein. Für den leidenschaftlichen und in diesem Punkt sehr phantasiebegabten Krankfeierer musste das doch das Paradies sein.

Außerdem ärgerte sie sein offensichtliches Desinteresse. Von Minute zu Minute mehr. Sie stellte ihre Teetasse auf den Deckel des Plattenspielers ab.

»So, da sind Jakobsohns Kontoauszüge.« Unwirsch drückte sie ihm die Kladde in die freie linke Hand. »Die wirst du heute noch aufmerksam studieren. Morgen um halb neun rufe ich dich an. Ich erwarte einen detaillierten Bericht von dir. Erst mündlich, anschließend schriftlich. Und jetzt gibst du mir die Phantomzeichnung. Ich kann nämlich nicht den ganzen Tag hier rumlungern und Tee trinken wie andere. Ich habe einen Fall aufzuklären.«

Bevor sie Heinrichs Großmutter rief, fragte sie: »Was hast du eigentlich an diesem Samstag sonst noch gemacht?«

»Ich? Nix. Ich hatte Bereitschaft. Das ganze Osterwochenende über. Du warst ja weg.«

Als sie wieder auf der Straße stand, atmete sie zweimal tief durch. Dann wählte sie die Nummer von Eva Brunners Mobiltelefon. Ihre Mitarbeiterin sagte ihr, dass sie fast alle Nachbarn angetroffen und befragt habe. Unter anderem auch diesen Lustig, Julian, der ihr aber recht pampig gekommen sei.

»Der hat mich nicht einmal in die Wohnung hereingebeten. Und auch auf meine Fragen hat er nicht antworten wollen.« Das hätte er alles schon der anderen Vertreterin der allgegenwärtigen Staatsgewalt erklärt, zitierte sie Jakobsohns Türnachbarn. »Also Ihnen, Frau Steiner, nehme ich an?«

»Ja, geredet habe ich mit ihm. Aber im Prinzip hat er mir auch so gut wie nichts gesagt. Vielleicht auch nichts sagen können. Obwohl ... Wissen Sie was, Frau Brunner? Jetzt soll er seine Staatsgewalt, die allgegenwärtige, doch mal näher kennenlernen. Sie sind noch im Haus? Gehen Sie zu ihm hin, laden Sie ihn vor für morgen, sagen wir, neun Uhr. Und wenn er Ihnen mit irgendwelchen blöden Sprüchen kommt, sofort auf alle Konsequenzen aufmerksam machen. Haben Sie auch seine Freundin angetroffen? ... Nein? Egal. Die laden Sie gleich mit vor.«

Eva Brunner fragte, ob ihre Chefin schon daheim sei und ob sie bei dem Aktenstudium etwas herausgefunden habe.

»Nein, ich bin noch unterwegs. Zu den Akten bin ich noch gar nicht gekommen. Ich fahre jetzt«, sie sah auf ihre Armbanduhr, die neunzehn Uhr zwanzig zeigte, »noch mal zu Eigner. Ich werde das Gefühl nicht los, der verschweigt mir was. Und anschließend nehme ich mir die Familie Harrer vor. Vor allem Jakobsohns Schwager und den Neffen, der noch daheim wohnt.«

»Soll ich zu den Befragungen mitgehen, Frau Steiner?«

»Nein, das mache ich allein. Sie haben heute schon genug getan«, antwortete Paula umgehend. Sie hatte nämlich in diesem Moment das Idyll mit dem Tee trinkenden und Musik hörenden Heinrich vor Augen und daneben das Kontrastbild – Eva Brunner, wie sie sich in dem sicher kalten Treppenhaus von Wohnungstür zu Wohnungstür ins Zeug legte. Und sich dabei noch solche dummen Sprüche anhören musste.

Kaum hatte sie aufgelegt, klingelte ihr Handy. Es war Fleischmann, der sich nach dem »gegenwärtigen Stand der Ermittlungen« erkundigte. Freundlich und verbindlich, gewiss, doch hinter seiner Stimme lauerte auch eine kleine Portion Ungeduld und aufkeimende Verstimmung. Oh weh, der tägliche Bericht, den sie diesmal aber weniger vergessen als verdrängt hatte.

»Übrigens, morgen erhalten Sie endlich unseren Bericht. Bis jetzt sind wir, Frau Brunner und ich, einfach nicht dazu gekommen, wir sind ja den ganzen Tag außer Haus.«

»Na, dann nehmen Sie doch endlich mal die Hilfe der Kollegen an. Sie müssen das nicht alles allein stemmen. Trommen hat mir erst heute Morgen wieder versichert, er und seine Leute würden Sie gern und nach Kräften unterstützen, aber Sie meldeten sich ja nicht bei ihm.«

Auch das noch! So etwas kam dabei heraus, wenn man diesen intriganten Wichtigtuer unterschätzte und vor allem vernachlässigte. Auch das würde sie morgen grundlegend ändern. Und die Kollegen mit Arbeit, mit ungeliebter natürlich, geradezu zuschütten, dass diese es nicht mehr wagen würden, Fleischmann ihre Unterstützung anzutragen.

»Ja, freilich, da haben Sie vollkommen recht«, flötete sie honigsüß, »doch bei der bisherigen Lage der Dinge schien das nicht erforderlich zu sein. Morgen werde ich gerne auf das dankenswerte Angebot von Herrn Trommen zurückgreifen.«

Schließlich berichtete sie ihm auf seine Nachfrage noch in Stichpunkten, was sie bisher herausgefunden hatten. Viel war es nicht, also schmückte sie das wenige, das sie in der Hand hatte, wort- und phantasiereich aus. Vor allem die Rolle des Lehrers Weberknecht, die Schulden und den seltsamen Zahlungsmodus von Jakobsohns Schwester. Und natürlich erzählte sie ihm auch von Heinrichs Flucht aus dem Krankenhaus, worüber ihr Chef aber bereits informiert war. Fleischmann schien sich damit zufriedenzugeben, denn er wünschte ihr noch einen »baldigen und geruhsamen Feierabend«.

»Ha, schön wär's. Ich habe noch zwei Vernehmungen vor mir, und Frau Brunner klappert derzeit die gesamte Nachbarschaft vom Tatort des Opfers ab.« Dann legte sie auf.

Eine knappe Dreiviertelstunde später stand sie vor Eigners Bungalow, der finster im Dunkel der hereinbrechenden Nacht vor ihr lag. Doch ihr Klingeln, das von Mal zu Mal rabiater wurde, blieb ohne Erfolg, der Hausherr schien nicht daheim zu sein. Also schrieb sie ihm eine Benachrichtigung, wonach er sich morgen spätestens um zehn Uhr im Polizeipräsidium einzufinden habe. Als sie das Blatt in den Briefkasten einwerfen wollte, sah sie neben dem Namensschild ein weiteres: »GTH Otto-Eigner-Stiftung« stand darauf. Sie notierte sich die Buchstabenreihe und fuhr über den Thumenberger Weg Richtung Ebensee.

Auch das stattliche mit Holz verkleidete Haus der Harrers schien verlassen, die Fenster waren unbeleuchtet. Doch diesmal hatte sie Glück. Nach kurzer Zeit schon öffnete Monika Harrer die Haustür. Ein Hauch von Anmaßung lag auf ihrem Gesicht. Also fühlte sie sich wieder sicher nach dem blamablen Intermezzo von heute Vormittag. Ohne Gruß fragte sie nach dem Grund ihres Erscheinens in einer Art und Weise, dass sich Paula wie eine aufdringliche Staubsaugervertreterin vorkam.

»Ich würde mich gern mit Ihrem Mann und mit Ihrem Sohn Sebastian unterhalten. Sind sie da?«

»Um diese Zeit?«, lautete die empörte Gegenfrage. »Meinen Sie nicht, dass es für eine Unterhaltung schon etwas spät ist?«

»Leider können wir uns für unsere *Vernehmungen*«, sie betonte das Wort amtlich, »nicht immer die Zeiten aussuchen, die den zu Befragenden genehm wären. Wofür Sie bitte Verständnis haben wollen.«

Immer wenn sich Paula Steiner derart gestelzt ausdrückte, war sie kurz davor, ins genaue Gegenteil zu verfallen – in eine sehr rustikale Sprache, die auch unter formaljuristischen Gesichtspunkten einige originelle Normabweichungen zu bieten hatte. »Also kann ich sie jetzt sprechen?«

»Nein. Beide sind außer Haus. Und ich habe keine Ahnung, wann sie zurück sein werden. Aber wenn Sie hier«, Frau Harrer deutete auf das Polizeiauto, das direkt vor der Haustür stand, »auf sie warten wollen, steht Ihnen das natürlich frei.«

Paula antwortete nicht, zog lediglich – schon zum zweiten Mal an diesem Abend – einen der Vordrucke aus ihrer Tasche, den sie ratzfatz ausgefüllt hatte und nun Frau Harrer überreichte.

»Das ist eine Vorladung für Ihren Mann und für Ihren Sohn. Punkt elf haben sich beide im Präsidium am Jakobsplatz einzufinden und sich bei mir zu melden. Falls nicht, werden sie von meinen Kollegen abgeholt und ins Präsidium überstellt.«

Anschließend lobte sie sich für ihre extreme Selbstbeherrschung – früher hätte sie in solchen Situationen noch die Formel benutzt »lasse ich polizeilich nach ihnen fahnden und sie dann vorführen«. Leider hatte sie es in der Vergangenheit aber oft genug mit Personen zu tun gehabt, die über ausreichendes juristisches Know-how verfügten, um ihre Drohung als wirkungslos, ja sogar als illegale Amtsanmaßung einordnen zu können.

Schade nur, dass ihre Selbstbeherrschung von Frau Harrer nicht entsprechend gewürdigt wurde. »Wir werden sehen, ob wir es einrichten können. Auf jeden Fall werden mein Mann und Tobias, falls sie kommen, in Begleitung unseres Anwalts erscheinen.«

Doch dieser letzte Konter in dem abendlichen Geplänkel zwischen den beiden Frauen verpuffte. Paula war bereits wieder auf dem Weg zu ihrem Auto, das sie verärgert startete und dann in Richtung Rathenauplatz lenkte. Eigentlich hatte sie vorgehabt, auch Karl Weberknecht noch einer eingehenden Befragung zu unterziehen. Eigentlich. Als sie aber die leere Äußere Sulzbacher Straße entlangraste, überkamen sie Zweifel und Unlust. Während sie und Frau Brunner sich den lieben langen Tag die Beine für Heinrich ausrissen, saß der tatenlos daheim und trank Tee! Sie sehnte sich so sehr nach ihrem Feierabend, vor allem nach einem Glas Wein, dass ihr jeder weitere Termin als übertriebener Aktionismus erschien. Als vertane Zeit. Außerdem hatte sie Hunger. Also fuhr sie heim.

Im Vestnertorgraben angelangt, stieg sie als Erstes in den Keller. Auf der Fahrt hierher hatte sie genau überlegt, welcher Kandidat aus ihrem Weinlager sich als Abschluss dieses verworrenen und arbeitsreichen Tages anböte. Es kam dafür nur einer in Frage – die letzte Flasche L'Alycastre Porquerolles, ein Côtes de Provence aus einhundert Prozent Vermentino. Zwar ein angeberischer Wein, aber eben auch einer, der in den Fachzeitschriften als großes Gewächs gefeiert wurde. Sie freute sich auf ihre Wohnung und den ersten Schluck.

Nachdem sie eine Fertigpizza, Spinat mit Mozzarella, in den Backofen geschoben hatte, entkorkte sie die Flasche. Goss behutsam die goldene Flüssigkeit in ein Glas und schnupperte daran, bevor sie zum Trinken ansetzte. Es roch wagemutig nach einer prickelnden Mischung aus Beeren und Meer. Doch als die Pizza gegessen und das dritte Glas geleert war, schmeckte der L'Alcastre nicht mehr nach Meer oder Beeren, sondern nur noch nach alten Liedern von Liebe und Tod.

Am nächsten Morgen saß sie an ihrem Küchentisch, frühstückte und war skeptisch. Hatte sie sich mit den eng getakteten Vorladungen für heute Vormittag nicht zu viel zugemutet? Und würde das überhaupt etwas bringen? Sie glaubte nicht daran. Bis jetzt hatten Eva Brunner und sie doch recht wenig in der Hand, keine Spur, außer Geld überhaupt kein Motiv. Nur ein paar sich widersprechende Aussagen.

Da fiel ihr das gestrige Telefonat mit Fleischmann ein. Sie musste heute unbedingt Trommen und seine Leute aktivieren, mit genügend Arbeit versorgen. Aber womit? Ach, da würde sich schon etwas finden lassen.

Gut gelaunt verließ sie das Haus. Heute zeigte sich der April endlich einmal von seiner freundlichen Seite. Draußen war es hell, die Frühlingssonne öffnete ein großes Fenster im grauen Himmel über Nürnberg. Das verstärkte ihre gute Laune. Doch auf der Treppe des Präsidiums vom ersten in den zweiten Stock verflüchtigte sich ihr Frohsinn schlagartig. Trommen sprach sie an.

»Und, Paula, bist du schon ein Stück weit vorangekommen? Gibt es eine heiße Spur?«, fragte er eine Nuance zu leutselig, als dass sie ihm das ohne Weiteres durchgehen lassen durfte.

»Ja, natürlich. Mehrere. Halt, Jörg, bevor ich es vergesse: Heute werde ich in meiner Eigenschaft als Leiterin der SOKO Bartels die Dienste deiner Leute in Anspruch nehmen. Frau Brunner und ich, wir müssen uns jetzt vorrangig um die wichtigen Dinge kümmern.«

»Aber das ist doch selbstverständlich, dass ich dir da helfe«, tönte Trommen durchs Treppenhaus.

»Prima.«

Obwohl sie heute ihren Arbeitsplatz extrem früh erreichte, nämlich um sieben Uhr fünfunddreißig, war sie nicht die Erste. Eva Brunner saß bereits grübelnd über ihren Notizblock gebeugt. Um ihrer redseligen Mitarbeiterin zuvorzukommen, fragte Paula: »So, was haben Sie gestern in der Spenglerstraße herausgefunden? Aber nur das Wichtigste, und das kurz und bündig. Wir haben nämlich heute noch viel vor.«

»Also, diesen Lustig habe ich vorgeladen. Er schien darüber gar nicht begeistert und hat mich doch allen Ernstes gefragt, ob ich dazu …«

»Egal. Kommt er oder kommt er nicht?«

»Er kommt. Aber erst nachdem ich ihn auf die Konsequenzen aufmerksam gemacht habe.«

»Gut. Noch etwas, was wichtig ist?«

»Ich glaube schon, dass das wichtig ist: Eine Frau, eine Türkin namens Gravi Narin oder Narin Gravi, ich weiß jetzt nicht, was der Vor- und der Nachname ist, also diese Frau hat zum Tatzeitpunkt zwei Männer beobachtet, die das Haus gemeinsam verlassen haben. Zwei Männer, die sie vorher noch nie gesehen hat.«

»Und wie stehen die Chancen, dass sie die bei einer Gegenüberstellung wiedererkennt?«

»Leider schlecht. Weil diese Frau Narin oder Frau Gravi die Männer nur von ihrem Wohnzimmerfenster aus beobachtet hat. Sie wartete an diesem Abend auf ihre Tochter und hat deswegen nur ab und zu aus dem Fenster gesehen. Aber dabei hat sie immerhin die zwei Männer gesehen. Allerdings nur von oben und sehr flüchtig.«

»Trug einer von den beiden eine Stange bei sich, eine mindestens einen Meter lange Stange? Konnte sich die Zeugin daran erinnern?«

»Davon hat sie nichts gesagt.«

Paula nickte, dann berichtete sie von den Vorfällen am Budapester Platz. Und von ihren Vorladungen.

»Erst der Anschlag im Krankenhaus und jetzt das! Hat seine Oma den Mann denn beschreiben können?«

»Ja, hat sie. Ich habe hier ein Phantombild von ihm.«

Sie griff in ihre Tasche und betrachtete die Zeichnung. »Frau Brunner, schauen Sie doch mal«, sie reichte ihr das Blatt über den Schreibtisch, »der kommt mir irgendwie bekannt vor. Ihnen auch?«

»Ja, mir auch«, rief Eva Brunner nach kurzer Bedenkzeit aus. »Und ich weiß auch, woher. Das könnte Jakobsohns Neffe sein. Im Wohnzimmer von Frau Harrer standen doch etliche Fotos von ihren Söhnen. Und der hier«, sie tippte auf das Bild, »schaut dem, der mich versetzt hat, ähnlich. Also diesem Sebastian Harrer.«

»Stimmt, da haben Sie recht. Das ist ja hervorragend. Wenn er um elf Uhr kommt, machen wir gleich eine Gegenüberstellung mit dem Pfleger und mit Heinrichs Großmutter. Aber warum sollen wir bis um elf warten?«, stellte sie die rhetorische Frage, um sie sich umgehend zu beantworten. »Den lassen wir abholen. Das ist mal etwas, was die Kommission 1 übernehmen kann.«

Sie griff zum Telefon und wählte Trommens Nummer. Erzählte ihm kurz von der neuen Sachlage und bat ihn, den dringend der Tat verdächtigen Harrer, Sebastian, wohnhaft in der Blumröderstraße, festzunehmen und anschließend eine Gegenüberstellung mit Anna Bartels und Herrn Überall durchzuführen. Als Trommen sie nach dem richterlichen Beschluss für diese Ingewahrsnahme fragte, entgegnete sie gereizt: »Bei so einer Indizienlage brauche ich keinen Haftbeschluss. Das ist ein Paradebeispiel für Gefahr in Verzug.« Dann legte sie auf.

Sie sah auf die Uhr. Zwei Minuten vor acht Uhr. Also noch zu früh für den Anruf bei Heinrich. Obwohl …

»Und das Studium der Konten, hat das auch etwas ergeben, Frau

Steiner?«, wurde sie von Eva Brunner aus ihren Überlegungen gerissen.

»Wissen Sie, ich war doch gestern noch bei Heinrich. Und da hatte ich den Eindruck, dass er sich so allein daheim recht nutzlos vorkommt, überflüssig. Er hat mich gebeten, ja eigentlich schon angefleht, ihm doch auch irgendeine Arbeit zu geben, um an der Aufklärung des Mordes an seinem Freund mitwirken zu können. Da habe ich ihm die Kontoauszüge überlassen. In diesem Punkt arbeitet er ja wirklich sehr sorgfältig. Da kann er sich zumindest ein wenig nützlich machen, wenn ihm schon so viel daran liegt, oder?«

»Ja, auf jeden Fall. Heinrich ist da einmalig. Wenn es irgendetwas gibt, dann wird er es finden«, stimmte ihr Frau Brunner zu.

Diese klitzekleine Schwindelei stärkte ihren Entschluss, sofort bei Heinrich anzurufen und nicht bis zum vereinbarten Termin zu warten.

Es war seine Großmutter, die sich meldete, den Hörer jedoch sofort weiterreichen wollte. Sie hörte das zweimalige Drehen im Türschloss und dann Heinrichs verschlafene Stimme.

»Wir haben doch halb neun ausgemacht«, lautete seine verärgerte Begrüßung.

»Kennst du eigentlich Jakobsohns Neffen Sebastian, hast du ihn schon mal gesehen? Oder Fotos von ihm?«

»Nein. Warum?«

»Weil wir stark davon ausgehen, dass er derjenige ist, der dir im Krankenhaus und auch bei dir zu Hause einen Besuch abgestattet hat.«

»Wer ist wir?«

»Frau Brunner und ich. Aber du sollst jetzt keine Gegenfragen stellen, sondern meine Fragen beantworten. Also, was ist?«

»Nein, weder hab ich ihn persönlich noch auf einem Bild gesehen.«

»Na, ist ja auch egal. Wir lassen ihn jetzt auf jeden Fall vorführen. Meinst du, deine Oma wäre für eine Gegenüberstellung bereit, oder ist das zu viel für sie in ihrem Alter?«

»Pah, zu viel«, schnaufte Heinrich verächtlich ins Telefon. »Die ist doch schon ganz wild darauf, dass sie den Halunken identifizieren kann«, imitierte er die knarzende Stimme seiner Großmutter. »Seit gestern Abend geht es bloß noch um dieses eine Thema.«

»Gut. Und jetzt zu den Konten. Irgendwelche Auffälligkeiten?«

»Ein paar hab ich schon entdeckt. Selbst wenn man diese Bargeldzahlungen seiner Schwester berücksichtigt, hat der Ulli von herzlich wenig Geld gelebt. Ich vermute, er hatte noch eine andere Einnahmequelle. Aber diese Einnahmen muss er ebenfalls bar erhalten haben. Hast du dir mal angesehen, was bei dem Monat für Monat alles abgebucht wird?«

»Ja, flüchtig.«

»Das war ganz schön happig. Krankenkasse fast fünfhundert Euro, EWAG gut hundert Euro, dazu kommen noch Handy, Kabelgebühr, Versicherung für die Wohnung und, und, und. Außerdem hatte er eine Lebensversicherung abgeschlossen. Wobei ich mich schon frage, für wen er die abgeschlossen hat. Und vergiss nicht – Ulrich war Raucher, ein starker Raucher. Der hat schon seine zwei Päckchen am Tag durchgezogen. Du weißt ja selbst, was so was heutzutage kostet. Also, von irgendwem hat er Geld bekommen. Vielleicht hat ihm ja der Karl jeden Monat was zugesteckt.«

»Weberknecht sagt Nein«, entgegnete sie. »Er hätte selbst nicht so viel. Und in dem Punkt schien er glaubwürdig.«

»Noch eins. Vor einem guten Jahr tauchen auf seinem Girokonto jeden Monat Überweisungen von jeweils fünfhundert Euro auf. Das hast du sicher auch gesehen?«

»Nein«, antwortete sie wahrheitsgemäß, »so genau wie du habe ich die Kontobelege nicht studiert. Von wem denn?«

»Es handelt sich um Bareinzahlungen. Immer bei derselben Postbank in Lauf. Und immer ist als Einzahler ein U. Jakobsohn vermerkt. Bei Verwendungszweck steht jedes Mal: ›Für treue Dienste‹.«

»Jakobsohn hat sich selber Geld auf sein Girokonto überwiesen?«

»So scheint es. Aber das glaube ich nicht, das hätte er einfacher haben können. Dazu muss er nicht eigens nach Lauf fahren, das kann er in Nürnberg bequemer erledigen. Nein, diese Bareinzahlungen hat jemand anderes unter seinem Namen veranlasst.«

»Aber warum dieser Aufwand? Geldwäsche ist bei diesen

Beträgen unwahrscheinlich. Ich werde mal mit der Postbank in Lauf sprechen. Vielleicht kann sich jemand noch an den Einzahler erinnern. Der war ja immerhin einige Male dort. Gleich nach unserem Gespräch mache ich das. Beziehungsweise werde ich es veranlassen.«

Sie schrieb auf ihren Block »Postbank/Lauf: Befragung«, dankte Heinrich und legte auf. Anschließend rief sie bei Trommen an. Sie hörte, wie der Hausapparat auf sein Handy umschaltete, dann Vogelgezwitscher im Hintergrund und endlich seine Stimme.

»Ach, Paula, du bist es. Ist es dringend? Wenn nicht, würde ich dich in ein paar Minuten zurückrufen. Wir sind nämlich gerade vor Harrers Haus.«

Hoppla, der Kommissionsleiter selbst hatte sich auf den Weg nach Ebensee gemacht. Für eine Festnahme und Überstellung. Das überraschte sie. Früher wäre das unter seiner Würde gewesen. Dieser Einsatz stimmte sie versöhnlich.

»Nein, so dringend ist das nicht. Melde dich halt, wenn du wieder Zeit hast.«

Um kurz vor neun Uhr bekam sie einen Anruf von der Zentrale, ein Herr Lustig nebst Begleiterin sei da. Die zweite Überraschung. Sie hatte fest damit gerechnet, dass er trotz Vorladung nicht kommen würde. Sie ging nach unten.

Als sie das hübsche, junge, eng umschlungene Pärchen im Eingangsbereich des Präsidiums durch die Glasscheibe betrachtete, musste sie lächeln. Beide waren barfuß erschienen, gekleidet im Vintage-Stil mit Hippie-Reminiszenzen. Sie trug einen knöchellangen Blümchenrock und taillenlange Haare, er eine kunstvoll zerrissene Jeans und Zotteljacke. Selbstbewusste, kühne Gesichter. Die Arroganz der Jugend.

Sie führte ihre Vernehmungskandidaten in das große Befragungszimmer im Erdgeschoss, bat sie, Platz zu nehmen, und schaltete das Mikrofon ein.

»Ich habe nur wenige Fragen an Sie. Waren Sie an dem besagten Samstagabend daheim, also in Ihrer Wohnung in der Renglerstraße?«

Spöttisch stellte Lustig die Gegenfrage: »Was meinen Sie denn mit ›besagt‹? Gesagt, ausgesagt, angesagt, abgesagt?«

Sie nannte ihm das Datum und wartete.

»Habe ich das nicht schon zu Protokoll gebracht? So heißt das doch in Ihren Kreisen, wenn man eine Aussage macht.«

Dann lachte er, leicht nervös und mit einem Anflug von Kehligkeit, der über seine Jugend hinauswies. Ein tolles Lachen.

»Nein, das haben Sie noch nicht ausgesagt.«

»Also gut, wenn es denn der Wahrheitsfindung dient. Dann waren wir eben an diesem Samstag daheim. Aber Sie wollen jetzt nicht von uns wissen, was wir da gemacht haben. Das würde Sie nur verstören.«

Wieder hatte dieses Lachen einen sensationellen Auftritt und wurde von bewunderndem Gekicher seiner Freundin untermalt.

»Sie wiederholen sich, das ist langweilig. Das mit der Wahrheitsfindung sagten Sie bereits bei meiner ersten Befragung. Haben Sie nichts anderes auf Lager? Gut, Sie beide waren am 30. März also daheim. Am Abend wurde Ihr Nachbar Ulrich Jakobsohn erschossen und ein Freund von ihm brutal niedergeschlagen. Keine fünf Meter von Ihnen entfernt. Darum nochmals meine Frage, für das Protokoll.« Sie lächelte ihn süffisant an. »Weder von dem Schuss noch von dem K.-o.-Schlag wollen Sie etwas gehört haben?«

»So ist es.«

»Zweite Frage: Haben Sie Herrn Jakobsohn in der Vergangenheit Geld geliehen? Oder er umgekehrt Ihnen?«

Erstaunt sah er sie an. »Geld? Wir hatten doch beide wenig. Freilich hätte ich ihm sofort was gegeben, wenn ich was gehabt hätte. Und er mir auch, davon bin ich überzeugt.«

»Ich deute das als Nein?«

Er nickte.

»Letzte Frage, Ihr Verhältnis zu Herrn Jakobsohn betreffend. Sie sagten, das sei sehr gut gewesen, geradezu kumpelhaft. Es gab zwischen Ihnen also keine größeren Differenzen, zu keiner Zeit? Deute ich das so richtig?«

»Das deuten Sie richtig, hundertpro.«

»Dann haben Sie ihm also die Sache mit den …«, kleine Kunstpause, »verdorrten Balkonpflanzen nicht nachgetragen?«

Erstaunter Blick aus ernsten Augen. Dann ein Achselzucken und die Antwort: »Ich weiß nicht, was Sie meinen.«

Sie beschloss, hier nicht weiter nachzuhaken. Lustig würde auch weiterhin den Ahnungslosen spielen.

»Gut, das wär's auch schon. Sie können gehen. Ich muss Sie allerdings noch einmal hierherbitten, um das Protokoll dann zu unterschreiben.«

»Was, das war alles? Von mir aus könnte diese polizeiliche Befragung ewig so weitergehen. Für unsereins ist das doch mal eine nette Abwechslung in unserem bescheidenen und langweiligen bürgerlichen Leben.« Wieder eine Kostprobe seiner kehligen, jetzt geradezu jauchzenden Pirouetten. Er musste sich sehr sicher fühlen.

»Ja, wenn das so ist«, entgegnete Paula, »wenn Ihnen so viel daran liegt, dann machen wir halt weiter. Wer von Ihnen beiden hat an dem Montagabend, als ich Sie, Herr Lustig, das erste Mal befragte, den Polizeiwagen im Hinterhof auf der Heckscheibe mit dem Spruch ›Haut ab! Hier bullenfreie Zone!‹ besprüht?«

»Was? Das ist ja fürchterlich«, entgegnete er in gespieltem Entsetzen. »Wer tut denn so was Böses? Wir nicht, wir sind doch brave Staatsbürger, die wissen, was sich …«

»Und das ist gut so«, unterbrach sie ihn und schaltete den Rekorder aus. »Dann haben Sie ja nichts zu verbergen, und meine Kollegen werden bei der Hausdurchsuchung, die derzeit in Ihrer Wohnung stattfindet, nichts finden. Keine Spraydosen und auch keine unerlaubten Betäubungsmittel.«

»Das dürfen Sie doch gar nicht, meine Wohnung durchsuchen, ohne dass ich dabei bin. Das ist ja vollkommen illegal!« Keine Pirouetten, kein Gekicher. Nur eine aufgebrachte, jetzt unnatürlich helle Stimme.

»Aber Herr Lustig«, sagte sie, »Sie wissen doch so gut wie ich: Die Staatsgewalt darf alles und ist allmächtig und allgegenwärtig. Derzeit zum Beispiel in Ihrer Wohnung.«

Es klopfte an der Tür. Eva Brunner trat ein und flüsterte ihr ins Ohr: »Frau Steiner, ich hatte gerade Herrn Trommen am Telefon. Er bittet um sofortigen Rückruf. Er würde den Harrer gerne zur Fahndung ausschreiben und fragt, ob Sie damit einverstanden wären.«

Sie bedeutete ihrer Kollegin, mit nach draußen zu kommen.

Dort bat sie Frau Brunner, die Befragung zu beenden, aber erst nachdem sie von diesen beiden Staatsverächtern ein schriftliches Geständnis für die Schmiererei auf der Heckscheibe des Dienstfahrzeugs in Händen hielte.

»Wenn Lustig Sie nach einer derzeit laufenden Hausdurchsuchung in seiner Wohnung fragt, sagen Sie einfach, davon wüssten Sie nichts. Da müsse er sich wohl verhört haben.«

Eva Brunner nickte ihr verschwörerisch zu, dann ging sie in das Vernehmungszimmer. Und Paula machte sich mit einem ebenso breiten wie zufriedenen Lächeln auf den Weg in ihr Büro.

9

»Schön, dass du dich so schnell meldest, Paula. Ich sagte es bereits der Brunner: Es geht um die Fahndung nach diesem Sebastian Harrer. Er ist doch dein Hauptverdächtiger, oder? Wir haben ihn hier nicht angetroffen. Angeblich ist er beim Skifahren in Tirol, aber das nehme ich seiner Mutter nicht ab. Adresse hat sie nämlich keine. Der ist untergetaucht. Eigentlich gibt es da von deiner Seite aus gar nichts zu überlegen.«

Nach einer längeren Bedenkzeit, einer reinen Konsolidierungsmaßnahme für ihre Handlungshoheit als Leiterin der SOKO Bartels, stimmte sie ihm schließlich zu: »Ja, Harrer ist unser Hauptverdächtiger. Auch wenn bei diesem Mordanschlag wahrscheinlich noch eine zweite Person im Spiel war. Das habe ich gerade erst von einer Zeugin erfahren.«

»Ach, wenn ich den Harrer hab, kriege ich auch automatisch seinen Komplizen, und zwar ruck, zuck«, rief Trommen siegessicher ins Telefon. »Lass mich nur machen.«

Der gleiche herrische, gönnerhafte Ton wie eh und je. Sie musste auf der Hut sein, ansonsten war sie die Leitung dieser SOKO ebenso ruck, zuck wieder los, wie er Harrers Verbündeten zu finden glaubte. Hinter seinem überschwänglichen Eifer hörte sie ihn schon ungeduldig mit den Hufen scharren.

Daher entgegnete sie betont amtlich: »Okay, dann erteile ich dir hiermit mein Einverständnis für den Fahndungsaufruf. Sobald ihr Harrer habt, führt ihr ihn mir vor. Und noch eine Frage, Jörg. Hast du derzeit noch Personalkapazitäten frei?«

Nachdem er ihr ein paar Sekunden lang eine Antwort schuldig blieb, hakte sie nach: »Falls nicht, muss ich mir eben von Fleischmann anderweitig Unterstützung geben lassen. Das ist kein Problem, Jörg, wirklich nicht. Bei der Sachlage …«

Nun erfolgte die Antwort umgehend. »Nein, das brauchst du nicht. Ich habe noch Kapazitäten frei, wenige, aber es lässt sich einrichten. Es geht ja schließlich um unseren Kollegen. Also, was können wir noch für dich tun?«

Das klang doch schon besser, entgegenkommender und gleichrangig. Also erteilte sie ihm den Auftrag, in der Postbank Lauf noch heute – »je eher, desto besser« – vorstellig zu werden und nach dem unbekannten Einzahler zu fragen.

»Das war vor einem guten Jahr. Zehn Monate lang wurden auf Jakobsohns Girokonto immer jeweils fünfhundert Euro in bar einbezahlt. Als Verwendungszweck war jedes Mal ›Für treue Dienste‹ angegeben. Vielleicht kann sich von den Bankangestellten jemand erinnern. Und auch über das Ergebnis dieser Befragung möchte ich bitte so schnell als möglich informiert werden.«

Sie brachte es sogar über sich, ihrer Bitte ein verbindliches »Danke« anzuhängen.

Dann schrieb sie den Bericht an Fleischmann und Bauerreiß. Das ging ihr leicht von der Hand, so viel, wie sie darin anzubieten hatte: ein Fahndungsaufruf nach einem möglicherweise der Tat Verdächtigen, dem zwei voraussichtlich erfolgversprechende Gegenüberstellungen folgen würden; die Rangeleien zwischen dem Opfer und seiner Schwester um das Erbe; zwei Befragungen, wenn man Eigner noch dazurechnete, sogar drei; und auch im Fall des »Vandalismus: Einsatzwagen/Heckscheibe« stünde die SOKO-Leitung kurz vor der Aufklärung. Das musste fürs Erste genügen, fand sie.

Als sie den Bericht abgeschickt hatte, kehrte Eva Brunner mit einem zufriedenen Lächeln von ihrem Einsatz im Vernehmungszimmer zurück. Paula unterrichtete sie über die Bareinzahlungen bei der Laufer Postbank und auch über den Auftrag, den sie in dieser Sache der Kommission 1 erteilt habe.

Da verschwand das zufriedene Lächeln aus dem Gesicht der Jungkommissarin, die jetzt vorwurfsvoll und verstimmt anmerkte: »Die Sache mit der Laufer Postbank hätte doch auch ich machen können, Frau Steiner. Die Kommission 1 hat überhaupt keinen Überblick über unseren Ermittlungsstand, die wissen doch mit den Informationen gar nichts anzufangen.«

»Na ja, ganz so stimmt das nicht. Außerdem ist das reine Routinearbeit, und dafür sind Trommens Leute nun wirklich ausreichend qualifiziert. Sie als meine Stellvertreterin brauche ich jetzt für eine wesentlich wichtigere Aufgabe.«

»Und die wäre?«, fragte ihre Mitarbeiterin mit leiser Skepsis.

»Die Vernehmung von Eigner, der um zehn Uhr kommt. Da ist Ihr Überblick, die Kenntnis vom derzeitigen Ermittlungsstand, zwingend vonnöten. Damit würde ich den Kollegen der K1 zu viel abfordern«, antwortete sie so pathetisch wie unaufrichtig.

Doch die stellvertretende SOKO-Leiterin schien sich mit dieser Antwort zufriedenzugeben. Sie nickte zustimmend, froh und auch ein wenig stolz.

»Ach, bevor ich es vergesse, Frau Brunner, hat denn der Lustig sein Geschmier auf dem BMW zugegeben?«

»Er nicht, aber seine Freundin, diese Christine Wagner. Ich hab ihr gleich dazu gesagt, dass sie auf jeden Fall für die Kosten der Reinigung aufkommen muss. Und dass sie außerdem, da so etwas unter den strafrechtlichen Tatbestand der Sachbeschädigung fällt, mit mindestens einer Geldstrafe rechnen muss, alternativ dazu einer Freiheitsstrafe.«

»Und wie hat sie darauf reagiert?«

»Das war der, glaub ich, wurscht. Die beiden hatten es dann sehr eilig, von hier wegzukommen. Wahrscheinlich wegen der Hausdurchsuchung, gell?«, fragte Frau Brunner mit einem spitzbübischen Lächeln.

»Welche Hausdurchsuchung?«, fragte Paula ebenso verschmitzt zurück.

Kurz danach rief die Zentrale an. Ein gewisser Herr Eigner sei soeben eingetroffen. Als Paula ihm gegenüberstand, fiel ihr erneut der bleiche, fahle Teint und seine fad-altbackene Kleidung auf. Wieder trug er diese hellgraue Stoffhose, dazu das beigefarbene Nylonhemd und schief abgelaufene Absätze an den altmodisch gelben Gesundheitsschuhen.

Sie eröffnete das Gespräch mit der Frage, wie sich die vier Kartenspieler ursprünglich zusammengefunden hatten. Eigner antwortete, ohne nachzudenken: »Ich kannte Ulrich noch von der Schule. Auch wenn wir nicht in derselben Klasse waren, er ist ja zwei Jahre jünger als ich. Bei einem Klassentreffen habe ich ihn wiedergesehen. Ich glaub, das war 2002. Er fragte mich, ob ich vielleicht Lust hätte, bei einer Schafkopfrunde mitzumachen. Wir könnten uns bei ihm treffen, einmal in der Woche, am besten am Wochenende. Da war ich nicht abgeneigt. Ein gepflegtes Kartenspiel in geselligem Beisammensein, warum nicht?, dachte ich mir.«

Das mit dem »geselligen Beisammensein« klang etwas onkelhaft, passte aber zu ihm, zu seiner Kleidung und zu seiner Einrichtung. »Also existiert diese Runde seit 2002?«

Eigner nickte.

»Und sie setzte sich zusammen aus Ihnen, Jakobsohn, Weberknecht, und wer war damals Ihr vierter Mann?«

»Auch ein Schulkamerad von uns, Hartmut von Welser. Aber der ist dann nach Norddeutschland gezogen aufgrund einer beruflichen Neuorientierung. Kurz darauf hat sich Heinrich Bartels uns angeschlossen. Seitdem spielen wir in dieser Konstellation.«

»Wer hat denn damals Herrn Bartels in diese Schafkopfrunde geholt?«

Eigner sah sie erstaunt an. »Hat Ihnen Ihr Kollege das nicht erzählt? Er müsste doch wieder bei Bewusst…?«

»Nein, hat er nicht«, fiel sie ihm ins Wort, »sonst würde ich Sie ja nicht danach fragen.« In manchen Situationen, davon war sie überzeugt, war Aufrichtigkeit nur hinderlich – da kam man mit der Unwahrheit viel weiter. Und das hier war ein Paradebeispiel für eine solche Situation.

»Nun, das war der Ulli, der hat ihn vorgeschlagen. War ja auch, im Nachhinein betrachtet, keine schlechte Wahl.«

Sie notierte sich den Namen von Heinrichs Vorgänger, dann sah sie ihr Gegenüber an. In all den Jahren als Polizistin hatte sie schon etliche solche Vernehmungen geführt, doch noch nie war ihr jemand begegnet, der seine Mimik und Gestik dermaßen unter Kontrolle hatte wie Eigner. Kerzengerade mit direkt auf sie gerichtetem Blick, die Hände entspannt auf den Tisch ausgestreckt, saß er vor ihr. Da war kein nervöses Fußwippen, kein Vorbeugen oder Zurücklehnen des Oberkörpers, kein Hochziehen der Schultern, kein Blick auf die Seite oder nach oben, kein Erstaunen in den Augen, kein Heben oder Senken der Mundwinkel, kein Stirnrunzeln, kein Fingergetrommel, nichts. Wie einer dieser silbrig eingesprayten Straßenpantomimen, die in ihrer Bewegung erstarrt sind. Das perfekte Pokerface.

»Ich habe gestern Abend an Ihrem Haus ein Schild mit der

Aufschrift ›GTH Otto-Eigner-Stiftung‹ gesehen. Diese Stiftung ist mir nicht bekannt. Wofür steht das Kürzel denn?«

»Für Griechenland-Tierhilfe. Eine gemeinnützige Stiftung, die mein Vater zwei Jahre vor seinem Ableben gegründet hat. Ihm lagen die geschundenen Katzen, aber vor allem die Hunde in Griechenland, welches er öfter bereiste, sehr am Herzen.«

»Aha. Und Sie führen wohl die Stiftung in seinem Namen weiter?«

»Ja. Ich führe, verwalte und vertrete die Otto-Eigner-Stiftung nach außen. Das heißt: Ich bin Alleinvorstand und Geschäftsführer in Personalunion.«

»Haben Sie daneben noch einen anderen Beruf, den Sie ausüben?«

»Nein. Damit bin ich mehr als ausgelastet. Wenn man dem Anspruch einer derartigen Stiftung, die sich der Gemeinnützigkeit verschrieben hat, in den heutigen Zeiten gerecht werden, sie also gleichermaßen seriös und effektiv leiten will, dann hat man für andere Dinge keine Zeit mehr.«

»Und wovon bestreiten Sie Ihren Lebensunterhalt?«

»Als Stiftungsvorstand steht mir natürlich eine Vergütung zu. Außerdem waren meine Eltern sehr wohlhabend. Sie haben mir allein so viel Bargeld hinterlassen, das ich selbst dann nicht aufbrauchen könnte, wenn ich hundert Jahre alt und älter werden würde. Und schließlich habe ich ja noch das Haus in Erlenstegen.«

Automatisch korrigierte sie ihn: »Die Steuerwald-Landmann-Straße gehört nicht mehr zu Erlenstegen, sondern noch zu Jobst.«

Aber von diesem kleinen Schnitzer abgesehen glaubte sie ihm, nahm ihm seinen Wohlstand ab. Eigners Hauptberuf hieß, neben seiner geringfügigen Beschäftigung als Stiftungsvorstand, Sohn. Um Geld musste er sich keine Sorgen machen. Auch wenn seine altmodische, abgetragene Kleidung und der fehlende Haarschnitt dagegensprachen.

»Gemeinnützige Stiftungen treten ja derzeit vermehrt auch auf dem Spendenmarkt auf«, sagte Frau Brunner, und es war ihr deutlich anzuhören, dass ihr das missfiel. »Machen Sie das mit Ihrer Griechenland-Tierhilfe auch?«

»Ja, aber nur ganz peripher und sehr dezent. Es gibt Vereine, die scheuen vor nichts zurück. Das ist teilweise schon schamlos, geradezu obszön, mit welchen Mitteln die potenziellen Spender da angegangen werden«, erwiderte Eigner gelassen.

»Hat Ihre Stiftung das DZI-Spenden-Siegel?«, wollte Eva Brunner wissen.

»Nein«, antwortete Eigner, »noch nicht. Das Tagesgeschäft ließ mir bis dato keine Zeit, mich darum entsprechend zu kümmern. Um sich für dieses Zertifikat zu qualifizieren, ist, wie Sie sich denken können, ein sehr zeitaufwendiges Zulassungsverfahren Voraussetzung.«

Nach einem Seitenblick zu Paula schob er die Brille auf die Stirn, um sie sofort wieder auf die Nase zu setzen. Es sollten die beiden einzigen Abweichungen in seiner erstarrten Gestik und Mimik sein. Für einen kurzen Moment hatte das Pokerface die Fassung verloren und die Wagenburg, hinter der er sich bislang verschanzt hatte, verlassen.

»So eine Stiftung seriös und mit Effizienz«, Paula bediente sich bewusst Eigners Wortwahl, »zu leiten, stelle ich mir sehr schwierig vor. Das war in den Anfangsjahren sicher nicht immer leicht für Sie?«

»Verzeihen Sie, wenn ich Ihnen widerspreche, Frau Steiner. Aber diese Arbeit ist mir zu keinem Zeitpunkt schwergefallen. Mag sein, dass ich eine Neigung dazu habe. Außerdem habe ich Betriebswirtschaftslehre studiert. Auch in Hinblick auf die vor mir liegende Tätigkeit als Stiftungsvorstand. Dabei konnte ich mir solche gerade für diese Arbeit unabdingbaren Kenntnisse wie Buchhaltung, Werbung, Public Relations et cetera pp. aneignen. Kenntnisse, über die mein Vater nicht verfügte.«

»Dann habe ich nur noch eine Frage an Sie. Kennen Sie jemanden aus Herrn Jakobsohns Umfeld, dem Sie diesen Mord zutrauen?«

Eigner schüttelte verneinend den Kopf.

»Dann anders gefragt: Wissen Sie von Feinden, die er hatte, beziehungsweise von Leuten, die ihm nicht wohlgesonnen waren?«

»Weder noch. So speziell waren wir nicht miteinander.«

»Gut, dann habe ich im Augenblick keine Fragen mehr an Sie.«

Paula begleitete Eigner zurück in die Eingangshalle.

»Schön, dass Sie so pünktlich gekommen sind. Es wäre Ihnen doch sicher auch lieber gewesen, wenn wir dieses Gespräch bei Ihnen daheim hätten führen können; dann hätten Sie sich das sparen können, hier persönlich vorzusprechen. Aber leider waren Sie gestern Abend zu Hause nicht zu erreichen.« Sie sah fragend zu ihm auf.

»Ach Frau Steiner, das ist nicht der Rede wert. Ich hoffe nur, ich habe mit meiner Aussage ein klein wenig dazu beitragen können, diesen Mord schnellstmöglich aufzuklären.«

Paula hatte zwar statt dieser verbalen Girlanden eine Erklärung erwartet, wo Eigner gestern Abend gewesen war, doch sie fragte nicht nach.

Auf halber Treppe zwischen Erdgeschoss und erster Etage blieb sie stehen und sah aus dem Fenster auf den Präsidiumsparkplatz. Von diesem Termin hatte sie sich mehr versprochen. Nicht unbedingt eine konkrete Spur, nein, das nicht, aber was dann? Vielleicht einen tieferen Einblick in das Beziehungsgeflecht dieser Schafkopfrunde, eine Vorstellung davon, was diese vier unterschiedlichen Männer zusammenhielt? So aber blieb von diesem Gespräch nur ein Bild – Eigners Pokerface. Dann ein Klang, und zwar der verächtliche Gleichmut, der aus dem »So speziell waren wir nicht miteinander« sprach. Und ein unbehagliches Gefühl. Das Gefühl, etwas Entscheidendes verpasst zu haben, nicht aufmerksam genug gewesen zu sein.

Als sie ihr Büro betrat, wurde sie von einer aufgebrachten Eva Brunner bereits mit Ungeduld erwartet.

»Also, ganz sauber ist dieser Eigner nicht. Wussten Sie, Frau Steiner, dass in Deutschland von den Tausenden gemeinnütziger Vereine nur eine Handvoll das DZI-Spenden-Siegel hat? Das hab ich gerade im Internet nachgeschaut. Und von wegen zeitaufwendiges Verfahren! Das ist überhaupt nicht aufwendig, man muss bloß bereit sein, sich in die Bücher schauen zu lassen, und alles offenlegen. Wer nichts zu verbergen hat, kann diese Prüfung relativ locker durchziehen. Aber das wollen anscheinend die wenigsten. Weil nämlich die meisten eingetragenen Vereine und auch Stiftungen nur darauf aus sind, möglichst viel Geld abzusahnen, von ahnungslosen Spendern. Diese sogenannten

Hilfsorganisationen sind doch in der Regel unseriös bis dort hinaus!«

Frau Brunner redete sich mehr und mehr in Rage. »Die leben alle von dem schlechten Gewissen der Leute, und das sehr gut. Haben Sie schon einmal einen solchen Bettelbrief aus dem Briefkasten gezogen? Ich schon, vor allem in der Adventszeit. Wer einen da alles um Geld angeht! Außerdem frag ich mich, wo die meine Adresse herhaben. Das kann doch nicht mit rechten Din...«

»Frau Brunner«, schnitt Paula Steiner ihrer Mitarbeiterin ungeduldig das Wort ab, »auch ich kriege solche Post. Massenhaft. Aber man muss ja nicht ...«

»Und oft versteckt sich hinter einer solch angeblich wohltätigen Organisation nur ein Telefonanschluss, wussten Sie das? Wenn überhaupt, meist ist es nämlich nur eine E-Mail-Adresse. Für mich ist das organisierter Betrug. Da sollte man mal anset...«

»Ja, da haben Sie durchaus recht. Sollte man. Wir beide arbeiten aber nicht im Dezernat 2, sondern bei der Mordkommission. Und von daher sei die Frage an Sie erlaubt, inwiefern das alles, liebe Frau Brunner, mit unserem Fall zu tun hat. Oder anders gefragt: Hilft uns das denn in puncto Motivlage weiter?«

Rhetorische Fragen, auf die sie ein klares Nein erwartete. Das aber blieb Eva Brunner ihr schuldig.

»Irgendwie mit Sicherheit. Vielleicht geht es um Geld, und zwar um viel Geld. Das würde auch hervorragend zu dem Täterprofil passen, worüber ich mir schon Gedanken gemacht habe und das ich in etwa so beschreiben würde, also wenn ich müsste: Nähe zu Schusswaffen, starke Selbstkontrolle, sozial angepasst, Mangel an Empathie, Mangel an Gewissen und finanziell sehr schlecht aufgestellt.« Die blauen Augen der Jung-Profilerin leuchteten hell auf, beschwingt und in der unerschütterlichen Gewissheit, damit ausreichend Licht in die Motivlage gebracht zu haben.

»So. Aha. Ein finanziell sehr schlecht aufgestellter Täter erschießt also den finanziell sehr schlecht aufgestellten Jakobsohn«, ergänzte Paula und tunkte dabei ihre Stimme in beißenden Spott. »Jetzt müssen Sie mir nur noch erklären, wo das Geld ist, das den Täter zu diesem Mord bewogen hat.«

Achselzucken am Schreibtisch gegenüber. »Das kann ich Ihnen

im Augenblick noch nicht sagen. Da muss ich erst mal nachdenken.«

Während Eva Brunner nachdachte, rief Paula Karl Weberknecht an. Erst nach dem sechsten Klingeln hob er ab und fragte verärgert mit schlaftrunkener Stimme: »Ja? Was ist denn?«

»Es ist, Herr Weberknecht, dass wir uns nochmals unterhalten müssen. Vor allem über Ihre Suspendierung und über Ihr anhängiges Verfahren.«

»Was hat denn das mit dem Mord an Ulrich zu tun?«

»Die Antwort darauf, Herr Weberknecht, überlassen Sie bitte mir. Also, wann passt es Ihnen, wann können Sie ins Präsidium kommen?«

»Morgen Nachmittag um fünfzehn Uhr.«

»Heute geht es wohl nicht?«

»Nein!« Dann legte er grußlos auf.

Sie sah auf die Uhr. Bereits Viertel nach elf. Wo blieb Jakobsohns Schwager? Sie fragte an der Anmeldung nach. Doch nein, auf sie wartete niemand, auch kein Herr mit Namen Harrer.

Was tun? In der Kantine einen Happen essen? Eine gute Idee, denn ihr knurrte nach dem mageren Frühstück heute Morgen bereits der Magen. Andererseits aber verabscheute sie Unpünktlichkeit. Sie ging also nicht in die Kantine, sondern rief in der Blumröderstraße an. Nachdem sich dort niemand meldete, bat sie Frau Brunner, es bei Herrn Harrer senior an dessen Arbeitsplatz, einer Steuerberatungskanzlei, zu versuchen.

Am Ende des Gesprächs sagte ihre Mitarbeiterin bedauernd: »Das wussten wir ja nicht, entschuldigen Sie … Brunner ist mein Name … Doch, ich arbeite bei der Mordkommission.«

»Sebastian Harrer wurde heute Morgen um sieben Uhr zehn nahe der Wöhrder Wiese tot aufgefunden. Unsere Leute haben ihn aus der Pegnitz bei dem Wehr an der Ludwig-Erhard-Brücke geborgen.«

»Wer hat Ihnen das gesagt?«

»Harrers Sekretärin. Ich verstehe nicht, warum uns keiner informiert hat, Frau Steiner. Wir waren doch die ganze Zeit hier.«

»Ich verstehe das schon«, entgegnete sie grimmig. »Da kommt sich einer wieder einmal ganz, ganz schlau vor. Und zwar dieses

Quadratarschloch«, zitierte sie Heinrichs Kraftausdruck für Trommen, »von der Kommission 1. Aber jetzt ist Schluss!«

Sie stand auf, marschierte entschlossen in den dritten Stock, blieb nicht vor der Bürotür von Sandra Reußinger stehen und verzichtete auch auf das Anklopfen, riss die Tür weit auf und rief der Sekretärin zu: »Ich muss zu Herrn Fleischmann. Sofort.«

Sandra Reußinger reagierte, wie sie auf solch ungebührliches Benehmen immer reagierte – sie zog die Augenbrauen hoch und schaute indigniert. Ein Mienenspiel, das bei ihrer Intimfeindin allerdings wirkungslos verpuffte.

»Und keine Widerrede!«, sagte Paula.

Dann betrat sie das Zimmer ihres Vorgesetzten. Fleischmann, der den Telefonhörer in der rechten Hand hielt, gab ihr mit der freien linken Hand zu verstehen, sie solle Platz nehmen. Sie aber blieb ostentativ stehen und wartete, bis er das Gespräch beendet hatte.

»Das muss aber sehr dringend sein, Frau Steiner, dass Sie dermaßen ungestüm in mein Büro vordringen.«

»Das ist es auch. Eine Frage vorab: Wussten Sie, dass mein Hauptverdächtiger Sebastian Harrer, nachdem ich gestern eine Fahndung herausgegeben habe, übrigens auf Empfehlung vom Kollegen Trommen, heute früh tot aus der Pegnitz gefischt wurde? Und wenn ja, seit wann wissen Sie davon?«

Es war Fleischmann anzumerken, dass er sich jetzt, nach diesen Fragen, einen Reim auf das forsche Benehmen seiner Kommissarin machen konnte. Mit einem kleinen Seufzer antwortete er: »Er wird es vergessen haben, Sie zu informieren.«

»Vergessen? Sehr geehrter Herr Fleischmann, bei allem Respekt: Das glauben Sie nicht, und das glaube ich nicht. Stellen Sie sich doch bitte mal die umgekehrte Situation vor: Trommen leitet eine SOKO, und ich arbeite ihm zu. Und dann *vergesse*«, sie betonte das Verb mit dem Maximum an Ironie, das ihr in dem Moment zur Verfügung stand, »ich, Herrn Trommen über den Mord an seinem Hauptverdächtigen, nach dem die Fahndung läuft, zu informieren. Wie, meinen Sie, würde der Kollege da reagieren?«

Nun, nachdem sie sich wieder ein wenig beruhigt hatte, nahm sie sogar Platz, sah Fleischmann aber weiterhin aufgebracht an.

»Ich verstehe Sie ja, Frau Steiner«, gab dieser ihr schließlich recht. »Von wem haben Sie es denn dann erfahren, wenn nicht von Trommen?«

»Von der Sekretärin der Steuerberatungskanzlei, in dem der Vater von Sebastian Harrer arbeitet. Ich hatte beide, Vater und Sohn, heute für elf Uhr hierher einbestellt. Und nachdem sie nicht erschienen sind und auch daheim niemand zu erreichen war, haben wir in der Kanzlei angerufen.«

»Was also schlagen Sie vor?«

»Dass Herr Trommen augenblicklich von diesem Fall abgezogen wird. Falls nicht, reiche ich heute noch eine Dienstaufsichtsbeschwerde ein. Und darin werden auch andere Sachen zur Sprache kommen, die ihn und seine Mitarbeiter betreffen.«

»Sollte ich von diesen anderen Sachen Kenntnis haben?«, fragte Fleischmann.

»Nein, das braucht es nicht. Noch nicht. Falls Herr Trommen sich aber sträubt oder es sonst wie Schwierigkeiten geben sollte, dann werden Sie diese Sachen in allen Einzelheiten erfahren. Sehr gerne mündlich, aber noch viel lieber schriftlich.«

Mit einem kleinen Lächeln sagte Fleischmann: »Es wird keine Schwierigkeiten geben. Das geht ja nicht, dass Ihnen als Leiterin dieser SOKO derart wichtige Informationen vorenthalten werden.«

Dann fügte er, jetzt wieder ernst, hinzu: »Auch wenn es mir lieber wäre, wenn sich meine Kommissare, vor allem Sie und Herr Trommen, untereinander so weit verstehen, dass sie gedeihlich miteinander auskommen und effizient miteinander arbeiten können.«

»Gut, danke. Dann werde ich Herrn Trommen sofort anrufen und ihn in Kenntnis setzen.«

»Das überlassen Sie doch bitte in diesem Fall mir. Ich denke, das ist für beide Seiten besser.« Er nickte ihr auffordernd zu. Zeit, zu gehen.

»Gerne.«

Eine halbe Stunde später hatten Eva Brunner und sie das Wehr am nördlichen Pegnitzarm erreicht. Leider zu spät, der Leichnam Sebastian Harrers war schon auf dem Weg in die Gerichtsmedizin. Sie sahen nur mehr drei Schutzpolizisten, die sich auf dem arg ramponierten Wiesenstück unterhalb der Brücke zu schaffen machten.

Ihnen stellte sie sich und ihre Mitarbeiterin als die beiden »Ermittlungsführerinnen« vor und erntete darauf erwartungsgemäß einen erstaunten, nahezu ungläubigen Blick.

»Ja, aber uns wurde gesagt, dass Herr Trommen die Ermittlungen in diesem Fall führt.«

»Das ist falsch. Herr Trommen ist mein Kollege und handelt lediglich in meinem Auftrag. Wahrscheinlich haben Sie da etwas missverstanden. So, jetzt was anderes: Ich nehme an«, sie sah auf die so gut wie menschenleeren Pegnitzauen, »dass sowohl unser Fotograf und der Staatsanwalt als auch der Gerichtsmediziner nicht mehr da sind?«

Alle drei nickten zustimmend.

»Dann sind Sie die Einzigen, die hier noch zu tun haben?«

»Nein«, widersprach der Älteste des Trios. »Der Chef der kriminaltechnischen Abteilung sucht mit seinem Mitarbeiter das Gelände dahinten«, er deutete auf die Holzbrücke, die im Stadtteil Erlenstegen die Pegnitz überquerte, »nach Spuren ab.«

»Dann fragen wir den Chef der kriminaltechnischen Abteilung doch gleich mal«, wandte sie sich Frau Brunner zu, »ob er uns schon was Genaueres sagen kann.«

Nach ein paar Schritten drehte sie sich noch einmal um. »Sie können übrigens die Sperrung des Geländes wieder aufheben und gehen, wenn Sie fertig sind.«

Auch Klaus Zwo schien überrascht, sie zu sehen. »Was machst du denn hier, Paula?«

»Ich? Ich leite die Ermittlungen in diesem Fall, der zur SOKO Bartels gehört.«

»Und was ist mit Trommen? Warum hat der dann …«

»Mit Trommen ist, dass er wieder mal seine Kompetenzen überschritten hat.«

»So? Das wusste ich nicht. Das ist mir auch egal, da mische ich mich nicht ein, das müsst ihr unter euch ausmachen.«

»Das machen wir auch, darum brauchst du dich nicht zu kümmern«, versetzte sie schnippisch. »Dann sag mir doch mal bitte, was du bisher herausgefunden hast. Oder gibst du deine Informationen exklusiv an Trommen weiter?«

»Sei doch nicht so patzig, Paula. Bis jetzt wusste ich eben nichts von euren Querelen. Also, der Reihe nach: Ein Spaziergänger, der hier jeden Morgen mit dem Hund seine Runde dreht, hat die Leiche da am Wehr«, er wies mit der Hand Richtung Gustav-Heinemann-Brücke, »entdeckt, mitten im Fluss. Das war kurz nach sieben. Er hat ihn sogar identifizieren können, denn Harrer ist ein Nachbar von ihm. Weißt du übrigens, dass der Tote hier ganz in der Nähe wohnt, in der Blumröderstraße?«

Sie nickte. »Ja, das weiß ich. Und weiter?«

»Anscheinend, aber da bin ich mir nicht hundertprozentig sicher, wurde dann als Erster Trommen benachrichtigt. Das muss noch bei ihm daheim gewesen sein. Auf jeden Fall hat er von zu Hause aus gleich das komplette Programm angefordert. Die Staatsanwaltschaft, die Gerichtsmedizin, die Leichenbergung und uns natürlich.«

»Ist die Todesursache schon bekannt?«

»Ja, ist bekannt. Wieder wie bei diesem Jakobsohn ein Schuss mitten in die Stirn. Erst danach hat man ihn in die Pegnitz geworfen. Frieder meinte, lange könne der Tote noch nicht im Wasser gelegen haben. Du weißt ja, dass er sich zeitlich nicht so gern festlegt. Ich habe nur mitbekommen, wie er zu Jörg sagte: ›Wahrscheinlich gestern am sehr späten Abend.‹«

»Hat schon jemand die Eltern benachrichtigt?«

»Ja, dieser Hundebesitzer. Die Eltern standen beide schon am Wehr, als wir eintrafen.«

»Weißt du auch, ob Trommen schon mit ihnen gesprochen hat?«

»Wissen tue ich es nicht, aber nach dem, was ich so aus der Entfernung mitbekommen habe, eher nein.«

»Dann steht uns das auch noch bevor«, sagte sie zu Eva Brunner. »Wo sind eigentlich deine Mitarbeiter?«

»Die sind weiter hinten, Richtung Wasserwerk, mit den Hundeführern zugange. Wobei ich glaube, dass der Mord hier ganz in der Nähe passiert sein muss. Schau dir mal die Strömung an. Die trägt keinen normalgewichtigen Erwachsenen weit. Wenn sich das weiter hinten abgespielt hätte, wäre er schon dort ans Ufer gespült worden. Was meinst du?«

»Ich sehe das genauso wie du. Ermordet wurde er hier, nur wenige Meter entfernt von der Ludwig-Erhard-Brücke. Denn dass man den Leichnam hierhergebracht und von da aus in den Fluss geworfen hat, halte ich für so gut wie ausgeschlossen. Warum sollte sich jemand diese Mühe machen? Bist du schon fertig?«

»Fast. Ich muss nur noch Bodenproben nehmen.«

»Noch etwas, was ich wissen sollte?«

»Nein, meine Liebe, ich habe dir jetzt alles gesagt, was ich weiß. Ich teile mein Wissen immer wieder gerne mit dir. Deine Befürchtung, ich würde es – wie hast du es genannt? – ›exklusiv an Jörg weitergeben‹, ist völlig unbegründet. Und wenn ich was finden sollte, bekommst du es umgehend auf deinen Schreibtisch. Aber im Grunde weißt du das auch. Es ist dir halt vorhin in der ganzen Aufregung entfallen, gell?«

»Das kann schon sein.« In ihren Augen reichte dieses lauwarme Zugeständnis. Machte eine formelle Entschuldigung expressis verbis ihm gegenüber überflüssig.

Sie wollte sich gerade von Klaus Zwo verabschieden, da fragte er noch: »Weiß Jörg eigentlich schon, dass man ihn von dem Fall abgezogen hat?«

»Natürlich.«

»Du hast es ihm gesagt?«

»Nein. Für so etwas stehe ich in der Rangordnung zu weit unten. Das kam von oben.«

Als sie gemeinsam mit Eva Brunner zurück zu ihrem Wagen ging, plante sie ihr künftiges Vorgehen. An erster Stelle stand das Gespräch mit Harrers Eltern. Dann würde sie sich von Polizeifotograf Bernd Schuster die Fotos besorgen und diese oder eines dieser Bilder auf dem Kaminsims – Schritt drei und vier – Heinrichs Großmutter und dem Krankenpfleger des Nordklinikums vorlegen.

Sie wählte die Nummer des Gerichtsmedizinischen Instituts. Nein, sagte man ihr dort, Herr und Frau Harrer seien nicht mehr hier. Schon seit einer Stunde nicht mehr. Damit standen die Chancen gut, dass sie das Ehepaar daheim erreichte.

Sie blieb abrupt stehen. »Frau Brunner, was halten Sie davon, wenn wir zu Fuß in die Blumröderstraße gehen? Es ist ja nicht weit. Kürzer auf jeden Fall, als wenn wir den Wagen nehmen und die Schleife über den Mögeldorfer Plärrer fahren.«

Und tatsächlich, nur wenige Minuten später standen sie vor dem holzverkleideten Haus in Ebensee. Das Garagentor war offen, die Garage leer. Also würden die Harrers noch unterwegs sein. Entsprechend überrascht war sie, als ihnen Monika Harrer, kurz nachdem sie geklingelt hatten, die Haustür öffnete.

Wieder trug sie diese elegante Kombination aus weißer Leinenbluse, Markenjeans und üppiger Silber- und Platindekoration, aber das war auch schon alles, was sie mit der Person, die sie vor wenigen Tagen kennengelernt hatten, gemein hatte. Jetzt war von ihrem abweisenden Stolz, der arroganten Überheblichkeit nichts mehr zu spüren. Gebückte Haltung, rot geweinte Augen und Verstörung zeichneten diese Mutter, die soeben ihren Sohn verloren hatte.

Paula Steiner sprach ihr Beileid aus. »Dürfen wir hereinkommen, oder sollen wir das leider unumgängliche Gespräch an einem anderen Tag führen?«

Monika Harrer verneinte und ließ sie eintreten. Heute nahmen die Polizistinnen erst Platz, nachdem sie von der Hausherrin dazu aufgefordert worden waren.

»Viele Fragen sind es nicht, die ich an Sie habe, Frau Harrer. Wer könnte ein Interesse gehabt haben, Ihren Sohn zu töten? Oder anders formuliert: Hatte er Feinde, Personen, die ihm übelwollten?«

Stumm schüttelte die Befragte den Kopf. Schließlich sagte sie: »Sebastian ist, war, ein Sonntagskind. Jeder, der ihn kannte, mochte ihn. Jeder.«

Paula wartete eine Weile, ob Frau Harrer dazu noch etwas nachreichen würde. Da es nicht danach aussah, stellte sie ihre nächste Frage. »Wir gehen davon aus, dass Ihr Sohn gestern am späten Abend ermordet wurde. Wissen Sie, wo er da war? Vielleicht hat er Ihnen gegenüber erwähnt, was er noch vorhatte?«

Erneutes Kopfschütteln. »Nein. Sebastian ist abends oft außer Haus gewesen. Manchmal hat er sich mit seinen Kameraden aus dem Sportverein getroffen, dann hin und wieder auch mit seinen Kommilitonen. Ja, und auch bei seiner neuen Freundin hat er das eine oder andere Mal übernachtet. Wir, mein Mann und ich, haben ihn nicht darüber ausgefragt. Er sollte nicht das Gefühl haben, er stünde bei uns unter ständiger Beobachtung.«

»Dann war er gestern also nicht beim Skifahren, wie Sie meinem Kollegen gegenüber behauptet haben?«, sagte Paula ohne jeden Vorwurf in der Stimme. Und auch ihre nächste Frage »Warum haben Sie uns da angelogen?« war frei von jedem anklagenden Ton.

Zwei Fragen, auf die sie zwei rhetorische Gegenfragen erhielt. »Hätte das nicht jede Mutter in einer solchen Situation gemacht? Dass sie ihren Sohn vor der Polizei, die ihm vor dem Haus auflauert und ihn dann sogar zur Fahndung ausschreibt, schützen will?«

Da ließ Paula das Thema auf sich beruhen und fragte stattdessen: »Wie würden Sie sein Verhältnis zu seinem Bruder Tobias beschreiben, der wohl, wenn ich es richtig gehört habe, schon seit Längerem von daheim ausgezogen ist?«

Monika Harrer, die soeben ein Leinentaschentuch aus ihrer Hosentasche gezogen hatte, sah sie erstaunt an. »Gut. Normal. Dass Tobi nicht mehr bei uns wohnt, hatte nichts mit einer mangelnden Zuneigung unter den Brüdern zu tun. Auch wenn sie in vielen Punkten verschieden waren. Aber in einem durchwegs positiven Sinn.«

Paula fragte nach dem Namen der Freundin und der Studienfreunde. Eva Brunner machte sich Notizen.

Dann stand die Kommissarin auf. »Eine letzte Frage habe ich noch: Das Verhältnis Ihres Sohnes zu seinem Onkel, zu Ulrich Jakobsohn, wie war das?«

Monika Harrer war so erschrocken über diese Frage, dass das Taschentuch, das sie noch immer zusammengeknüllt in der Hand hielt, zu Boden glitt. Sie hob es auf und sah Paula mit weit aufgerissenen Augen an. »Ja, glauben Sie denn, das eine hat mit dem anderen zu tun?«, flüsterte sie.

»Wir können es nicht ausschließen.«

»Sebastian und mein …«, sie stockte, »Bruder waren sehr unterschiedlich. So unterschiedlich, wie Ulrich und ich es waren. Jeder hatte seine eigenen Ansichten und Vorstellungen von dem, was das Leben ihnen bieten sollte. Sie sind sich aus dem Weg gegangen.«

Diesmal hatte Paula Steiner das Gefühl, dass Monika Harrer

die Wahrheit gesagt hatte. Jetzt, wo beide, Sohn und Bruder, tot waren, machte alles andere ja auch keinen Sinn mehr. Jetzt musste nichts mehr vertuscht oder beschönigt werden.

Bevor sie sich verabschiedete, bat sie noch um ein aktuelles Foto von Sebastian. »Sie kriegen es natürlich so bald als möglich zurück.«

Monika Harrer trat vor den Kaminsims und griff mit sicherer Hand nach dem Porträt, das ihren Sohn am vorteilhaftesten darstellte: ein offenes Lachen, das blonde Haar hing ihm locker in das schmale markante Gesicht, die tiefblauen Augen strahlten. Sie reichte Paula das Foto inklusive Silberrahmen.

Als sie über die Pegnitzauen zu ihrem Wagen gingen, sagte Paula: »Nachdem wir Schusters Fotos jetzt nicht mehr brauchen, könnten wir doch gleich zu Frau Bartels fahren und anschließend ins Klinikum. Was halten Sie davon?«

Da es am Budapester Platz wie so oft keinen freien Parkplatz gab, fragte sie Frau Brunner, ob es ihr etwas ausmachen würde, im Wagen auf sie zu warten. »Ich bin sofort wieder da. Das dauert ja nicht lang. Wenn Sie in der Zwischenzeit schon mal im Klinikum anrufen würden, ob dieser Pfleger, Überall ist sein Name, heute Dienst hat?«

Heinrich stand noch unter Kuratel. Denn die Tür im dritten Stock öffnete sich erst, nachdem sie die Parole genannt hatte.

»Wollen Sie zu Heinrich, Frau Steiner?«

»Nein, diesmal bin ich Ihretwegen da. Schauen Sie sich doch bitte dieses Foto an. Könnte das derjenige gewesen sein, der vorgestern in Heinrichs Zimmer nach Unterlagen suchen wollte?«

Es war der alten Frau anzumerken, wie sehr sie diesen Augenblick, diesen von Amts wegen bedeutungsvollen Moment der Identifizierung, herbeigesehnt hatte. Ihre Augen funkelten vor Eifer, während sie in die oberste Schublade der kleinen Dielenkommode griff und ihre Lesebrille hervorholte. Nachdem sie sie umständlich aufgesetzt hatte, stellte sie das gerahmte Foto auf die Kommode und betrachtete es eingehend. Und als sie triumphierend ausrief: »Genau, das war er, der Haderlump, der elendliche!«, funkelten ihre Augen noch lebhafter. Es war eine Mischung aus Zorn und einer gewissen Befriedigung, die die Neunundachtzigjährige derart aufflammen ließ.

Anna Bartels gab Paula das Bild zurück und verstaute die Brille in der Schublade.

»Und Sie sind sich ganz sicher, dass er wirklich derjenige war, der ...«

»Na, hören Sie mal, Frau Steiner, ich bin doch nicht verkalkt. Ich habe meine fünf Sinne noch alle beieinander. Wenn ich sage, der war das, dann war er es auch. Das können Sie mir glauben. Ich weiß, wie so was abläuft und worauf es dabei ankommt.«

Da drang aus Heinrichs Zimmer der lautstarke Ruf: »Paula, bist das du?«

»Ja, aber heute habe ich keine Zeit. Die Brunner wartet unten im Auto auf mich«, rief sie in der gleichen Lautstärke zurück.

»Was machen Sie denn jetzt mit diesem Verbrecher?«, fragte Frau Bartels. »Oder haben Sie ihn schon verhaftet?«

»Nein, das wird nicht mehr möglich sein«, antwortete sie. »Den haben wir heute früh tot aus der Pegnitz geborgen. Ermordet.«

»Ach«, Anna Bartels schlug sich die Hand auf den Mund, »da schau her. So was! Das ist ja allerhand.«

Ihr fehlten die Worte – und die Gedanken, um diese Sensation richtig interpretieren zu können. Man sah es ihrem kleinen faltendurchzogenen Gesicht an, wie sie um Fassung rang und gleichzeitig einen kriminalistischen Geistesblitz nach dem anderen durch das Gehirn schickte, um ihn dort sofort wieder zu verwerfen.

Doch am Ende dieser fast mit Händen zu greifenden Ideenkette hellte sich das Gesicht abrupt auf. »Wunderbar. Dann ist der Fall ja gelöst. Dann haben Sie ja Ihren Mörder.«

»Vielleicht, Frau Bartels, vielleicht auch nicht«, gab sie vorsichtig zu bedenken. »Und selbst wenn er es war, der Jakobsohn umgebracht hat, dann haben wir ja wieder einen neuen Mörder. Dann müssen wir jetzt nach demjenigen suchen, der diesen Mann hier«, sie klopfte auf den Silberrahmen, den sie unter dem Arm hielt, »erschossen hat.«

»Stimmt, da haben Sie recht«, und in diesem Zugeständnis schwang auch ein wenig Enttäuschung mit. »Das war jetzt vorschnell von mir. Da sieht man halt, dass Sie ein Profi sind.«

Paula revanchierte sich für dieses Lob mit einem »Sie doch auch, Frau Bartels!«. Dann verabschiedete sie sich.

»Und was machen wir jetzt mit dem Heinrich? Soll ich die Sicherheitsmaßnahmen schon etwas lockern, nach dem veränderten Stand der Dinge?«

Sie gab Heinrichs Großmutter genau die Antwort, die diese hören wollte. »Nein, bitte nicht. Das machen wir erst dann, wenn der Fall abgeschlossen ist. Sie wissen ja selbst: Unter diesen Umständen kann man gar nicht vorsichtig genug sein.«

Eva Brunner hatte gute Nachrichten für sie. Ja, Herr Überall habe heute Dienst und warte auf sie.

»Gut. Dann fahr ich Sie jetzt zum Klinikum. Das übernehmen bitte Sie, diesmal warte ich im Auto.« Dass sie ihrer Mitarbeiterin so großzügig diese Identifizierung überließ, hatte nur einen einzigen Grund: Sie brauchte binnen Kurzem eine Zigarette. Nicht erst nach einer weiteren Zeugeneinvernahme.

In der Flurstraße angelangt, sprang Eva Brunner aus dem Auto und sagte, bevor sie losmarschierte: »Ich beeile mich auch, Frau Steiner.«

Diese rief ihr nach: »Das müssen Sie nicht.« Dann stieg sie aus und zündete sich eine Zigarette an.

Als der Stundenschlag der Kirchenglocken fünfmal erklang, kehrte Eva Brunner zurück.

Sie ließ sich auf den Beifahrersitz fallen und schüttelte bedauernd den Kopf.

»Harrer war wohl doch nicht der Mann, der in Heinrichs Krankenzimmer war. Dieser Überall schien sich da ganz sicher. Schade, ich hatte fest damit gerechnet.«

»Ich auch, Frau Brunner, ich auch. So, dann bleiben uns noch Harrers Freundin, seine Sportkameraden und die Kommilitonen. Wobei ich fürchte, das wird eine reine Fleißarbeit, die letztendlich nichts Neues bringt. Aber egal. Kommen Sie mit? Oder möchten Sie für heute Schluss machen?«

»Aber natürlich komme ich mit«, lautete die wenig überraschende Antwort.

Sie hatte den Zündschlüssel schon ins Schloss gesteckt, da schaltete sie den Motor wieder aus. Das mulmige Gefühl, das sie nach Eigners Vernehmung hatte, meldete sich zurück.

»Wissen Sie, Frau Brunner, was ich glaube, aber überhaupt nicht beweisen kann? Es gibt auch keinerlei Anhaltspunkte dafür. Und trotzdem … Der Eigner steckt in dieser Sache irgendwie mit drin. Davon bin ich überzeugt.«

»Ha, das weiß ich schon die ganze Zeit«, triumphierte ihre Beifahrerin. »Der und seine Stiftung, die stecken da beide mit drin. Und nicht nur irgendwie, sondern im Zentrum des Geschehens.«

»Also müssen wir schauen, ob wir für ihn einen Hausdurchsuchungsbeschluss bekommen. Und wenn ja, dann nehmen wir uns morgen früh seine Villa vor.«

»Das natürlich auch.«

Immer wenn Eva Brunner so wenig Worte machte, musste man auf der Hut sein. »Was denn noch?«

»Ich werde, vorausgesetzt natürlich, Sie haben nichts dagegen, in die Steuerwald-Landmann-Straße fahren und den so lange observieren, bis ich was herausfinde. Sie wissen ja, Observationen mache ich richtig gerne.«

Ja, das wusste sie, und sie wunderte sich jedes Mal darüber, wie jemandem eine so öde, in den meisten Fällen auch vergebliche Tätigkeit Spaß machen konnte. Sie wollte schon protestieren und vorschlagen, diese Arbeit doch an die unausgelasteten Kollegen der Kommission 1 zu delegieren, da fiel ihr gerade noch rechtzeitig ein, dass sie ja heute Mittag beschlossen hatte, nicht mehr mit Trommen und seiner Mannschaft zusammenzuarbeiten. Aber Frau Brunner diese Aufgabe allein überlassen, das konnte sie auch nicht.

Also atmete sie einmal tief durch und sagte: »Dann komm ich aber mit. Aber vorher muss ich noch etwas erledigen.«

Sie sah kurz auf den Dienstplan und hatte Glück. Staatsanwalt Dr. Kauper war noch im Haus. Es bedurfte einiger Überzeugungsarbeit und ein paar Kostproben von ihren Fabulierkünsten, aber schließlich hatte sie das, was sie wollte: zwei genehmigte Anträge. Einen auf Einsicht in Eigners Konten und einen Durchsuchungsbeschluss für sein Haus.

Um kurz vor neunzehn Uhr stellte sie ihren alten BMW drei Autolängen hinter Eigners Garage ab. Sie packte gerade ihren Döner aus der Alufolie, als sich das Garagentor öffnete und ein nachtblauer 7er-BMW mit Karacho Richtung Thumenberger Weg fuhr. Rasch drückte sie Eva Brunner den ausgewickelten Döner in die Hand und startete den Motor.

10

»Wenn Sie Hunger haben«, sagte sie zu Frau Brunner, die den Döner mit spitzen Fingern in der ausgestreckten rechten Hand hielt, »können Sie gerne davon abbeißen. Sie haben doch sicher auch seit heute früh nichts mehr gegessen.«

Kurzer Seitenblick zur Fahrerseite, dann folgte ein beherzter Biss in den trichterförmigen Fladen. »Hm, der schmeckt richtig gut.«

Paula war Eigner dankbar, dass er ihr die Wartezeit so verkürzt hatte. Sie folgte ihm mit zwanzig Metern Distanz auf der Erlenstegenstraße, bog hinter ihm auf die Autobahn A 3 ab, wechselte mit ihm dann beim Autobahnkreuz Nürnberg auf die A 9, um nach nur fünf Minuten beim Kreuz Nürnberg-Ost wieder zu wechseln, jetzt auf die A 6 Richtung Heilbronn. Auf der zweispurigen Autobahn, auf der man untertags nur schleppend vorwärtskam, war jetzt wenig los. Sie konnte die Distanz zu dem nachtblauen BMW etwas größer werden lassen.

Es war eine ruhige, angenehme Fahrt in der Dämmerung. Hinter Schwabach hielt ihr Frau Brunner den zur Hälfte geschrumpften Döner hin. »Beißen Sie doch mal ab. Jetzt ist er noch warm. Ich fürchte, das dauert noch, bis wir am Ziel sind.«

Gerne folgte sie der Aufforderung. Und so verlief diese Observation ähnlich anheimelnd wie die Autofahrten zur Ferienzeit in ihrer Kindheit. Auch ihr Vater brach jedes Jahr zu ihrem Urlaubsziel am frühen Abend auf, und die Mutter versorgte die vierköpfige Besatzung bereits unmittelbar hinter dem Nürnberger Ortsschild mit reichlich Proviant. Abbeißen, kauen, einträchtiges Schweigen, es war genauso schön wie früher.

Bei der Abfahrt Feuchtwangen-Nord allerdings endete die idyllische Parallele zur Vergangenheit. Eigner verließ, ohne den Blinker zu setzen, abrupt die Autobahn. Sie fluchte, konnte ihm aber in letzter Minute noch folgen. Der nachtblaue BMW legte jetzt ein Tempo vor, bei dem ihr altersschwacher 3er-BMW nicht mithalten konnte. Der Abstand wurde so groß, dass von dem 7er nur mehr die Rückleuchten als winzige helle Rechtecke zu sehen waren, die von Sekunde zu Sekunde kleiner wurden.

»Da vorne, rechts«, rief Eva Brunner aufgeregt, »der fährt zur Spielbank.«

Und tatsächlich, als sie den Parkplatz des Casinos ansteuerte, sah sie Eigner bereits mit diesem vertraut hüftschweren, steifen Gang auf den Haupteingang zueilen. Seinen Wagen hatte er unweit davon achtlos abgestellt.

»Das passt zu ihm«, stellte Paula nach einer Weile fest. »Darum auch hatte er sich bei den Befragungen so sehr unter Kontrolle. Ich hätte eigentlich früher drauf kommen können, dass er ein Spieler ist. So wenig, wie der sich hat anmerken lassen.«

Eva Brunner, die das zusammengeknüllte, fettverschmierte Dönerpapier vorsichtig auf die Ablage legte, sagte: »Dann warten wir jetzt hier auf ihn.«

»Nein, mit Sicherheit werden wir hier nicht stundenlang auf ihn warten«, widersprach Paula, ohne nachzudenken. »Wir verlegen die Observation nach innen.«

»Aber«, sagte Eva Brunner, die erst zweifelnd an sich herabgesehen und dann ihre Chefin mit demselben kritischen Blick von oben bis unten gemustert hatte, »sind wir für eine Spielbank überhaupt passend angezogen? Die haben doch eine strenge Kleiderordnung. Ich weiß zum Beispiel, dass bei den Herren Krawatte und Sakko Pflicht sind. Ohne kommen die da gar nicht rein, selbst wenn sie noch so viel Geld haben. Und auch bei den Damen dürften Jeans und T-Shirt unerwünscht sein. Ich glaube, die lassen uns so nicht rein.«

»Wir, Frau Brunner«, grinste die Jeansträgerin Steiner der Jeansträgerin Brunner zu, »haben die einzig richtige Kleidung für ein Casino überhaupt.« Sie langte in ihre Handtasche und zog ihren Dienstausweis heraus. »Damit kommen wir zwei überall herein. Auch in jede Spielbank.«

Mit ebendiesem Passepartout in der Hand betrat sie selbstsicher das Casino. Der breitschultrige Hüne am Eingang, schwarzer Anzug, weißes Hemd, trat mit einem Lächeln auf sie zu. »Meine Damen, wenn Sie bitte …«

Weiter kam er nicht, denn da hatte Paula ihm schon ihren

Ausweis hingestreckt. »Steiner ist mein Name, Mordkommission Nürnberg. Und das ist meine Kollegin Frau Brunner, ebenfalls von der Mordkommission.«

Der Anzugträger ließ sich seine Überraschung nicht anmerken. Allerdings bat er sie mit einer galanten Geste, zur Seite zu treten, weg von dem Eingang und den ein- und damit ausströmenden Besuchern.

»Und wie können wir Ihnen behilflich sein, Frau Steiner, Frau Brunner?«

»Indem Sie uns zu Ihrem Direktor führen.«

Kurze Andeutung eines Nickens, dann zog der Sicherheitsbeauftragte sein Walkie-Talkie aus dem Hosenbund und entfernte sich ein paar Meter nach rechts. In der Zwischenzeit lugte Paula auf der Suche nach ihrem Observationsobjekt in die riesige Halle. Vergeblich.

Nach wenigen Sekunden kam der Hüne zurück. »Wenn Sie mir bitte folgen wollen.« Auf dem Weg zum rückwärtigen Teil der Halle war sie bemüht, sich im Windschatten der breiten Schultern ihres Begleiters zu verstecken.

Der Direktor der Feuchtwanger Spielbank erwartete sie bereits. Es war eine Direktorin, Katharina von Hohenfels. Blond, dunkelblaues Kostüm, ungefähr ihr Alter. Fester Händedruck, verbindliches Lächeln. »Nehmen Sie doch bitte Platz.«

Sie hatte nicht damit gerechnet, so schnell mit der Leiterin des Casinos sprechen zu können. Also ließ sie sich viel Zeit, während sie Platz nahm, sah sich dann eine geraume Weile in dem recht einfachen Raum mit den hellgrauen Büromöbeln um, während sie überlegte, welche Fragen sie ihr stellen könnte.

»Machen wir es kurz«, eröffnete sie schließlich das Gespräch. »Das ist sicher auch in Ihrem Interesse. Ich habe im Prinzip nur wenige Fragen, die alle Herrn Wolf-Rüdiger Eigner aus Nürnberg betreffen. Ein Stammgast von Ihnen?«

»Diese Frage kann ich Ihnen aus dem Stegreif leider nicht beantworten. Aber ich kann nachschauen.«

Beiläufig fügte Frau von Hohenfels hinzu, während sie etwas in ihren PC eintippte: »Bei uns muss jeder Besuch unserer Gäste registriert werden. Ah, hier ist er. Wolf-Rüdiger Eigner. Ja, dieser

Herr ist einer unserer Stammgäste. Drei- bis viermal in der Woche hält er sich in unserem Haus auf. Vorzugsweise an den Tischen, an denen American Roulette gespielt wird.«

»Was ist denn der Unterschied zum französischen Roulette?«, fragte Paula.

»Es ist schneller. Das heißt: Es werden mehr Coups pro Zeiteinheit durchgeführt. Und es kann ohne Wertmarkierung gespielt werden, unsere Gäste bestimmen selbst den Wert ihrer Jetons.«

»Und Minimum und Maximum der Jetons liegen bei welcher Preisgrenze?«

»Am höchstdotierten Tisch ist der Mindesteinsatz pro Spiel fünf Euro. Maximal dreihundertfünfzig Euro kann man auf eine einzelne Zahl und bis zu zwölftausend Euro auf eine einfache Chance setzen.«

Auf Paulas fragenden Blick hin ergänzte die Direktorin: »Also Rouge oder Noir, gerade oder ungerade.«

»Zwölftausend Euro für eine einzige Spielmarke!«, rief Eva Brunner aus. »Da kann man ja an einem einzigen Abend locker Haus und Hof verspielen.«

»Na ja, das hört sich jetzt dramatischer an, als es in Wirklichkeit ist. Bis zu diesem Limit gehen die wenigsten«, wiegelte Frau von Hohenfels ab.

»Trotzdem ist das doch unverantwortlich«, erregte sich Eva Brunner. »Wenn jemand spielsüchtig ist, wird er …«

Bevor ihre Mitarbeiterin weiterreden konnte, wurde sie von Paula schnell unterbrochen. »Das muss jeder selber wissen und für sich entscheiden. Uns ging es vorrangig darum, zu erfahren, ob Herr Eigner regelmäßig in Ihre Spielbank kommt. Und das wissen wir ja jetzt.«

Sie verkniff sich die Frage, wie viel Geld Eigner hier schon gelassen hatte, wohl wissend, dass die Direktorin ihr diese nicht beantworten würde oder könnte. Stattdessen verabschiedete sie sich und dankte ihr für ihre Offenheit und das Entgegenkommen.

»Aber das ist doch selbstverständlich, Frau Steiner. Schließlich sind wir beide ja bei demselben Arbeitgeber beschäftigt.«

Nach ein paar Sekunden ergänzte sie mit einem Lächeln: »Beim Freistaat Bayern.« Dann begleitete sie ihre Gäste zur Tür.

Auf dem Weg zum Parkplatz kam der Leiterin der SOKO Bartels eine Idee, eine hervorragende, wie sie fand. »Jetzt bräuchten wir nur noch ein Foto von Eigner, dann wäre alles perfekt. Dann könnte sogar ich mich in Zukunft mit Observationen anfreunden.«

»Sie meinen, eine von uns beiden geht noch mal rein und …«

»… macht ein Foto, aber nicht mit unserer Polizeikamera, das wäre zu auffällig, sondern mit dem Handy. Und da er mich leider zu gut kennt, würde ich Sie bitten wollen, das zu übernehmen.«

»Freilich. Gern.«

»Danke. Sagen Sie einmal, Frau Brunner, wann genau waren Sie im Krankenhaus bei diesem Krankenpfleger?«

»Um drei viertel fünf.«

»Dann rufe ich in der Zwischenzeit dort an. Vielleicht hat er ja noch Dienst. Dann könnten wir ihm gleich im Anschluss Eigners Foto zeigen.«

Da aber hatte sich Frau Brunner samt ihrem nigelnagelneuen Smartphone bereits von ihr abgewandt und marschierte beschwingt auf den Haupteingang des Casinos zu.

Nach zehn Minuten hatte Paula die Zusage, dass Überall noch an seinem Arbeitsplatz war und auf sie beide warten würde. Weitere zehn Minuten später, und Eva Brunner kehrte von ihrem verdeckten Einsatz zurück.

Paula genoss die nächtliche Fahrt auf der Autobahn, fühlte sie sich doch so sicher, der Pfleger würde Eigner auf den Fotos wiedererkennen.

Im Schwesternzimmer des Nordklinikums allerdings zerbröselte ihre voreilige Gewissheit mehr und mehr zur Unbestimmtheit: »Ja, das könnte der Mann gewesen sein. Aber der hatte ja damals eine Mütze auf. Und der hier auf dem Foto trägt keine Kopfbedeckung.«

»Dann stellen Sie sich den Herrn hier doch mal mit Mütze vor«, sagte Paula betont sanft.

»So«, dabei verdeckte sie mit ihrem Zeige- und Mittelfinger die hohe Stirn von Eigners Konterfei.

»Also, ich weiß nicht … Es wäre mir lieber, wir würden eine Gegenüberstellung machen. Ich will ja niemanden fälschlicherweise in Verruf bringen.«

»Für Gegenüberstellungen fehlt uns die Zeit. Sie haben ihn ja anfangs auch wiedererkannt. Und das kann ich Ihnen aus meiner Erfahrung als Polizistin nur bestätigen: Der erste Eindruck ist bei solchen Identifizierungen immer der richtige. Alle Zweifel, die danach kommen, sind nur dem geschuldet, dass man niemanden fälschlicherweise in Verdacht bringen möchte. Es ist also ganz selbstverständlich, dass Sie sich jetzt ein wenig unsicher fühlen. Das ist immer so. So, jetzt schließen Sie mal die Augen.«

Überall tat, wie ihm geheißen wurde.

»Und jetzt Augen auf. Er war es, gell?«

Überall nickte, langsam und sichtlich bemüht, den Erwartungen dieser Kommissarin gerecht zu werden.

»Wunderbar. Damit haben Sie uns einen großen Dienst erwiesen. Dann wünschen wir Ihnen noch eine ruhige Nacht und einen baldigen Feierabend. Auf Wiedersehen.«

Als sie zurück zur Flurstraße gingen, sagte Eva Brunner: »Das wusste ich gar nicht, dass bei Identifizierungen der erste Eindruck immer der richtige …«

Bevor sie den psychokognitiven polizeilichen Erfahrungsschatz ihrer Chefin hinterfragen konnte, wurde sie von dieser eilig unterbrochen. »Sie können ja nicht alles wissen. Es muss schließlich auch zu etwas gut sein, dass ich ein paar Jährchen älter bin als Sie. So, und jetzt fahre ich Sie heim, und morgen früh um acht Uhr wird Eigners Bungalow auf den Kopf gestellt.«

Als sie daheim ankam, war sie so müde, dass sie sofort – ohne den obligatorischen Umweg in den Weinkeller – in den dritten Stock hochstieg, sich in ihr Bett legte und wenig später in einen kurzen, aber tiefen Schlaf fiel.

Der nächste Morgen. Ein dunkler, kalter, regnerischer Freitag. Zwanzig nach fünf verließ Paula, nach einer Katzenwäsche und ohne ihr obligates Frühstück, das Haus. Eine gute Stunde später stand sie am Budapester Platz, klingelte bei Heinrich Sturm und überreichte ihm ihr Geheimdossier, das sie Staatsanwalt Dr. Kauper unter Einsatz sämtlicher rhetorischer Finessen abgetrotzt hatte – Eigners Kontoauszüge. Sie schärfte dem noch schlaftrunkenen Kollegen mehrmals ein, sich umgehend an die Auswertung und

»Überprüfung dieser für uns alle hochgradig wichtigen Belege« zu machen.

Dann fuhr sie in den Nordwesten der Stadt, zu Eva Brunner. Und um Viertel vor acht bogen die Hauptkommissarin und ihre Kommissarin in die Steuerwald-Landmann-Straße ein. Kurz darauf trafen auch die Kollegen ein.

Erst nach mehrmaligen Klingeln öffnete sich die Haustür, und die Putzhilfe, heute im Hausanzug und wieder mit Kopftuch, sagte lediglich: »Herr Eigner ist nicht da.« Und schon war die Tür wieder zu.

Erneutes Klingeln. Ohne Erfolg. Paula wies einen der umstehenden Beamten an, über die Gartenpforte zu klettern und so lange an die Haustür zu hämmern, bis jemand aufmachte. Als sich die Tür endlich wieder öffnete, rief Paula über den Vorgarten hinweg: »Polizei. Hausdurchsuchung. Und jetzt bleibt die Tür auf! Ansonsten werden wir uns gewaltsam Zutritt verschaffen. Ist das klar?«

»Haben Sie überhaupt einen Durchsuchungsbefehl?«, lautete die gleichmütige Gegenfrage.

»Selbstverständlich haben wir einen Hausdurchsuchungsbeschluss.«

»Den zeigen Sie mir erst einmal, dann können Sie vielleicht reinkommen. Vielleicht. Dann schauen wir mal weiter.« Und alles in diesem breiten, bräsigen Fränkisch, das seine Herkunft sicher einem der Käffer aus der umliegenden Region zu verdanken hatte. Und das Paula Steiner, die bereits seit fünf Uhr auf den Beinen war, noch mehr auf die Palme brachte.

Voller Ingrimm trat sie auf diesen obstinaten Drachen zu, auf dieses G'scheithaferl mit seinem weiß-blau karierten Kopftuch, auf dieses schnippische Landei, und hielt ihm das Papier unter die Nase. Als Eigners Putzfrau danach greifen wollte, zog Paula ihr das Blatt wieder weg.

»Lesen ja, anfassen nein. Wenn Sie mich freundlich darum bitten, erhalten Sie von mir vielleicht eine Kopie. Vielleicht.«

Jetzt verschafften sich auch die Beamten Zutritt in das Haus und verteilten sich zügig in den Räumen. Als Paulas Gegenspielerin ihnen folgen wollte, wurde sie von ihr zurückgehalten.

»Halt, dableiben. Sie sagen mir jetzt augenblicklich, wo ich Herrn Eigner finden kann.«

»Hier net.«

»Vorsätzliche Behinderung einer polizeilichen Aktion gilt im Übrigen auch, genau wie Widerstand gegen Vollstreckungsbeamte, als Straftat. Also, was ist?«

»An seinem Arbeitsplatz ist er.«

Arbeitsplatz? Eigner arbeitete doch nicht. Wahrscheinlich meinte dieses Landei seine Stiftung. »Und der ist wo?«

»In Rückersdorf, Fliedersteig. Wenn Sie das schon net wissen, was wissen Sie denn dann überhaupts? Ich hab gedacht, Sie sind von der Polizei. Das ist fall recht unprofessionell, wie Sie sich hier aufführen.«

Paula verkniff sich mit Mühe eine entsprechende Retourkutsche auf diese Attacke. Sie winkte stattdessen einen der Kollegen zu sich heran, ernannte ihn zum vorübergehenden Ermittlungsführer dieser Hausdurchsuchung und beauftragte ihn vor allem damit, sorgfältig zu überwachen, dass die Kopftuchträgerin die nächste Stunde ausschließlich mit einem Anwalt telefonierte. Dann rief sie nach Frau Brunner.

»Wir zwei fahren jetzt nach Rückersdorf. Ich fürchte, hier finden wir weder die Tatwaffe, die Gardinenstange noch irgendwelche belastenden Unterlagen.«

Auf der Fahrt zu ihrem Zielort hatte sie eine Eingebung. »Rückersdorf und Lauf sind nur zwei Kilometer voneinander entfernt. Das würde doch passen. Bestimmt hat Eigner auch diese Überweisungen ›Für treue Dienste‹ auf Jakobsohns Girokonto veranlasst.«

Als sie vor Eigners Arbeitsplatz – ein hübsches Einfamilienhaus aus den fünfziger Jahren, tief im Grünen verborgen – stand, regten sich bei ihr Zweifel. War das nicht ein wenig voreilig von ihr gewesen, sich bei dem, was ihnen nun bevorstand, nur auf Frau Brunner zu verlassen?

»Tragen Sie Ihre Dienstwaffe bei sich, Frau Brunner?«

»Bei Hausdurchsuchungen immer.«

»Das ist gut.«

Trotzdem … die Zweifel blieben. Sie entschied sich gegen den Alleingang. Rief in der Zentrale an und orderte Verstärkung.

»Sind schon Kollegen vor Ort?«

»Negativ.«

Sofort erfolgte die Zusage, vier Polizeibeamte auf schnellstem Weg nach Rückersdorf zu entsenden. »Wir empfehlen stille Anfahrt. Der Mann ist wahrscheinlich bewaffnet«, sagte Paula abschließend.

Sie ging auf das Haus zu und betrachtete das Klingelschild. »GTH Otto-Eigner-Stiftung« war darauf eingraviert, sonst nichts. Dann läutete sie. Nichts tat sich, auch nach dem dritten Versuch nicht. Kurzes Kopfnicken in Richtung Eva Brunner, die jetzt neben ihr stand. Zeitgleich zogen beide ihre Waffen und liefen vorsichtig um das Haus.

Im rückwärtigen Teil führte eine kleine Steintreppe ins Kellergeschoss. Sie lugte durch das vergitterte Fenster – und sah Eigner mit dem Rücken zu ihnen gewandt. Er saß gebeugt über einen einfachen Küchentisch, auf dem sich Prospekte, Kuverts und Briefbogen stapelten.

Sie gab Frau Brunner ein Zeichen, sich lautlos zu entfernen. Als sie wieder auf der Fahrstraße standen, rief sie in der Steuerwald-Landmann-Straße an.

»Nein, Frau Steiner, bis jetzt haben wir nichts gefunden. Keine Waffe und auch keine einzige Unterlage über diese Stiftung.«

Schweigend warteten sie auf die Kollegen, die kurz danach eintrafen. Sie erklärte ihnen den Stand der Dinge.

»Ich glaube nicht, dass er zu seiner Waffe greift. Dazu fühlt er sich zu sicher. Aber man weiß ja nie. Darum machen wir es jetzt folgendermaßen: Ich werde mich an der Haustür so lange zu schaffen machen, bis er mich hört und die Tür öffnet; Frau Brunner und einer von Ihnen sichern mich aus kurzer Distanz. Die anderen beziehen unauffällig Position an der Rückseite, in der Nähe des Kellereingangs. Durch das kleine Fenster sehen Sie ja, wenn er den Raum verlässt. Vorher unternehmen Sie nichts. Erst dann, wenn Eigner nach oben geht, erfolgt der Zugriff. Alles klar?«

Sie ging zur Haustür, wartete so lange, bis sich die drei Beamten entfernt hatten, und schlug dann an die Tür. Einmal, zweimal … fünfmal, endlich hörte sie von innen Schritte. Als sich Eigner im Türrahmen zeigte, löste sie sich von der Hauswand und stellte sich schräg vor ihn. Die rechte Hand hatte er in der stark ausgebeulten Seitentasche seiner Bundfaltenhose vergraben.

»Grüß Gott, Herr Eigner. Heben Sie die Hände, aber langsam. Neben mir«, sie deutete mit dem Kopf nach rechts und links, »stehen zwei Kollegen mit entsicherter Schusswaffe.«

In Zeitlupentempo nahm Eigner seine rechte Hand aus der Hose und streckte sie wie auch die linke nach vorne. Er trug keine Waffe in seiner Hosentasche. Wahrscheinlich war es nur ein zerknülltes Papiertaschentuch.

Mit einem schiefen Lächeln fragte er, unaufgeregt, geradezu gelassen: »Dürfte ich erfahren, was dieses ganze Räuber-und-Gendarm-Spiel soll?«

»Sie stehen in dringendem Tatverdacht, sowohl Ulrich Jakobsohn als auch Sebastian Harrer getötet zu haben.«

Da blitzte der fatale Gedanke in ihrem Kopf auf: Und was, wenn er es doch nicht war? War dieser disziplinierte Mensch, dieser sicher besonnene Spieler, Sohn wohlhabender Eltern, Eigentümer zweier Einfamilienhäuser, wirklich zu einer solchen Tat fähig? Und warum sollte er Jakobsohn und Harrer erschossen haben, wo war das Motiv? Mit dieser Hauruck-Aktion heute hatte sie sich sehr weit aus dem Fenster gelehnt. Wenn das hier fehlschlug, wären sie alle drei bis auf die Knochen blamiert – sie, Heinrich und Frau Brunner. Sie hörte schon Trommens Hohn und Häme.

Diese aufkeimende Skepsis überspielte sie mit betont resoluten Anweisungen. »Wir werden jetzt eine Hausdurchsuchung durchführen. Hier ist der entsprechende richterliche Beschluss. Ein Kollege wird Sie dann zum Präsidium fahren. Sie haben natürlich das Recht, jetzt Ihren Anwalt anzurufen. Frau Brunner, kommen Sie bitte.«

Sie erteilte ihr den Auftrag, die Kollegen von der Steuerwald-Landmann-Straße nach Rückersdorf abzuziehen und die Hausdurchsuchung im Fliedersteig zu beaufsichtigen. Und sie bat sie, ihr Eigners Fotos von Feuchtwangen auf ihr Handy zu überspielen. »Und halten Sie mich bitte auf dem Laufenden.«

Dann fuhr sie nach Lauf. Sie kam gerade noch rechtzeitig. Die kleine Postfiliale wollte gerade für die Mittagspause schließen. Nein, antworteten die beiden Mitarbeiterinnen unisono, an diesen Mann auf dem Handy könnten sie sich nicht erinnern. Das brachte Paula abermals aus dem Konzept. Hatte sie sich doch so sicher gefühlt, dass Eigner es war, der diese Überweisungen veranlasst und mit »U. Jakobsohn« unterschrieben hatte.

»Nein, nein, das war kein Mann. Das war eine Frau. Das weiß ich hundertprozentig«, sagte schließlich die ältere der beiden Postangestellten, kleiner als Paula, blonde Perücke, kräftig geschminkt. »Weil so etwas, eine Bareinzahlung auf das eigene Konto, doch nur sehr selten vorkommt. Außerdem war es immer derselbe Betrag, und das über einen längeren Zeitraum hinweg. Das ist noch seltener.«

»Eine Frau?«, fragte Paula Steiner. »Und können Sie sich an noch etwas in diesem Zusammenhang erinnern? An ihre Haarfarbe, die Größe, besondere Kennzeichen? Wie war sie gekleidet?«

»Ja, genau«, antwortete die Perückenträgerin, »die trug immer ein Kopftuch. Das weiß ich hundertprozentig. Eins in den bayerischen Farben, ein weiß-blau kariertes.«

»So im Trümmerfrauen-Look, oben auf dem Kopf verknotet?«

»Ja, genau.«

Sie dankte ihrer Zeugin für die Informationen und notierte sich deren Personalien. Für die Fahrt nach Nürnberg ließ sie sich viel Zeit und schaute dabei immer wieder auf ihr Handy. Aber nein, weder Heinrich noch Eva Brunner hatten eine Nachricht für sie.

Vor dem Vernehmungszimmer ein letzter banger Blick auf das Handy. Noch immer nichts. Sie hatte bis jetzt wenig in der Hand gegen Eigner. Vor allem nicht die Tatwaffe. Blieben nur mehr ihr wackeliger Zeuge Überall und Eigners Stiftung. Und falls da alles mit rechten Dingen zuging, dann …

Mit einem gewissen Unbehagen betrat sie den Raum, in dem Eigner an einem kleinen Tisch saß. Er wirkte entspannt und ruhig.

»Nanu, kein Anwalt?«

»Den brauche ich nicht. Ich wüsste nicht, wofür.«

»Ihr Vater, Herr Eigner, war Direktor der Nürnberger Justizvollzugsanstalt?«

»Ja.«

»Und als solcher auch berechtigt, eine Waffe zu tragen. Er hatte sicher eine Heckler & Koch P2000, die Dienstwaffe aller Justizvollzugsbeamten in jener Zeit?«

»Die Frage kann ich Ihnen leider nicht beantworten. Das entzieht sich meiner Kenntnis.«

»Und Sie, haben Sie einen Waffenschein?«

»Nein, ich bin kein Freund von Waffen.«

»Wie lange arbeitet Ihre Putzfrau eigentlich schon für Sie?«

»Frau Dotzler? Da muss ich überlegen. Seit ... doch, seit neunzehn Jahren schon.«

»Und putzt sie nur in Ihrem Nürnberger Bungalow, oder ist sie auch für Ihr Anwesen in Rückersdorf zuständig?«

»In Rückersdorf ist sie ganz selten, meistens arbeitet sie in meinem Bungalow.«

»Übernimmt sie daneben noch andere Dienste für Sie, für Ihre Stiftung beispielsweise?«

Es war das erste Mal, dass Eigner irritiert zu ihr aufblickte. Aber das auch nur für den Bruchteil einer Sekunde. Dann präsentierte er sich ihr wieder als der Mann mit den Stahlnerven, unangreifbar, unbeteiligt.

»Nur selten, aber hin und wieder, ja.«

»Welche Art Dienst erledigt denn Frau Dotzler in diesen seltenen Fällen für Sie?«

»Ich bitte sie ab und an, Briefe zur Post zu bringen, wenn ich selbst keine Zeit dafür habe.«

»Persönliche Briefe und solche Ihrer Stiftung?«

»Meist GTH-Schreiben.«

Sie sah verstohlen auf ihr Handy. Noch immer keine Nachrichten. Sie stand auf und verließ den Raum, ging in den Hof des Präsidiums, zündete sich eine Zigarette an und dachte nach. Sie konnte nichts anderes tun, als den Dingen ihren Lauf lassen. Das lähmte und zerrte an ihren Nerven. Schließlich wählte sie Heinrichs Nummer.

»Sag einmal, Heinrich, hast du denn noch gar nichts für mich? Ich hab den Eigner jetzt festnehmen lassen, er sitzt im großen Vernehmungszimmer und ist die Ruhe selbst. Wenn ihr, du oder die Frau Brunner, mir nicht bald etwas liefert, muss ich ihn wieder laufen lassen. Du hast doch sicher schon irgendetwas entdeckt, was mir von Nutzen sein kann. Bitte.«

»Ich bin noch nicht ganz durch, bei dem ganzen Kuddelmuddel, aber eins ist offensichtlich. Du kannst ihn zumindest wegen Missbrauch der Verfügungsbefugnis über fremdes Vermögen drankriegen. Er hat sich nämlich immer wieder selbst Geld vom Konto dieser Stiftung auf sein privates Konto überwiesen und das als Rechnungsstellung getarnt. Manchmal hat er sogar Bares von diesem GTH-Konto abgehoben. Als Alleinvorstand und Geschäftsführer hat er ja viel Freiheit und ist auch für die Finanzen verantwortlich. Es steht kein Kontrollgremium über ihm, dem er Rechenschaft ablegen muss. Und was ich auf die Schnelle noch gesehen habe: Diese Überweisungen häufen sich in letzter Zeit. Ihm geht anscheinend langsam das Geld aus. Mehr und mehr lebt er von seiner Stiftung.«

»Na, das ist doch wunderbar«, rief sie erleichtert aus.

»Ob das so wunderbar ist, bezweifle ich stark. Du kannst ihn zwar jetzt wegen Veruntreuung drankriegen, aber mit dem Mord muss das nicht das Geringste zu tun haben.«

»Doch, das hat es«, sagte sie im Brustton der Überzeugung. »Sonst noch was?«

»Ja, noch etwas. Das kommt mir verdächtig vor, aber vielleicht gibt es eine ganz simple Erklärung dafür. Die Stiftung hat ein eigenes Spendenkonto, auf dem ausschließlich die Spendengelder verwaltet werden. Und von diesem Konto werden jeden Monat zweitausend Euro abgezweigt und auf das Konto einer Annette Dotzler überwiesen. Sonst finden da fast keine Transfers statt. Aber vielleicht hat das ja auch alles seine Richtigkeit, vielleicht ist diese Dotzler eine Mitarbeiterin, die sich in Griechenland, vor Ort also, um die Stiftungsgeschäfte kümmert.«

»Ich kenne Frau Dotzler. Die ist nicht vor Ort in Griechenland, sondern in Mittelfranken und putzt Eigners Häuser. Und was sie sonst noch so macht für ihn oder mit ihm. Sollte dir noch etwas auffallen, rufst du mich dann bitte sofort an?«

»Das mache ich natürlich, aber das war schon alles.«

»Bist du dir da sicher?«

»Ziemlich.« In Verbindung mit Kontenauswertung hieß dieses »Ziemlich« hundert Prozent, zumindest bei Heinrich.

»Gut, dann habe ich eine andere Aufgabe für dich. Dafür müsstest du allerdings deine Enklave aufgeben und hierherkommen. Beziehungsweise zu Eigners Bungalow.«

Sie erzählte ihm von der Stippvisite in der Laufer Postbank und von der Kopftuchträgerin, bei der wiederum sie *ziemlich sicher* war, dass diese mehr wusste, als sie bisher zugegeben hatte.

»Die steckt da mit drin, die Überweisungen von diesem Spendenkonto sind der beste Beweis dafür. Ihre Verbindung zu Eigner ist enger, als beide uns glauben machen wollen.«

»Hätte ich denn auch für eine unkonventionelle Vorgehensweise bei dieser Befragung deine volle Unterstützung?« Unkonventionelle Vorgehensweise – ein hübsches Synonym für vorsätzliche Verletzung der Dienstvorschrift.

»Ja, natürlich. Da brauchst du doch gar nicht zu fragen.«

»Schön. Dann mach ich das. Und soll ich dir was sagen? Ich freu mich sogar darauf. Meine Oma kann mit der Zeit nämlich ziemlich nervig werden.«

»Gut. Noch etwas in diesem Zusammenhang: Der Mord wurde uns von einer anonymen Anruferin gemeldet, angeblich aus Jakobsohns Nachbarschaft. Und glaubst du, was ich glaube?«

»Ich denke, schon. Die anonyme Anruferin ist wahrscheinlich auch diese Dotzler.«

»Ja, höchstwahrscheinlich.«

Danach zündete sie sich die zweite Zigarette an und wählte schließlich Eva Brunners Handynummer. Diese hatte zwar nichts Nennenswertes zu berichten, dafür aber jede Menge zu erzählen.

»Frau Steiner, die Stiftung von dem Eigner ist der reinste Betrug. Ich hab mir mal seine Unterlagen durchgesehen. Die Prospekte dieser Griechenland-Tierhilfe sind voll von solchen armen Kreaturen, ausgehungert, meist an einer kurzen Kette angehängt, drum herum verwüstete Landschaft. Alles nur, um bei den Spendern Mitleid zu erwecken. Die Bettelbriefe sind ganz professionell gemacht, alle mit Eigners persönlicher Unterschrift und einem Foto von ihm. Und jedes Mal hat er ein Geschenk dazugelegt, ein wirklich hochwertiges Seidentuch mit einem Tiermotiv drauf. Das ist doch Absicht. Die Empfänger sollen ein schlechtes Gewissen bekommen, sich also wegen des Geschenks verpflichtet fühlen zu spenden. Die Versandkosten für so etwas sind übrigens nicht gerade billig. Das Spendensiegel bekommt er damit auf keinen Fall. Da dürfen nämlich die Verwaltungskosten …«

»Ja, Frau Brunner, diesen Verdacht hatten Sie ja bereits geäußert«, unterbrach Paula sie. »Jetzt muss ich aber wieder zu Eigner. Wenn Sie jetzt auch noch die Tatwaffe finden könnten, wäre das prima. Wir bleiben auf jeden Fall in Verbindung.« Damit legte sie auf und ging zurück.

»So, Herr Eigner, wir haben zwischenzeitlich Ihr Haus in Rückersdorf durchsucht und Ihre Konten überprüft. Dabei hat sich einiges ergeben, das auch Sie interessieren dürfte. Stichwort: Griechenland-Tierhilfe. Ich fürchte, den Status ›gemeinnützig‹ und damit die Befreiung von der Steuer sind Sie los. Wer mit fingierten Rechnungen Stiftungsgelder auf sein privates Konto überweist, ist für das Finanzamt kein gemeinnütziger Verein mehr.«

Da wurde Eigner fahl im Gesicht, wie von Mehl überzuckert. Das ging schlagartig vor sich. Erst langsam gewann er wieder etwas Farbe. Aber er sagte nichts.

»Und womit wollen Sie dann Ihre Ausflüge nach Feuchtwangen, zur Spielbank, finanzieren? Oder planen Sie, das Haus in Rückersdorf zu verkaufen beziehungsweise den Bungalow in der Steuerwald-Landmann-Straße?«

»Das dürfte kaum von Interesse für Sie sein. Denn: Was hat das alles mit den beiden Morden zu tun, die Sie mir zur Last legen?«, fragte er. Er schien wieder ruhig und gefasst.

Damit hatte er ihren wunden Punkt getroffen. Den, dass sie im Fall Jakobsohn und Harrer nichts Ernsthaftes gegen ihn in der Hand hatte. Noch nicht.

»Darauf, Herr Eigner, bekommen Sie natürlich auch eine erschöpfende Antwort von mir. Nicht sofort, etwas müssen Sie sich noch gedulden. Abführen.«

Dann ging sie in ihr Büro und öffnete die Protokolldatei von Eigners erster Vernehmung am Donnerstag. Aufmerksam las sie Satz für Satz durch, auf der Suche nach dem Auslöser für ihr vages, unbehagliches Gefühl. Endlich stieß sie auf die Stelle, die ihr Gedächtnis geplagt hatte.

Es rührte von seiner Frage »Hat Ihnen Ihr Kollege das nicht erzählt?« mit dem nachgeschobenen Halbsatz her »Er müsste doch wieder bei Bewusst…«, bei dem sie ihm vorschnell ins Wort gefallen war. Das war ein Fehler von ihr, aber ein noch wesentlich größerer Fehler von ihm gewesen. »Wieder bei Bewusstsein.« Woher wusste

Eigner von Heinrichs vorübergehenden Bewusstseinsverlust, wenn nicht daher, dass er bei dem Geschehen am Samstagabend in der Spenglerstraße dabei gewesen war? Ein Wissen, das nur Jakobsohns Mörder haben konnte …

Als das Telefon klingelte, griff sie voller Hoffnung zum Hörer. Aber es war nicht Heinrich, es war die Anmeldung. Ein Herr Weberknecht sei da, er hätte um fünfzehn Uhr einen Termin bei ihr. Ob sie ihn abholen könnte?

»Schicken Sie ihn wieder nach Hause, den brauchen wir nicht mehr. Halt, stopp! Geben Sie ihn mir mal.«

Kurz darauf sagte sie ins Telefon: »Herr Weberknecht, Sie brauchen nicht extra zu mir heraufzukommen. Das hat sich erübrigt. Aber zwei Fragen habe ich an Sie: Hat Herr Eigner außer seiner Festnetznummer noch ein Handy?«

»Nein, hat er nicht. Er hat doch so Angst vor Strahlen jeder Art, vor Elektrosmog und so. Aber seine Haushaltshilfe hat ein Handy. Manchmal, wenn Ulli ihn daheim nicht erreichen konnte und es dringend war, hat er Frau Dotzler Bescheid gesagt. Sie hat es dem Wolf-Rüdiger dann ausgerichtet oder eine Nachricht für ihn hinterlassen.«

»Sie können mir doch sicher die Handynummer von Frau Dotzler geben, oder?«

»Ja, einen Moment bitte.«

Sie notierte sich die Nummer und stellte dann ihre zweite Frage.

»Bei unserem ersten Gespräch hatte ich Sie gebeten, über den Inhalt nichts an Dritte weiterzugeben. Haben Sie sich daran gehalten?«

Nachdem Weberknecht ihr die Antwort schuldig blieb, hakte sie nach. »Haben Sie nun irgendjemandem etwas davon erzählt? Vor allem interessiert mich, ob Sie die Tatsache, dass wir Herrn Bartels am Tatort schwer verletzt und bewusstlos aufgefunden haben, für sich behalten haben oder nicht. Es ist immens wichtig, dass Sie mir gegenüber hier ehrlich sind.«

Jetzt erhielt sie umgehend eine Antwort. »Natürlich habe ich das nicht weitergegeben. Ich hatte es Ihnen doch versprochen.« Das kam entschlossen und glaubhaft.

Trotzdem fragte sie: »Auch nicht an Herrn Eigner?«

»Auch nicht an Herrn Eigner.«

»Das ist gut. Dann würde ich Sie bitten, vorerst noch im Präsidium zu bleiben. Sie werden das als Zeuge zu Protokoll geben und unterschreiben müssen. Und eventuell brauchen wir Sie unabhängig davon für eine Gegenüberstellung. Möchten Sie, dass ich Sie in eines unserer Besprechungszimmer bringen lasse, oder wollen Sie solange dort im Eingangsbereich warten?«

Weberknecht sagte, ihm sei es lieber, hier im Foyer zu warten.

Paula bedankte sich bei ihm und beendete das Gespräch. Dann holte sie sich die Liste mit den Verbindungsdaten von Jakobsohns Handy, die Klaus ihr besorgt hatte, griff zur Akte Harrer, Sebastian, begab sich auf die Suche und – wurde fündig. Zwei Mal fand sie Annette Dotzlers Nummer in der Anrufliste von Harrers Handy, beide an jenem Tag, an dem Sebastian Harrer ermordet wurde. Einmal am späten Nachmittag und einmal am frühen Abend. Sie rief Heinrich an.

»Das ist gut, dass du mir das sagst«, freute er sich. »Das hilft mir. Ich melde mich, sobald es was gibt.«

»Wie kommst du denn mit deiner Befragung der Dotzler voran?«

»Gut. Aber mit dieser Information noch besser. Wie gesagt, ich melde mich bei dir.«

»Hoffentlich bald. Oder soll ich zu dir kommen?«

»Mensch, Paula, jetzt lass mich doch mal machen. Du musst nicht überall dabei sein.«

»Ist ja schon in Ordnung.«

Sie nahm sich wieder Harrers Anrufliste vor. Annette Dotzlers Handynummer tauchte darin noch einmal auf, an Jakobsohns Todestag um elf Uhr einunddreißig. Angerufen hatte aber nicht, davon war sie überzeugt, die Putzfrau bei Harrer, sondern Eigner, ebenjener Eigner, der selbst bloß eine Festnetznummer und angeblich so viel Angst vor Strahlen jeder Art hatte. Also handelte es sich dabei um ein Gespräch, mit dem man ihn unter keinen Umständen in Verbindung bringen sollte. An diesem Samstag hatte Eigner Sebastian Harrer vermutlich gebeten, ihn in die Spenglerstraße zu begleiten. Zur Unterstützung für das Gespräch am Abend, genau wie Jakobsohn Heinrich für die Unterredung hinzugezogen hatte. Was hatten Eigner und Harrer miteinander zu schaffen? Und worum ging es bei dieser Verabredung, die beide Seiten nur vor Zeugen abhalten wollten? Was war das Thema gewesen?

Heinrich hatte vermutet, er sollte Jakobsohn weniger als Freund, vielmehr als Polizist, der sich in rechtlichen Dingen auskannte, beistehen. Und Sebastian Harrer, welche Art Beistand sollte er Eigner leisten? War er als Widerpart zu Heinrich vorgesehen gewesen? Hatten Harrer und Eigner gewusst, dass Jakobsohn an diesem Abend nicht allein sein würde? Nein, kam sie zu dem Schluss, das wussten sie nicht. Anfangs nicht. Doch dann würde Jakobsohn es ihnen gesagt haben. Dass Heinrich auch um zwanzig Uhr kommen würde. Eigner und Harrer beschlossen daraufhin, Jakobsohn vor dem vereinbarten Termin aufzusuchen. Sie sahen in Heinrichs Zugegensein ihre Chance. Eine günstige Gelegenheit, den Tatverdacht auf denjenigen zu lenken, der mit Jakobsohn um diese junge Thailänderin rivalisierte.

Und als Heinrich die Wohnung betrat, war er mit der Gardinenstange niedergeschlagen worden. Da war Jakobsohn schon tot. Dann hatten sie Heinrich auf den Stuhl gesetzt und ihm die Waffe in die Hand gedrückt. Sodass es für jeden Polizisten vom Kaliber eines Winkler ganz danach aussah, als sei er der Mörder.

Paula wusste nun, wie sie es anstellen würde. Sie musste nicht mehr auf Heinrichs Anruf und Annette Dotzlers Geständnis warten. Sie musste Eigner nur dazu bringen, seinen Fehler von der ersten Vernehmung zu wiederholen. Das war das Einzige, wofür sie jetzt sorgen musste.

Sie sprang von ihrem Stuhl auf und ging hinunter. Ließ Eigner aus seiner Zelle bringen und sah ihn eine Zeit lang schweigend an. Dann erzählte sie ihm, was sich an diesem Abend des Ostersamstags in Ulrich Jakobsohns Wohnung ereignet hatte. Als Eigner einmal etwas einwenden wollte, hob sie abwehrend die Hand.

»Nicht jetzt, später können Sie etwas dazu sagen. Jakobsohn musste sterben, weil er von Ihren illegalen Machenschaften bei der Stiftung wusste. Eine Zeit lang hat er gegen Bezahlung für Sie gearbeitet, daher die Überweisungen von der Laufer Postbank auf sein Konto. Und weil Sie ein vorsichtiger Mensch sind, haben Sie Frau Dotzler damit beauftragt. Spätestens seit dieser Arbeit für Ihre Stiftung hat Jakobsohn Einsicht in Ihr Geschäftsgebaren bekommen, vor allem wusste er seit dieser Zeit, dass Sie Stiftungsgelder regelmäßig veruntreuen. Von so einem Wissen bis zu einer Erpressung ist es oft nur ein kleiner Schritt. Jakobsohn wollte von Ihnen Geld, damit er den …«

Als sie Eigners überlegenes Lächeln sah, korrigierte sie sich. »Nein, er wollte kein Geld von Ihnen. Ihn hat sein Gewissen geplagt. Er wollte, dass Sie mit diesen Machenschaften aufhören. Jakobsohn hatte sie zu dieser Unterredung aufgefordert, um klarzustellen, dass er sein Wissen, sollten Sie seinem Wunsch nicht entsprechen, öffentlich machen würde. Aber das wiederum wollten Sie nicht. Wovon sonst hätten Sie denn in Zukunft Ihre Ausflüge ins Casino finanzieren sollen? Und eine Hilfsorganisation lebt vom Vertrauen der Menschen. Es muss so groß sein, dass man ihr unbesehen Geld überlässt, kleines und vor allem großes. Und damit wäre Schluss gewesen, wenn Jakobsohn seine Drohung wahr gemacht hätte. Das Einzige, was uns im Moment noch fehlt, ist Sebastian Harrers Rolle in dieser Angelegenheit. Was hatte er damit zu schaffen?« Sie sah ihn fragend an.

Doch Eigner überhörte ihre Frage. »Eine nette Geschichte ist das. Sie sind außerordentlich phantasiebegabt, Frau Steiner. Das Kompliment muss ich Ihnen machen. Aber Beweise haben Sie nicht dafür, oder täusche ich mich da?«

»Sie täuschen sich. Es gibt mehrere Indizien. Ich zähle sie Ihnen gerne auf. Erstens haben wir eine Zeugin, die Sie beobachtete, wie Sie am Ostersamstag nach dem Mord das Haus von Ulrich Jakobsohn verlassen haben. Zweitens wurde Herr Jakobsohn, das sagte ich Ihnen bereits, mit einer P2000 erschossen, also mit einer Waffe jenes Typs, wie sie Ihr Vater besaß. Drittens wurde Sebastian Harrer an dem Tag, an dem er starb, zweimal vom Handy Ihrer Lebensgefährtin Annette Dotzler angerufen. Viertens haben Sie Jakobsohn eine Zeit lang beschäftigt und ihn dafür auch entlohnt.« Manchmal ist das rhetorische Stilmittel der Redundanz ganz hilfreich, fand sie.

»Vor Kurzem jedoch«, fuhr sie fort, »hat er Ihnen dann gedroht, dass er Sie, sollten Sie mit den illegalen Machenschaften bei Ihrer Stiftung nicht aufhören, anzeigen würde. Und wo alte Loyalitäten verschwinden, nimmt nur eines zu – die Gewalt. In Ihrem Fall die tödliche Gewalt.«

Jetzt machte sie eine Pause und sah Eigner aufmerksam an. Der Blick, der sie traf, war kalt und überheblich. Er schien sich nach wie vor sicher zu fühlen.

»Und neben all diesen Indizien haben wir, also mein Kollege Bartels und ich«, sagte sie und gab sich Mühe, dabei ebenso überheblich zu wirken wie ihr Gegenüber, »fünftens noch einen handfesten Beweis dafür, dass Sie der Mörder von Ulrich Jakobsohn sind, einen Beweis in Form einer weiteren Aussage eines Zeugen, der Sie und Sebastian Harrer am Tatort, in der Wohnung, gesehen …«

»Eine Zeugenaussage von wem? Von Ihrem Kollegen Bartels?«, unterbrach Eigner sie. »Das ist doch kein Beweis, das ist ein haltloser Versuch, von dem wahren Täter abzulenken und mir die Schuld statt seiner in die Schuhe zu schieben.«

»Warum, wie kommen Sie in dem Zusammenhang auf Herrn Bartels?«, fragte sie betont arglos.

»Na, es war doch nur Heinrich, der bei dem Mord, also zur Tatzeit, zugegen war.«

Die Anmutung dieser Antwort wirkte nicht so, als hätte Eigner die Falle, in die er hineingetappt war, bereits erkannt.

»Herr Bartels war zur Tatzeit in Jakobsohns Wohnung? Woher wissen Sie das?«

Wieder dieses überhebliche Lächeln. »Es stand doch in den Zeitungen, dass ein Polizeibeamter in den Mord verwickelt war.«

»Da muss ich Sie korrigieren: In den Zeitungen stand nichts über eine zweite Person in der Tatwohnung. Auch nichts über einen Polizeibeamten.«

»Ach so, stimmt. Da habe ich mich getäuscht. Es war Herr Weberknecht, der mir erzählt hat, dass man Heinrich zusammen mit Jakobsohn in dessen Wohnung vorgefunden habe.« Eigners Gesicht zeigte nun gar nichts mehr von seiner lächelnden Arroganz. Es war von einer Sekunde auf die andere aschfahl geworden, und die Augen irrlichterten orientierungslos im Raum herum.

»Herr Weberknecht? Da fragen wir ihn doch am besten selbst danach.«

Sie griff zum Telefon. Wenige Minuten später betrat der Lehrer zusammen mit einem Kollegen von ihr das Vernehmungszimmer.

»Herr Eigner behauptete soeben, Sie hätten ihn davon in Kenntnis gesetzt, dass Herr Bartels zur Tatzeit in Jakobsohns Wohnung war. Stimmt das, Herr Weberknecht?«

»Nein, das stimmt nicht. Ich habe Wolf-Rüdiger nichts dergleichen erzählt.« Weberknecht sah zunächst sie verwundert an, dann glitt sein Blick, der zwischen Fassungslosigkeit und Entsetzen hin- und herschwankte, zu Eigner.

Doch noch gab sich dieser nicht geschlagen. »Karl, kannst du dich denn nicht mehr daran erinnern, wie du mir am Telefon gesagt hat, man habe Heinrich neben Ulrich vorgefunden, mit einer Schusswaffe in der Hand? Bitte.« Eigners Stimme hatte jetzt etwas Flehendes, Dringliches angenommen.

Nach langen Sekunden des Schweigens sagte Weberknecht kaum hörbar: »Du warst das. Du hast Ulrich umgebracht.«

Er war bereits zwei Schritte auf Eigner zugelaufen, mit geballter Faust und zornverzerrtem Gesicht, da blieb er im letzten Moment stehen und sagte: »Du Drecksau!« Dann drehte er sich um und verließ das Zimmer.

Als Eigner begann, sich für seine Tat zu rechtfertigen, schnitt Paula ihm das Wort ab. »Das interessiert mich alles nicht. Ich gebe Ihnen nur den Rat, jetzt einen Anwalt anzurufen. Sie werden ihn nötig haben.«

Zwanzig Minuten später legte sie ihm das Protokoll der Zeugin Annette Dotzler vor. Darin bestätigte diese mit ihrer Unterschrift, dass Eigner ihr am Tatabend gestanden hatte, Jakobsohn erschossen zu haben, im Beisein von Sebastian Harrer, der ebenfalls bei Eigner auf der Gehaltsliste stand. Ulrich Jakobsohn hatte die beiden miteinander bekannt gemacht; der Student suchte damals einen Ferienjob und der Stiftungsvorstand eine Aushilfskraft mit Führerschein. Harrer war es gewesen, der Heinrich hinter der Tür aufgelauert und ihn mit der Gardinenstange außer Gefecht gesetzt hatte.

Als dann auch den Studenten das Gewissen plagte und er drohte, sich an die Polizei zu wenden, ereilte ihn dasselbe Schicksal wie Jakobsohn. Eigner bat ihn um ein Gespräch an den Pegnitzauen, sowohl von der Steuerwald-Landmann-Straße als auch von der Blumröderstraße jeweils nur einen Katzensprung entfernt, und versuchte, ihn umzustimmen. Nachdem dies nicht gelang, zog er die HK P2000, sein Vater hatte ihm zwei davon hinterlassen, und schoss ihn mitten in die Stirn.

Eine weitere Stunde später. Tatwaffe Nr. 2 wurde gefunden. Annette Dotzler hatte sie vorsorglich an sich genommen und in ihrer Wohnung auf dem Balkon in einem Pflanzkübel versteckt.

Nachdem Eigner und Dotzler abgeführt worden waren, stiegen Eva Brunner, Heinrich Bartels und Paula Steiner in ihr Büro hinauf.

»Jetzt verrat mir bitte, Heinrich, wie du das alles in so kurzer Zeit aus der Dotzler herausgekitzelt hast?«

»Ach Paula, es kommt doch nicht auf das Wie an, sondern auf das Ergebnis.«

»Warum? War es so schlimm?«

»Schlimm?«, wiederholte Heinrich. »Nein. Eher kreativ, würde ich sagen.«

»Erzähl doch mal. Vielleicht kann ich von dir noch etwas lernen in puncto unkonventioneller Vernehmungsstrategie.«

»Möchtest du das wirklich wissen?«

»Ja, bitte, unbedingt.«

»Gut. Angefangen habe ich mit den veruntreuten Stiftungsgeldern. Die müsse sie, hab ich ihr gesagt, auf den Cent genau zurückzahlen. Und Verschleierung unrechtmäßig erworbener Vermögenswerte wie in ihrem Fall falle unter den Tatbestand der Begünstigung und Hehlerei im Sinne des Paragrafen 261. Also werde sie außerdem mit einer saftigen Geldbuße respektive Gefängnisstrafe rechnen müssen.«

»Und das hat sie weichgekocht?«

»Ha, die doch nicht!«, rief Heinrich aus. »Da habe ich schon was nachlegen müssen.«

»Und was?«

»Beihilfe zum Mord. Als Gehilfe eines Mörders wird bestraft, hab ich ihr gesagt, wer vorsätzlich einem anderen zu dessen vorsätzlich begangener rechtswidriger Tat Hilfe geleistet hat. Und das habe sie, zweifach sogar, einmal mit dem anonymen Anruf bei der Polizei und zum anderen mit den Anrufen bei Sebastian Harrer.«

»Und das hat sie überzeugt?«

»Augenblicklich. Vor allem, als ich ihr das Strafmaß dafür

angedeutet habe. Und dabei war ich sehr großzügig, auch hinsichtlich eines zügigen Vernehmungsabschlusses. Das war doch auch in deinem Sinn?«

»Auf jeden Fall.«

»Paula, was ist eigentlich mit den Unterlagen, die Harrer bei mir gesucht hat? Hast du dafür eine Erklärung?«

»Wahrscheinlich befürchteten Eigner und Harrer, Jakobsohn hätte dir vorab, vielleicht als Vorbereitung zu dieser Unterredung, schon Genaueres über die Rechtsverletzungen erzählt und dir dazu auch schriftliche Belege an die Hand gegeben, irgendwelche Unterlagen. Da wollten sie eben auf Nummer sicher gehen.«

Jetzt aber packte sie ihre Tasche, dankte Frau Brunner und Heinrich so überschwänglich wie aufrichtig für deren »erstklassige Arbeit und einmaligen Einsatz«, zog die Jacke über und fuhr, nein, nicht heim, sondern in die Spenglerstraße. Zu einem ebenfalls unkonventionellen Einsatz. Der dauerte nur kurz.

Sie erreichte den Vestnertorgraben exakt um zwanzig Uhr dreißig. Als sie die Wohnungstür öffnete, hätte sie um ein Haar Paul Zankl zu Fall gebracht, der auf der Leiter in der Diele stand und die Decke strich.

Sie winkte ihn zu sich herunter, riss ihm die Farbrolle aus der Hand, legte sie auf den Farbeimer und überreichte ihm ihr Mitbringsel aus der Spenglerstraße. Das »White Album« von den Beatles, originalverpackt, noch kein einziges Mal abgespielt. »So, die ist für dich. Damit wenigstens einer von uns allen einmal wunschlos glücklich ist.«

Dann ging sie ins Schlafzimmer und ließ sich mitsamt ihrer Kleidung auf das Bett fallen. Paul, der ihr in seinem Malerkittel gefolgt war, beugte sich über sie, die bereits tief und fest schlief. So konnte er sie seines Dankes, seines wunschlosen Glücks und noch mehr erst am nächsten Morgen versichern.

Epilog

Zwei Tage nach Abschluss der Ermittlungen der SOKO Bartels trafen Paula Steiner und Jörg Trommen einander im Treppenhaus. Reiner Zufall. Beide schienen peinlich berührt von dieser ersten Begegnung nach der Sache an der Ludwig-Erhard-Brücke zu sein. Trommen versuchte, die wachsende Verlegenheit auf beiden Seiten zu überspielen, indem er ihr wort- und gestenreich zu ihrem Erfolg gratulierte. Aber Jörg Trommen wäre nicht Jörg Trommen, wenn er das Lob nicht noch mit einer klitzekleinen Gemeinheit garniert hätte.

»Nicht schlecht, Paula. Vor allem wenn man bedenkt, dass du ja bis dato völlig unerfahren in der Leitung einer SOKO warst. Nicht schlecht, wirklich. Auch wenn ich das eine oder andere an deiner Stelle vielleicht etwas effizienter gehandhabt hätte.«

Nachdem sie nichts darauf sagte, ihn nur mit zusammengekniffenen Augen anstarrte, fügte er hinzu: »Ach, und die andere Geschichte. Anscheinend hast du etwas in den falschen Hals bekommen. Wir, meine Leute und ich, wollten dir damit eigentlich nur Arbeit abnehmen, das musst du mir glauben. Du und deine Brunner wart mit den restlichen Ermittlungen ja sowieso, ich will jetzt nicht sagen: überfordert, aber doch sehr in Beschlag genommen, völlig beansprucht. Also, wie gesagt, das war kein böser Wille, wir haben es nur gut mit dir gemeint. Und in meiner Kommission läuft so etwas ja nebenbei ab. Das gehört bei uns zum Kerngeschäft.«

Auch auf diesen schiefen Rechtfertigungsversuch folgte keine Widerrede, nur Schweigen.

»Na dann, bis bald irgendwann. Nein, halt, stimmt nicht. Uns siehst du die nächste Woche nicht. Darüber bist du bestimmt sehr traurig«, versuchte er es zum Schluss mit einem Scherz. »Wir sind ab Montag auf Schulung. Die ganze Kommission. Ein Outdoor-Erlebnis-Seminar in der Eifel. Kommunikationstechniken trainieren und intern abstimmen.«

»Dann trainier mal schön. Da wünsche ich dir und deinen Männern viel Erfolg. Aber nicht nur auf die kommissionsinterne

Abstimmung der Kommunikation achten, sondern auch auf die übergreifende, hausinterne. Auf die in erster Linie.«

Auf dem Weg zurück in ihr Büro blieb sie auf dem Treppenabsatz plötzlich stehen und bekam eine solche Wut, dass sie den Puls in ihren Halsadern klopfen hörte. Trommen, das Arschloch, das ihre Arbeit immer wieder hintertrieb, wo es möglich war, der gegen sie hetzte und intrigierte, wenn es sich gerade anbot. Der und sein Winkler, die wurden auch noch für solche Schnitzer und Regelverstöße belohnt. Mit einem Outdoor-Erlebnis-Seminar in der Eifel! Das war zu viel!

Sie machte auf dem Absatz kehrt und eilte in den vierten Stock. Dort, vor Fleischmanns Vorzimmer, dachte sie einen kurzen Moment nach, wischte sich dann mit dem Handrücken entschlossen den Lippenstift vom Mund, verschmierte den Kajal großzügig auf die Unterlider und klopfte an die Tür. Erst nachdem sie die vertraute Aufforderung Sandra Reußingers vernommen hatte, dieses kieksig-schrille »Herein!«, betrat sie mit leidgeprüfter Miene deren Vorzimmer.

Die Sekretärin rief bei ihrem Anblick aus, und dabei triefte ihre Stimme vor falscher Anteilnahme: »Oh, Sie sehen aber heute gar nicht gut aus. Richtig mitgenommen, abgearbeitet. Sie sind sicher froh, dass die Ermittlungen abgeschlossen sind, stimmt's, Frau Steiner?«

Sandra Reußinger hätte nicht besser reagieren können. Paula war mit ihr und vor allem mit dieser Generalprobe sehr zufrieden. Jetzt konnte bei ihrem großen entscheidenden Auftritt im Zimmer nebenan fast nichts mehr schiefgehen.

»Oh ja. Wir, also Frau Brunner und ich, waren ja die letzte Woche Tag und Nacht im Einsatz. Uns geht es wahrlich nicht besonders. Aber da muss man durch. Herr Fleischmann wollte von mir noch einen persönlichen Abschlussbericht. Meinen Sie, ich könnte ihn jetzt stören?«, retournierte sie mit heuchlerischer Demut.

»Natürlich. Gehen Sie nur rein.«

Auch Fleischmann schien von ihrem Erscheinungsbild bestürzt, aber er erwähnte es, im Gegensatz zu seiner Sekretärin, mit keinem Wort. Leider. Das hätte ihr die bevorstehende Aufgabe leichter gemacht. Sie berichtete ihm kurz und bündig über den Ausgang der SOKO Bartels, von dem er eh bereits alles Entscheidende wusste. Dann wartete sie. Auf ihre Chance.

Sie musste nicht lange warten.

»Sie sind sicher froh, dass diese leidige Angelegenheit vorüber ist. Ich glaube, Ihnen haben die Verdächtigungen Herrn Bartels gegenüber mehr zu schaffen gemacht als ihm selbst. Wie geht es ihm denn?«

»Nicht gut. Gar nicht gut. Die ganze Kommission ist durch die Aufregung und Gefahren für Leib und Leben«, etwas Pathos schadete nicht, fand sie, »der letzten Tage doch recht mitgenommen. Eigentlich sind wir alle drei urlaubsreif. Schade, dass das derzeit nicht geht, dass ein paar freie Tage jetzt nicht drin sind. Die Kommission 1 fällt ja die nächste Woche komplett aus, wie ich soeben von Herrn Trommen erfahren habe. Und ich muss gestehen: Davon war ich doch ein wenig überrascht. Denn eigentlich hatten Sie ja vor Kurzem angedeutet, dass meine Leute und ich diejenigen sind, die auf die nächste Schulung sollen. Das habe ich doch richtig in Erinnerung, oder?«

»Ja, hat sich Herr Trommen denn mit Ihnen in dieser Sache nicht abgesprochen? Das sollte er nämlich. Ich hatte ihm ausdrücklich gesagt, die Kommission 1 kann gerne auf Schulung gehen, aber nur, wenn die Kommission 4 stattdessen darauf verzichtet.«

»Nein, das hat er nicht, Herr Fleischmann.« Dann fügte sie noch süffisant hinzu: »Er wird es vergessen haben, wie so manches andere auch in letzter Zeit.«

»Jetzt werde ich aber gleich sehr ärgerlich.«

Er griff zum Hörer. Nach nur fünf Minuten war klargestellt, dass die Kommission 1 die nächste Woche nicht in der Eifel verbringen würde, sondern an ihrem Schreibtisch und im engeren Umfeld des Polizeipräsidiums. Stattdessen schickte ihr Chef die komplette Kommission 4 auf ein Seminar ihrer Wahl.

»Das nehme ich gern an, Herr Fleischmann. Es muss ja nicht die Eifel sein. Auf der Schwäbischen Alb ist so etwas viel preiswerter.«

»Und was hatten Sie sich als Kursthema vorgestellt?«

»Ich habe vor Kurzem in einer Fachzeitschrift gelesen, dass man nirgendwo so gut und effizient die Abstimmung der internen

Kommunikation trainieren kann wie beim gemeinsamen Wandern. Bei der Bewegung in der freien Natur. Da bleibe viel mehr hängen als bei einem Kurs in geschlossenen Räumen mit Flipchart, Whiteboard und dem ganzen Pipapo. Habe ich gelesen.«

Der Kriminaloberrat zeigte für einen kurzen Moment sein hausbekanntes feines, verständnisvolles Lächeln, verzichtete gottlob auf die Nachfrage, um welche Art Fachzeitschrift es sich dabei handle, und stimmte dann ihrem Antrag offiziell zu.

So begab es sich, dass Paula Steiner, Eva Brunner und Heinrich Bartels an einem frühlingshaften warmen Montagmorgen im April in einem altersschwachen 3er-BMW vergnügt Richtung Meßstetten fuhren. Dorthin, wo sich der Himmel auf so heitere, erholsame Art und Weise von Anhöhe zu Anhöhe wölbte.

Und als Eva Brunner hinter dem Ortschild von Nürnberg die Thermoskanne und ihre belegten Brote von daheim auspackte und an die Wagenbesatzung verteilte, streifte Paula Steiner für den Bruchteil einer Sekunde dieses Glücksgefühl, nach dem wir alle zeit unseres Lebens auf der Suche sind – und es doch nur so selten, und wenn, dann überraschend und flüchtig, antreffen.

Petra Kirsch
MORD AN DER KAISERBURG
Broschur, 224 Seiten
ISBN 978-3-89705-715-9

»Die gelernte Journalistin lässt ihre Heldin durch eine liebevoll-detailliert beschriebene Noris düsen und in das eine oder andere Fettnäpfchen treten. Das Humorpotenzial macht die Sache auch für routinierte Konsumenten einschlägiger Literatur unterhaltsam.«
Nürnberger Nachrichten

Petra Kirsch
DÜRERS HÄNDE
Broschur, 240 Seiten
ISBN 978-3-89705-894-1

»Petra Kirsch weiß Charaktere zu zeichnen.« Hersbrucker Zeitung

»Krimileser erwartet eine atmosphärisch dichte, vielschichtige Handlung vor Nürnberger Kulisse.« Nürnberger Nachrichten